看水东流

李耀中题

吴开岭 著

山西出版传媒集团 北岳文艺出版社
BEIYUE LITERATURE & ART PUBLISHING HOUSE
·太原·

图书在版编目(CIP)数据

看水东流 / 吴开岭著 . 一太原 : 北岳文艺出版社，
2020.8

ISBN 978-7-5378-6256-1

Ⅰ . ①看… Ⅱ . ①吴… Ⅲ . ①散文集—中国—当代
Ⅳ . ① I267

中国版本图书馆 CIP 数据核字（2020）第 147700 号

看水东流

吴开岭 / 著

//

出品人
赵瑞

责任编辑
李向丽

封面题字
李耀中

内文插图
蒋思卿

书籍设计
石剑辉

印装监制
郭勇

出版发行：山西出版传媒集团・北岳文艺出版社
地址：山西省太原市并州南路 57 号 邮编：030012
电话：0351-5628696（发行部） 0351-5628688（总编室）
传真：0351-5628680
经销商：新华书店
印刷装订：山西人民印刷有限责任公司

开本：787mm × 1092mm 1/32
字数：216 千字
印张：18.25
版次：2020 年 8 月第 1 版
印次：2021 年 1 月山西第 1 次印刷
书号：ISBN 978-7-5378-6256-1
定价：49.80 元

序一 /

君在盐城言　水阔云漫漫

张继炼

一、春雷，正当时，还有叙述语言。

清晨，天际间灰蒙蒙、雨蒙蒙，宛如天地合一。高楼与天空融为一体，形成单一的灰色调。电母抢在雷公前，把闪电变幻成宝剑，将灰色的天空划开数条耀眼的口子，向人间送去了春姑娘、向大地发出了万物复苏的信号。”(《春雷乍响》)

我喜欢吴开岭《春雷乍响》散文中的这样一种意境和叙述方式。

今天，注定是一个难忘的日子。这种难忘是在同“疫情”抗争的日子里，我刚刚完成了近十万字的作品：一部中篇、一部《张继炼时事随笔系列》、一部《“生活与岁月杂谈”系列》。之后，开始撰写阅读吴开岭散文集《看水东流》的序言《君在盐城言 水阔云漫漫》。

微信里，关于雷锋，关于周总理，关于惊蛰的话语与诗词铺天盖地，才惊醒我确切知道了今天的时间和日子。

……闪电稍逝，雷公不甘示弱，将春雷从苍穹中抛落。春雷乍响，缠绵的春雨与和煦的春风结伴，化作了人间的风风雨雨。

春雷乍响，是春风化雨，还是春雨戏春风？春风、春雨、春雷，是大自然的产物，是春天的使者，更是希望的开始，它们随春而至，伴春而来。春风扑面，春雷滚滚，春雨淅沥，令人浮想联翩，应了诗圣杜甫的《春夜喜雨》诗："好雨知时节，当春乃发生。随风潜入夜，润物细无声。(《春雷乍响》)

在这个特殊的春天里，人们对春特殊期盼的心情正如眼前文章里的心境。春天与惊蛰的巧妙融合，雷、电、雨的精彩精心描述，正是我用这篇文章做序言开头的原因。

许多写散文的人，包括一些所谓的"散文名家"，在一篇散文里，可以将写景、抒情等语言写得很完美。景与情之间的"过渡"语言，也即叙述语言，就有了差距，有时相差甚远，"脉压差"较大，读起来很不是滋味，如美味佳肴中的"苍蝇"，难以下"看"。这是没有经过训练而不成熟的表现。一篇《春雷乍响》的散文里，写景、抒情、叙述语言的同层次融合和结合中，体现了作者的功力与水平，这一点值得许多人学习。

二、句子的功能与军人出身的警察

江苏省的盐城市，是沿海的中部城市，南北相间，兼容并蓄，文化多元。海盐文化、生态文化、海洋文化、非遗文化、移民文化、红色文化等，形态各异，百花齐放。绵延数百公里的滩涂湿地拥有丹顶鹤和麋鹿两个国家级自然保护区和一个中华鲟自然保护区。海天相接，草木茂盛，鹤舞鹿鸣，原始生态风光，是近百种国家一、二类保护动物和近千种动植物栖息生长地。同时也有一位当过军人的警察，一位写散文的作家。

……一路上，战友们相互搀扶，相互鼓励，相互提醒，唯恐有战友掉队落下，或者跌倒摔伤。为了维持身体的平衡，我们一手扶着肩头的粮袋，一手用树棍支地。为了给自己鼓劲，我们高唱着《团结就是力量》之歌，嘹亮的歌声在山谷中久久回荡，经久不息。歌声在漫天的雪花中，给了官兵们无穷的力量，羊肠小道上留下了我们负重前行的足迹，洒下了我们辛勤劳动的汗水，也见证了我们的战友兄弟之情。(《大山深处吐芬芳》)

寥寥数语，一个复句段，即将军营生活娓娓道来，细数便知。对一个事物的叙述，不在言多，而在精细、准确、生动、鲜明。

现在的许多写作者，尤其一些年轻人，不注重，不喜欢，不研究，不运用“句子”的功能，特别是有些作者把散文句段排成散文诗式样，破坏了句子的句式美、单元美、语境美、意境美、整体美。一段句式写不好，何以写文章？优秀的散文，必须有优秀的段落句式和段落句式美。

三、吃面条的南方作家

就地域文化而言，如果排第一的是语言，那么排第二的肯定是饮食。南方与北方饮食文化的差异很大，也有专家罗列了许多元素，我认为面食是最主要的元素之一，在众多的面食中最具体的表现是面条。所以，《一碗面条》引起了我的浓厚兴趣。

兰州牛肉拉面是“中国十大面条”之一，享有‘中华第一面’之美誉，具有‘汤镜者清，肉烂者香，面细者精’的独特风味和一清（汤清）、二白（萝卜白）、三红（辣椒油红）、四绿（香菜、蒜苗绿）、五黄（面条黄亮）的特点。(《一碗面条》)

新兵训练时期，在一家清真牛肉拉面馆前，吴开岭停住了脚步，向面馆张望。班长知道他没钱，硬是拉着他进了面馆，主动掏钱请他吃了人生第一顿牛肉拉面，可班长不知道他吃不了辣椒。看到这儿，你可别以为面条的故事讲完了。

> 高邮酱油面又称阳春面，是传统的小吃。高邮酱油面又称阳春面，是传统的小吃。面条有挂面和水面两种，我们在面店里吃的面通常是水面。阳春面的做法不复杂，在大锅里将水烧开，丢进面条，很快就可捞出，置于配好作料的碗里，面条不烂且很有嚼头。作料为酱油、葱花、虾粉、猪油等。(《一碗面条》)

如此，南北方的面条特点都在文中娓娓道来，可见作者情系家乡和第二故乡。

四、骏马与银杏树的精神外延

草原民族离不开草原，马背民族离不开骏马。开岭的散文里居然还有写马的文章《马在何方》，那要仔细看看。

> 我一直喜欢马，喜欢马的忠诚、憨厚、纯朴的品质，欣赏马的任劳任怨、勇往直前的精神。在我的认知中，马就是人们的好朋友，它使人类的文明添了浓墨重彩的一笔。而与马相关的名作、故事、传说，在我国更是举不胜举：王亥驯马、徐悲鸿画马、九方皋相马，《昭陵六骏》《八骏图》等。(《马在何方》)

开岭对马的认知、崇敬和联想，到了如此程度，“马”就不是一般意义的普通的马了。

银杏树是盐城的市树，看看开岭是如何描写和赞叹的。

> ……放生林里栽下了 56 棵银杏树，寓意我们国家 56 个民族，平等友爱，和谐团结。不知是土地肥沃的原因，抑或是海边生长的银杏树生命力强，这些银杏，虽然才 60 多年的树龄，但专家

考证其生长速度却赶上了其他地方生长300年的银杏。(《海风轻拂银杏树》)

你不用再去了解为什么盐城选银杏为市树，也不用上网去查银杏树的生长规律，也不用知道银杏树代表的是一种什么力量和精神。我认为，有了上述精妙的文字，还需要公文堆积式语言的介绍吗?

如果用《56棵银杏树》做题目，就是一篇民族团结的大文章。

五、乡愁如此牵挂与美好

乡愁是不变的思念，是永远的牵挂，是生命的记忆，是初心的起始和拷贝。开岭的“乡愁”文章篇幅不少，各有特长，我比较喜欢《竹林河的前世今生》和《屋后的那条路》:

1993年，穿村而过的京沪高速公路，邂逅了村西头的竹林河。从此，村西头少了一条竹林河，多了一条高速公路。多年来，不管我身在何方，这条消逝的家乡河总是深情地呼唤着我，并在我的记忆长河中激起朵朵浪花。(《竹林河的前世今生》)

在这里，我还是要强调散文的语言，因为语言问题是决定作家是否能继续写下去和作家是否成熟的标志和标准。短短一百余字，将叙述语言、景物描写语言、抒情语言三者结合得如此到位，是令人欣喜和兴奋的，甚至包括“1993年”这样的数字符号也具有了景物和抒情意味。文章还没读完，便喜欢上了竹林河，因为开岭走进了我们的情感与内心。还有:

旭日初升，一叶小渔船迎着晨曦，泊在竹林河的河面上。年过古稀的老渔翁，头戴竹笠，手拿竹篙，光着双脚，站立在船头处。十来只鸬鹚，上蹿下跳，忙得不亦乐乎，将在河水里吐着泡泡的鱼儿，不断捉来献给自己的主人。老渔翁脚边是鱼篓，他将大鱼扔进了鱼篓里，小鱼奖励给辛苦劳作的鸬鹚们。

“泊”“戴”“拿”“站”“蹿”“跳”“吐”“捉”“扔”等等，一系列生动而活灵活现的动作描写，动态十足，逻辑严密，衔接自然，极具画面感，不是一般的功夫能驾驭这种文字的能力的。

在这篇文章里，人物与景物、事物、情态的动态描写更见一斑，如同影视剧中场景与画面的有机而准确的切换。此景此情，有谁能说不是摄制组设置的剧情场景呢？

在屋后的那条路上，奶奶又笑吟吟地问我：“奶奶哪天归天了（去世），你给奶奶烧钱（冥币）吗？”年幼的我，不懂什么叫烧钱，更没听懂奶奶的话，但为了让奶奶开心，我便大声地告诉她：“烧、烧，烧一大堆。”奶奶听了，呵呵地笑了，笑声从掉了牙的嘴里漏了出来。我眨巴着眼睛，流着口水，暗暗地想，回家后，奶奶从床头的“百宝箱”（小木箱）里变出的是蜜枣，还是台酥给我吃呢！祖孙俩，一老一小，手挽着手，在屋后的那条路上，留下了一路欢快的笑声。(《屋后的那条路》)

这样的场景，这样的思念，这样的记忆，这样的美好，我们都经历过，在我们的精神里，灵魂里，生命里。这就叫入理，入情，入景，入心……

六、不是结束的话

生活情趣的描写是比较难的事。选材、叙述、表达、风趣、幽默、调侃，这些元素的运用是需要一定才能和在日常“麻木”“琐碎”中的独特观察力的。在《木澡盆和老码头》《眼疾小记》等文章里有较好的体现。当然了，《桂花开了》中的“桂”,《夏夜观湖》中的“湖”等篇章，也是我喜欢的。

虽然是第一部散文集，但开岭的散文起点高，已具备了散文的基本元素和要求。也寄希望于开岭在今后的创作中，博览群书，潜心阅读；博采众长，静心思考；甘于寂寞，勤奋创作……

散文，需要形象、色彩、气味、声音、节奏、细节、情绪、空间、张力，需要细腻、生动、风趣、意味……

好的散文必须是从自己内心里、真心里流淌出来的，是自己生命的真实体验，是自己的真情感受，是自己的独立思考，是自己的人生感悟，不是虚的、假的、编的、造的，否则，就不是好散文，也可能不能称其为散文。

愿以此同开岭等文友共勉!

2020 年 3 月 5 日，惊蛰，于巴彦浩特

（张继炼，男，生于 1957 年冬。内蒙古作家协会第七届副主席、《华文月刊》主编、《中国散文家》副主编。瀚海园读书会会长、瀚海园写作会会长、神舟文学艺术院院长、阿拉善文化研究会会长。国家一级作家、预防医学副主任医师、文化学者。）

序二 /

乡土记忆 家国情怀

——吴开岭散文集《看水东流》序

王散木

当乡村城镇化被无尽渲染、物质的焦虑感肆意蔓延、人们内心的宁静被一再打破时，许多人误以为只有大城市、只有高科技、只有快节奏才能带来幸福。其实不然，在散文的百花园里，我看到了幸福生活的另一种可能——回归自然，留住乡愁。

著名社会学者费孝通在其著述《乡土中国》的开篇便点到：中国社会是乡土性的。文学版图又何尝不是呢？尤其是散文创作。因为散文多缘于倾诉，散文写作者不习惯于重新虚构一个与自己所知、所想相去甚远的文字世界，而是选择直接把知道的、想到的真事、真情、真相，统统倾倒出来，见到多少、想到多少，甚至读到多少，就借散文呈现多少。人在世上的细枝末节、所思所想，是散文最好的素材，散文写作者翻捡岁月的自然褶皱，化成为文字，在纸上展现另外的妖娆。散文青睐岁月的划痕、高峰或险滩。不过，散文也向来不排斥岁月的平淡无奇。人生中的一件小事，一个微不足道的细节，往往能成就好散文、大散文。读了吴开岭的散文集《看水东流》，更坚定了我对散文的上述认知。

《看水东流》充溢着浓酽的乡思、乡恋、乡愁、乡土味，流淌着殷殷的亲情、爱情、友情、家国情。

徜徉于开岭的文字里，无论是追踪他天南地北的足迹，还是辨识他摇曳生花的笔迹，总离不开一个万朝归宗的轨迹——始终深深植根于肥沃滚烫的乡土，汲取精神原乡的动力！尽管“往事，在鼓声中渐行渐远；岁月，在鼓声中慢慢深邃。每每听到咚咚响的鼓声，我激动的心情总是如滚滚春潮，动荡不息！”（《鼓声咚咚响》）不管是乡下业余剧团的鼓声，还是历史传奇里沙场鏖战的进军鼓声，抑或军营中欢送迎新的铿锵腰鼓声，都缘起于童年的那把货郎鼓，连着“儿时的梦”。

循着开岭的足迹，从祖国大西北大山深处的军营、古城的军校，到兰州，到青海大草原，再到大西南的重庆嘉陵江畔、贵州习水的红土地，到雪域高原的藏区，跨越千山万水，走遍南北西东，品尝过不同风味的佳肴美食，但是念念不忘的还是故土。“菜园里……除青色的辣椒、紫色的茄子、绿色的黄瓜外，还有圆圆的西瓜、长长的冬瓜、扁扁的南瓜，以及木架上垂落下来的癞葡萄。”（《乡情是一支清远的笛》）牵挂着家乡的豆腐、虾米、荤油渣、猪血块，家乡的莲藕、茨菰、咸鸭蛋、阳春面，并由衷感叹乡情是“古老的童谣”、是“陈年老酒”，更是一支“清远悠扬的笛”。

《看水东流》的文笔流畅，激情荡漾，真挚自然，暖心润肺。浓浓的亲情无处不在，随处荡漾。

《屋后的那条路》见证了祖孙情、父子情，《我的年味》见证了母子情——

在屋后的那条路上，奶奶又笑吟吟地问我："奶奶哪天归天了（去世），你给奶奶烧钱（冥币）吗？"说完后，奶奶又轻叹了一口气，接着说道："奶奶老了，享不到你的福了。你若有出息，孝敬你父母就行了。"年幼的我，不懂什么叫烧钱，更没听懂奶奶的话，但为了让奶奶开心，我便大声地告诉她："烧、烧，烧一大堆。"奶奶听了，呵呵地笑了，笑声从掉了牙的嘴里漏了出来……祖孙俩一老一小，手挽着手，在屋后的那条路上，留下了一路欢快的笑声。

在屋后的那条路上，我送走了父亲。那年，父亲仅仅 64 岁。那一刻，我碎裂的心在喃喃自语："爸爸，您累了吗？您需要休息了吗？多年来，为了支撑这个家，为了养活五个孩子，您面朝黄土背朝天，从不言累，从不叫苦。屋后的那条路，就是您勤劳而又忠厚一生的见证者，另一个世界是否还有家乡屋丅后的那条路？"（《屋后的那条路》）

除夕上午，我将老家的门前屋后打扫干净，陪母亲一起赶集，帮她备办了一些年货，便驾车返回盐城。车启动前，母亲反复叮嘱我在外要当心，开车多注意，穿衣别着凉。车启动后，母亲站在路口送我，我透过后视镜，一直看着母亲的影子模糊在视线里。（《我的年味》）

"家是温暖的港湾，家是情感的寄托，家是幸福的源泉！执子之手，与子偕老。我和妻子穿行在城市广场、漫步在林荫小道、流连在山水之间，爱的足迹留在了青海湖、塔尔寺、金银滩大草原……"（《"七夕"秋思》）这里叠映的是恩爱的夫妻之情。"当我笨手笨脚地帮女儿洗好澡时，女儿却赖在浴盆里，不愿离开了。小家伙兴奋地用小脚在浴盆里一顿乱踢，飞出的水珠溅了我满身，她却开心地咯咯笑了。”“每到夏天，年迈的奶奶便用家里一个祖传的木澡盆放在屋前帮我洗澡。而调皮的我，坐在木澡盆里，将洗澡水用双手捧着往外泼，直至木澡盆边泥泞一片。待木澡盆里的水所剩无几时，我就光着脚丫，迈出木澡盆往外跑，时常摔得跟泥猴子似的。患有气管炎的奶奶，只能气喘吁吁地跟在我的身后，由着我去胡闹。等我玩够了，奶奶再把我哄回家，往木澡盆里重新打水，耐心地又帮我洗干净。”（《木澡盆和老码头》）这里呈现的是血脉相连的父女情，呈现的是隔代亲，淋漓尽致的祖孙情。“青青的树叶，像块翡翠，宛如鸭掌，又似扇子……我告诉女儿，这是银杏叶。孩子说，这是小扇子，要带回家扇风。我听了，笑了。妻子听了，也笑了。”（《海风轻拂银杏树》）这就是浓得化不开的亲情！

此外，书中的师生情、同学情、战友情、文友情，俯拾皆是。“徐老师总是适时地勉励我……我学习的动力就更强了。”后来，当上了班里的学习委员，还戴上了令人羡慕的“三道杠”，考试总分在本乡名列前茅。这些，都离不开“我的小学老师徐泽民”。“也许是脾气相投，也许是同学情深，也许是我们血管里都一样流淌着农民的血脉，我和海山的关系相处得越来越好。海山总是谦虚地管我叫哥，我也不做作，爽快地叫他为兄弟。”（《我的兄弟叫海山》）同学深情溢于言表。

乘火车去拉萨，途径西安，“战友王忠诚一路小跑，气喘吁吁地提着两瓶酒进入站台”。“火车启动时，他在窗外目送我，抬手给我敬了个标准的军礼。那一刻，我的心一酸，眼泪差点掉了下来。感谢你，我的兄弟，记得你的老排长！感谢你，我的兄弟，记得你的老战友！感谢你，我的兄弟，记得你的老大哥！”“火车停靠兰州站……战友成德军和张军亮结伴而来，买了香烟，买了熟菜，还提了两瓶酒。”“战友们给我送来的不是美酒，而是一份醇厚真挚的战友谊、兄弟情。那一晚，我沉醉在浓烈的情感氛围中，彻夜失眠了。”(《拉萨之行》)

才情毕露的姨哥、知识渊博的杜国富先生、实诚内敛的王三宝老师、早年写稿共同署名的儿时玩伴老杨……凑到一起，总有说不完的话，唠不完的嗑，“这就是乡情，这就是文缘！”“我坚信：置身天涯海角，不变的是乡情；相隔天南地北，有情怀就会有文缘。”(《乡情·文缘》)

《村东头的桥》折射的是时代变迁，世事沧桑；《又去文游台》缅怀秦少游和汪曾祺“这两位家乡文人”“漂泊在外的高邮游子”，更感慨“他们有着一样的乡愁，一样的才气，甚至都有着一样的人生重挫”。“把灵魂留在了生养他们的故土，把文化气息留在了家乡，把念想留在了父老乡亲们的心中。”

“大自然拥有着万物生灵，以及江河湖海、沙漠山川、日月星辰、风雷雨电等，它区分出春夏秋冬、白昼黑夜，它馈赠了人类五谷和六畜，使人们能够安居乐业。所以，大自然是伟大的、无私的，与人类休戚相关……近年来，由于个别人的鼠目寸光，滥砍森林、污染环境、捕食野生动物等，人类遭受大自然的惩罚还少吗？种种大自然的示警，人类的眼光不应该看得更远、更广、更真切吗？”(《新春，我在阳台上看星星》)这里有对社会进程的叩问，有对自然环境的隐忧……家国情怀溢于言表！

其实，展开来看，开岭兄弟的散文还有以下几个特点：

一是作品贴近社会、贴近生活、贴近时代、贴近读者。我们大家都知道小说创作是来源于生活而又高于生活的文学作品，其实任何一种形式的文学创作都是来源于生活，不是靠凭空想象，散文尤其如此。《看水东流》一书中的51篇散文几乎都是紧贴生活、紧跟时代的佳作。这样的文章，我们读来很亲切，没有距离感，可以说直击心扉，使读者与作者的脉搏一起跳动，读者与作者的思想产生共振。

二是写作题材涉猎广泛，内容厚实。既写家长里短的小事，如《一碗面条》《竹林趣事》，也写职场人生，如《大山深处吐芬芳》《蓝蓝的天上白云飘》；既写名不见经传的《竹林河的前世今生》，也写人文胜景《又去文游台》；既有对往事漫忆的《木澡盆和老码头》，也有憧憬未来的《孩子，愿你飞得更高》。看似平凡小事，经过作者的思维过滤、艺术加工，就给它们赋予了深刻的内涵，如《岁月如歌》《用心写字》《烈日和绿萝》等作品。作者能有如此宽泛的创作思路，这和作者军旅岁月、警营生活、杂志编辑等丰富多彩的人生阅历是分不开的。这或许也是作者能多角度、多视野、多方位取材的一个重要因素。

三是语言流畅自然、诙谐幽默。语言功夫是衡量一个写作者水平高低的硬指标，尤其是散文的语言。开岭散文语言精练、自然流畅、诙谐幽默、意蕴优美、感情真挚。如在《村东头的桥》《屋后的那条路》中对自己成长过程的叙述，《我的兄弟叫海山》《“大地主”的情怀》中凝练的对话，无不体现了作者过硬的语言功底和高超的语言驾驭能力。在《夏夜观湖》一文中作者从夜色降临、晚风荷香、蝉鸣起伏、倦鸟归林等不同时段、不同角度把夏夜湖景写得摇曳多姿、光影流动；“年轻的人儿，身伴聚龙湖，心沐爱河中，或执手相看，或相依而偎，或窃窃私语。后背双手，沿着台阶而下，嗅草木芬芳，听万物梦呓，看月湖之景……”一气呵成了一段诗一般的段落，让人倍感浪漫温馨。这种风格舒朗、天然无琢、朴素大方、行云流水般的语言更是作者语言艺术的集中展示。

四是思想性与艺术性的完美结合。人们常说作品“语言是外衣，思想是灵魂”。没有思想的文章，不论辞藻多么华丽，语言多么光鲜，都是华而不实的。开岭的散文有着自己特有的个性，有别于大众的写景抒情、叙事论理。其每篇文章都赋予了一定的思想内涵，达到了一定的艺术水准和高度;都有其点睛之笔，引发读者回味;不论写山写水，还是写人写事，都闪烁着智慧的光芒。例如他在《秋野》中写道：“一颗颗金黄色的稻菽，手挽着手在秋风中婆娑起舞……一只只棉花桃儿，使劲地咧开大嘴，吐出雪白的棉花……一根根红高粱不甘寂寞，将火一般的激情融入秋野里……一只只四处觅食的麻雀在秋野里飞来飞去、忽上忽下、叽叽喳喳，欢呼雀跃地讲述着秋天的故事。”使一个个描摹对象都富有动感，具有了人的灵性。又如在《春雷乍响》中写道：“春雷乍响，缠绵的春雨与和煦的春风结伴，化作了人间的风风雨雨。春雷乍响，是春风化雨，还是春雨戏春风？春风、春雨、春雷，是大自然的产物，是春天的使者，更是希望的开始，它们随春而至，伴春而来。春风扑面，春雷滚滚，春雨淅沥，令人浮想联翩……”有动有静，有声有色，几乎让人目不暇接，真正做到了思想与艺术的完美结合。

当然，集子里的有些篇目叙事似可再简练些，语言也可以再质朴一些。相信开岭未来的写作思路会更开阔，探索会更深远！

（王散木，中国作家协会会员、中国散文学会理事、中国报告文学学会会员、中国文艺评论家协会会员、东莞市文艺评论家协会理事，广东人民出版社东莞编辑中心编辑，中华世纪文化出版社编审。信阳师范学院文学院客座教授，中山大学 MBA 高研班兼职教授。）

目录

第一辑 奔流岁月

第二辑 一方水土

第三辑 风雨家园

第四辑 浪花朵朵

第五辑

放歌山水

第一辑　奔流岁月

岁月就像那奔流之水，虽一去不复返，
但勇立潮头的汉子，却尽显人生之美！

鼓声咚咚响

应笔友之邀，我游览了位于高邮南门大街的鼓楼。

登临顶层后，我看到，有一面大鼓放置在鼓架上，旁边放着鼓槌。对鼓情有独钟的我，拿起鼓槌擂了一通，大鼓发出咚咚的悦耳响声。鼓声像一把神奇的铁锤，敲开了尘封在岁月中的故事。

小时候，最爱见到的就是走村串乡拿着货郎鼓的“换糖人”。所谓换糖人就是做炒米糖生意的手艺人，在里下河地区还是比较常见的。

家乡的换糖人用扁担挑着两只箩筐，一只箩筐里用来放废旧品，另一只箩筐上放一只木盒子，盒子里放着孩子们爱吃的炒米糖。炒米糖是家乡的一道小吃，做法并不复杂，但对孩子们却有着巨大的诱惑力。炒米糖，可以用钱买，也可以用破烂换。物资匮乏的年代，小毛孩子是不可能有钱的，我们就捡一些破烂储存着，盼着换糖人早点来。换糖人很会招揽生意，一到村庄，或者见到孩子们，就高声吆喝着“换糖吃了”，而手里的货郎鼓，则使劲地摇着，发出咚咚响的鼓声。听见鼓声，三五成群的孩子们便流着口水涌了过来，眼睛直勾勾地盯着那切成一块一块的炒米糖。孩子们带着捡来的废铁、旧农具、破塑料盆、烂塑料布，还有破锅等，喜笑颜开地从换糖人那里换炒米糖吃。一会儿的工夫，换糖人木盒里的炒米糖就没了，而换糖人的箩筐里，则装满了废旧品。

咚咚响的鼓声，听在我的耳朵里，转悠在我的小小脑袋瓜里，我觉得货郎鼓就是一件“宝物”。我多么想拥有一把货郎鼓啊！因为拥有它，我就会像换糖人一样，摇响四里八乡，摇出一块又一块的炒米糖！

一把货郎鼓，那是我儿时的梦！

我终究还是拥有了一面小鼓，是一个很漂亮的玩具，是姨外婆送我的礼物。姨外婆是外婆的妹妹，是位长相端庄而又慈祥的老人，时不时地帮衬我们家一些。她家住在小镇上,开了家小货铺。小货铺卖一些日杂品，以及孩子喜欢的小玩具，如：塑料枪（刀）等。快念小学的时候，我随母亲去看望姨外婆，姨外婆很喜欢我，她见我盯着货铺上的玩具，便会心地笑了。回家后，母亲拿出一双鞋和一面小鼓递给我，告诉我是姨外婆送给我的。鞋不是农村常见的布鞋,是非常洋气而又结实的耐克鞋。然而，我的一双不大，但却不安分的“铁脚”，很快就将鞋底磨穿了，母亲看了直叹气。可是，作为孩子，这又与我何关呢？我真正在乎的是那面小鼓，小鼓红色的鼓身，黄色的鼓膜，左右鼓身上各用一根红线系着一个绿色的小珠子，一根比筷子短一点的红色鼓柄。用双手夹着鼓柄，前后搓动，绿色的小珠子就撞击在黄色的鼓膜上,发出“咚咚”的声音,真是一面漂亮、好玩的小鼓啊！上学的时候，我带着小鼓，鼓声咚咚响，迎来的是同学们一双双羡慕的眼神。睡觉的时候，我将小鼓的鼓柄捏在手心，听着咚咚的鼓声才能进入梦乡。这面小鼓,它是我童年记忆中最拿得出手的玩具，我称它为“货郎鼓”。小鼓，圆了我童年的梦，甜甜的炒米糖，亲亲的姨外婆，都在鼓声的回响里闻得着，看得见。

咚咚响的鼓声，送走了我的金色童年，也如影随形地伴我迈进了青葱岁月。

20 世纪 80 年代后期，在高邮农村经常有跑场子的业余淮剧团。剧团演员人数不多，少的三五人，多的十来人，但在农村却很受欢迎。母亲爱看淮剧，经常带着我去看戏。内行看门道，外行看热闹。母亲和大多数的观众一样没有文化，既是个戏迷，又是个戏盲，而我又是孩子，故而娘俩都喜欢看剧情热闹的戏。至于演得如何，也就并不重要了。那时的戏，也很迎合这种口味。戏进入高潮的时候，一阵咚咚响的鼓声，大腕主角顶盔贯甲，威风凛凛，骑马（道具）登台亮相，率领三军，征战沙场。枪来刀往，斩敌于马下，换来观众阵阵的叫好声。孩子总是崇拜英雄的，听到那咚咚响的鼓声，我感觉我是那百万军中斩敌将首级的上将军。

读初中的时候，我迷恋上了古典战争小说，也特别爱听收音机中的扬州评书，就像现在的一些孩子喜欢上网一样。小说中提到战争中战鼓的情节是很多的，也让我对战鼓兴趣更浓。如：《三国演义》中，张飞擂鼓助威，关羽力斩蔡阳于马下；《杨家将》中，佘太君擂鼓助威，指挥作战；《岳飞传》中也多处提到擂鼓助威，抗击金兵。三通鼓响，不胜便败，是有道理的。中学课文《曹刿论战》中，介绍了春秋时期齐鲁两国的长勺之战。曹刿曰：“夫战，勇气也。一鼓作气，再而衰，三而竭。”曹刿阐述了两军交战，听鼓声而知士气。可见，鼓声就是命令，就是冲锋的信号，就是力量的来源。

南朝宋范晔的《后汉书·皇后纪》中，记载了汉光武帝刘秀的人生理想：仕宦当作执金吾，娶妻当得阴丽华。后来，刘秀当了皇帝，也娶了阴丽华，成为一段佳话。然而，在众多后世传颂的佳话中，我却最爱听的是巾帼女英雄梁红玉擂鼓退金兵的故事。1129 年 10 月，韩世忠、梁红玉夫妇率水军 8000 人，在镇江截击 10 万北撤金军。梁红玉登上十几丈高的楼橹，冒着流矢，在金山之巅的妙高台“亲执桴鼓”指挥作战。咚咚响的鼓声，既鼓舞了韩世忠杀敌的勇气，也振奋了宋军的军心，打得金军溃不成军。夫妻俩在战船上，意气风发，拔剑起舞，歌曰：万里长江，淘不尽壮怀秋色。漫说道，秦宫汉帐，瑶台银阙。长剑倚天氛雾外，宝弓挂日烟尘侧！向星辰，拍袖整乾坤，难消歇。龙虎啸，凤云泣，千古恨，凭谁说。对山河耿耿，泪沾襟血。汴水夜吹羌笛管，鸾舆步老辽阳月。把唾壶击碎问蟾蜍，圆何缺？

擂鼓杀敌，夫唱妇随，抵御外辱，保家卫国。可见，韩世忠胜过执金吾，梁红玉比得阴丽华！

梦伴着鼓声在不知不觉中潜滋暗长，激越豪迈的人生成了我的向往。

1995 年冬天，我参军到了西北，又听到了咚咚响的鼓声。载着新兵的火车到站后，夜已很深，天气很冷。刚下车，我就看到了很多戴着大檐帽的老兵，大檐帽上是庄严的“八一”军徽。一阵咚咚响的鼓声传了过来，原来是部队组织官兵打着鼓夹道欢迎新战友。当鼓声敲响的时候，我的情绪有点激动，想起了岳飞背上的四个字“精忠报国”，想起了军人战死沙场，马革裹尸的英雄壮举，想起了古战场，刀光剑影，鼓角争鸣，甚至想起了唐朝诗人王昌龄的《出塞》诗：骝马新跨白玉鞍，战罢沙场月色寒。城头铁鼓声犹振，匣里金刀血未干。

我由衷产生了自豪感，因为我成了一名光荣的解放军战士，我将为祖国的安宁奉献青春，为人民的幸福站岗执勤。

我喜欢鼓，喜欢听咚咚响的鼓声。新兵连，我有幸加入了腰鼓队。腰鼓形似圆筒，两端蒙皮，鼓身有两支铁环，用带子悬挂在腰间，两手各执一木槌敲打。腰鼓无固定音高，音响清亮，既可用作伴舞乐器，也可作为舞蹈道具，是腰鼓队的主要乐器。为丰富军营生活，每年的春节，团里都从各连队抽调文艺骨干，组织一台官兵自编自演的春节晚会。腰鼓队的表演，是必备节目。为了打好腰鼓，腰鼓队加班加点地进行排练。排练中，我们练听音乐的节奏、练身体的协调、练鼓点的把握，以及队伍的整齐划一。

“金风送喜来，紫荆花已开 / 二月大地春雷锣鼓敲起来 / 百年梦已圆，千年手相牵 / 中国走进新时代……”晚会时，在歌手孙悦的《欢乐中国年》的歌声中，我们穿着迷彩服，精神抖擞地踩着鼓点，击打着腰鼓，将军人的阳刚之气和腰鼓的喜庆氛围尽情地展现出来，收获了官兵们雷鸣般的掌声。咚咚响的鼓声，缓解了战士们的思乡情绪，使我们感受到了部队大家庭的温暖……

往事，在鼓声中渐行渐远；岁月，在鼓声中慢慢深邃。每每听到咚咚响的鼓声，我激动的心情总是如滚滚春潮，动荡不息！

大山深处吐芬芳

天将暮，雪乱舞。

新年伊始的傍晚，大雪覆盖了里下河地区。洁白美丽的雪花，总是令人浮想联翩，而我的思绪也随纷扬的雪花，飘向了千里之外的大山深处。

一

南北两座大山，山间是一条蜿蜒曲折的山沟。我们营、我的连队就驻扎在这条大山深处的山沟里，老百姓称之为“大沟部队”。提到深山，有人或许会想到山清水秀和鸟语花香，甚至会想起陶渊明笔下的世外桃源。然而，这块土地，这处深山，这条山沟却与众不同。它是一个远离城市、交通不便、海拔较高、含氧偏低、常年气候偏冷的山沟。山沟几乎与世隔绝，常年感受不到夏季的来临，春、秋季是这里的过客，冬季则是常客。

三月底，紧张的新兵连生活结束，我长出了一口气。连队，我的连队在哪里呢？连队又是什么样子呢？怀揣着疑问，我们八个新兵坐上军车，离开教导队，分到“大沟部队”，成为三营八连的战士。放下行李，屁股还没坐稳，天气骤变，纷纷扬扬的大雪便降临在大山深处。鹅毛般的大雪给新兵们来了个下马威，毫不客气地将进山的路给封死了，运输军粮的车辆也无法进山。连长、指导员接到报告后，心急如焚。连队通知连值班员，集合官兵出山扛粮。出了营门，我们傻眼了，出山的路冻了，上面飘着一层浮雪。滴水成冰，路滑难行。人是铁，饭是钢，饭能不吃吗？再难行的路，也得要走。营区地形高，皑皑白雪落在结冰的下山路上，脚踩上去，人尚能踉踉跄跄地滑行下山。然而，下山容易上山难，回连队就麻烦了，更何况还要扛着军粮。怎么回连队？怎么将军粮运回连队？愁坏了我们。所幸，驻地的一位牧羊老乡告诉我们，山间的一条羊肠小道没有结冰，可以绕行到达营区。欣喜之余，我们请求老乡给我们带个路。在老乡的引路下，官兵们互相照应，在风雪中吃力地背着粮袋，踩着沙沙作响的积雪向营区缓缓走去。

羊肠小道忽高忽低，地滑路窄。虽无“蜀道难，难于上青天”之状，但扛着近百斤的军粮，却是举步维艰。一路上，战友们相互搀扶，相互鼓励，相互提醒，唯恐有战友掉队落下，或者跌倒摔伤。为了维持身体的平衡，我们一手扶着肩头的粮袋，一手用树棍支地。为了给自己鼓劲，我们高唱着《团结就是力量》之歌，嘹亮的歌声在山谷中久久回荡，经久不息。歌声在漫天的雪花中，给了官兵们无穷的力量，羊肠小道上留下了我们负重前行的足迹，洒下了我们辛勤劳动的汗水，也见证了我们的战友兄弟之情。

如此恶劣的环境，又有谁愿意在此长相厮守？又有谁愿意将大好年华留给大山？然而，全连官兵却没有一个有怨言，没有一个有牢骚。那段时间，我们靠着这些军粮，以及窖藏的白菜、土豆，吃着烩菜，啃着馒头，撑到了春暖花开的季节（夏季）。现在想来，这可能就是军人的品质，或者叫不畏艰难的精神吧！

二

那年的冬天，显得很漫长，应了“山中无甲子，寒尽不知年”之说。

大山里，生长着许多叫不出名字的杂树。在严寒的摧残、大雪的重压下，有的耷拉着脑袋、有的被拦腰折断、有的结束了生命成了一棵枯树。大山深处的枯树、黄土、白雪，使山沟显得更加萧瑟、更加苍凉、更加幽静，仿佛一切生命都冬眠了。

连队决定，利用业余时间，组织官兵开展农副业生产。从老兵们口中得知，连队将要养鸡和种土豆。养鸡和种土豆，对大多数年轻战士来说，还是一件技术活、新鲜事。

5 月份，连队开始养鸡。连队的鸡舍，搭建在营房东大约两里处，是一处破损的猪圈改建而成。我们将山上的小枯树运到鸡舍，将小枯树一头削尖，用榔头将小枯树锤进地里，小枯树上围了一些塑料网，圈养了大约两百只鸡。那时，鸡成了全连的宝贝疙瘩。战友们轮流喂养，看着它们一天天长大。每天连队出操时，隐隐听见鸡舍方向传来的公鸡打鸣声，官兵们心里乐开了花，仿佛已吃到了鲜美的鸡肉。

6 月份，大沟里的天气有所回暖。连队结束了冬训，组织官兵在大沟里的空地上，开荒种土豆。我的家乡是水乡，种植土豆比较少见。所以，我对土豆种植很好奇，特想学一学土豆的种植方法。听老兵们讲，在这块奇特的黄土地上，搞种植难度大，往年的土豆收成非常不好，可能与气温偏冷有关。最大的土豆有鸡蛋大，小的如同鸽子蛋。辛勤的劳动，得不到应有的回报，导致老兵们都很沮丧。

今年的土豆种植，由连队新兵负责。新兵们暗暗下定决心，一定要弄个好收成，改变土豆低产历史。副连长将劳动队伍进行了分工，一组人用铁锹将地挖深、挖松，另一组人去鸡舍运鸡粪作为底肥，还有一组人将整块的土豆切块，浇水造墒，将芽眼向上，埋入地里。热火朝天的劳动场面，深深地感染了我，也感染了每一个劳动者。劳动中，没有一个战友叫苦，没有一个战友喊累，脸上始终洋溢着喜悦的笑容。土豆种好后，战友们自发地给地浇水、施肥。每次见到土豆地，我就在心中默念，土豆快点长大。许是精诚所至、金石为开，许是一分耕耘、一分收获，土豆地里终于长出了一片片绿意浓浓的叶子。绿色的叶子，使我们看到了大山深处潜藏的生命力，也看到了丰收的希望。浪漫、情调、繁华等词语，在大山深处是遥不可及的奢望，但劳动的快乐、收获的喜悦，对官兵们来说，是精神上的享受。

那年，这群鸡真给力，成活率很高。母鸡下蛋，公鸡成了我们的盘中餐。土豆，也因施了不少鸡粪，长势喜人，比往年收成翻了几番。

和平年代的军人，既是战斗队，又是生产队；火热的军营，既是大熔炉，又是大学校。军旅生涯，更是人生的宝贵财富，能让人从幼稚变得成熟、懦弱变得坚强。

三

冰雪融化，万物开始复苏。

姗姗来迟的夏季，羞答答地走进了大山深处。南北两山，脱下了厚实的白棉衣，换上了凉爽的绿衣裳，大沟里出现了少见的鸟语花香。此时的大山深处，用郁郁苍苍、草长莺飞来形容，似乎并不为过。

周六，连队以排为单位，组织官兵登山踏青。登山，是连队官兵最爱参加的一项集体活动，既能锻炼身体，又能登高望远，陶冶情操。若是运气好，还能得到大山给来访客人馈赠的礼物。

我们从连队出发，沿营房前的石子路，抄近道向西、向大山深处行进。告别白雪，拥抱绿色，欣赏大山的风景，探索大自然的秘密，战友们的心情非常好，东瞅瞅、西看看，感觉眼睛不够用。南北两山上，融化后的雪水，响应季节的号召，或渗或淌地汇集成了溪水，沿着一条东西走向的天然小溪，哗啦啦地向东流淌着;驻地老乡们放养的牛羊、骡马，在山谷里悠闲自得地啃吃着青草；几只野兔，在路边跳跃而过，似乎已经忽视了我们的存在；此起彼伏的鸟啼声，在空旷的大山里，显得悦耳动听……

在北山的阳面，生长着一些我叫不出名字的花草。大山里没有名贵品种，存活的花草都是生命力很强、对生长条件要求不高的普通花草。在大山里，娇贵的花草是不能生存的，唯有不畏严寒，经得住风吹雨打的，才能吐露芬芳。有一种颇耐观赏的植物，拥有蓝、白、黄、雪青等颜色的花，在大山里随处可见。这种花，就是马兰花。“马兰花，马兰花，风吹雨打都不怕，勤劳的人在说话，请你马上就开花。”这句经典的童谣，曾伴随着我的童年，流淌在人们内心的最柔软处，是一代代人童年最美好的回忆。

踩着荆棘密布的山路，我们一头扎进大山的怀抱里。在山上，我们采摘了大量新鲜的蘑菇、木耳，以及从未见过的野生党参、当归、蕨菜等大山特产。欣喜之余，战友们将这些战利品，用军用挎包装了起来。

党参、当归晒干后，计划邮寄给远方的亲人，表表心意；木耳、蘑菇、蕨菜等带回连队，交给炊事班的战友们，就能变成饭桌上美味可口的菜肴。

登山路上，战友们边登高山，边侃大山。年轻人朝气蓬勃，在集体活动中，人活跃，话题多，聊工作、谈理想、聊家庭，还有相互间挤眉弄眼、窃窃私语的。当然，最感兴趣的莫过于哪位战友，主动念一念家乡那位美丽姑娘的来信。站在大山之巅，仰望着蓝天白云，空中几只雄鹰时而纵声长唳，时而展翅冲天，时而俯冲盘旋，深情地注视着这方土地。千万棵参差不齐的树木迎风而立，宛如身穿绿军装的哨兵，坚守在大山深处。

大山深处的山沟，不是充满传奇色彩的大漠，不是牛羊成群的草原，更不是小桥流水的南国。然而是什么样的魅力、是什么样的信念，使一批批正值青春年华的年轻人扎根在大山深处，而又无怨无悔呢？我想，应该就是信仰。

四

训练、执勤、学习，是和平年代军营的三部曲，我们在大山深处默默地履行自己神圣的职责。

春节是传统节日，更是一个团聚的日子。每逢佳节倍思亲，为了体现部队温暖，缓解我们的思乡之情，连队举办了篝火晚会。晚会上，我们会自编自演一些小节目，如击鼓传花、军歌联唱、拉歌、猜谜语等。除此，还组织战士们写家书，向远在家乡的亲人们拜年问好。

记得，一位战友由于工作出色，被评为“优秀士兵”。春节前，他身穿军装，佩戴“优秀士兵”奖章，喜滋滋地拍照寄回了老家。不久，他的识字不多的父亲很快给他回了信。战友将信递给我看时，我发现信纸上字迹模糊，似乎是被泪水打湿过。信上歪歪扭扭地写道："儿子，你在部队立了小功，爸妈感到高兴，你一定要多吃苦，家里不要你操心……"信的内容，我记不全了，但看完那封信，我的泪水禁不住流了下来，多么朴实的父母啊！多么殷切的期望啊！这就是人民子弟兵的父母，这就是我们的群众的觉悟。

原兰州军区政委喻林祥同志，曾经到"大沟部队"视察慰问。将军看了部队的环境，并与官兵们交谈后，被官兵们扎根深山、无私奉献，耐得住寂寞、守得住清贫的精神深深感动，挥毫留下了"深山励志"四字。首长的题词，鼓舞了官兵们的士气，激励了官兵们的斗志，更是对"大沟部队"在恶劣环境下，仍然乐观向上、不忘本职精神的充分肯定。

2018年，新年的第一场雪，染白了夜晚中的里下河地区。雪花拍打在我的脸上，隐隐作痛。岁月静好，有人负重而行！每到飘雪之季，我总情不自禁地喃喃自语："雪花、雪花，你可曾飘进大山深处？大山深处的兄弟们，他们还好吗？"

铁打的营盘流水的兵。多年没有回到"大沟部队"，但昔日往事却始终烙印在记忆深处，挥之不去。大沟里的环境，不知道有没有改变？但我坚信，肯定有更多的热血男儿在大山深处坚守、圆梦。

火热的军营，绿色的军装，使大山深处焕发出蓬勃生机，吐露出诱人芬芳。

金戈铁马入梦来

僵卧孤村不自哀，尚思为国戍轮台。夜阑卧听风吹雨，铁马冰河入梦来。

——陆游

秋雨就像情意绵绵的喜鹊，给我报来了意外的惊喜：战友冒雨来盐城做客。

“有朋自远方来，不亦乐乎。”屋外雨声不停，屋内笑声不断。战友、战友，亲如兄弟，叙不完的旧，道不完的情。

夜梦中，思绪飘飞，军旅往事不禁浮现脑海……

1995 年 12 月，高邮市人武部锣鼓喧天，鞭炮齐鸣，欢送新兵光荣入伍。我怀揣着报国之梦，佩戴着大红花，在轰隆隆的列车声中，奔向了原兰州军区。兰州是黄河唯一穿城而过的省会城市，部队驻地就在兰州市。我没出过远门，对兰州没有印象，只是听过西北民歌《信天游》而已。在新兵们相互小声的嘀咕声中，火车穿越了一个个隧道，驶进了传说中的大西北。冬天的西北，很是萧瑟，几乎见不到什么绿色，但很是壮观，大大小小的“山”头在家乡高邮是见不到的。

深夜，天气很冷，外面刮着风。在寒风中，我们终于抵达了西北重镇兰州市。当晚，部队用军用大巴将我们从火车站接到了位于郊区的教导队。教导队为新兵准备了夜餐，是热气腾腾的面条。身在异乡，初来军营，一种温暖油然而生。吃完饭后，新兵连组织分班排，每个班十个新兵。班长是名老兵，将我们领进了宿舍，发放了统一样式的洗漱工具。洗漱完毕后，熄灯号响起，我们解开背包，钻进了被窝。我的军旅生涯，从此拉开了帷幕。

班长是甘肃人，个子不高，对我们像兄长，但很严肃。到部队的第一周，班长教我们整理内务。整理内务，其实就是叠军用被子。叠被子讲究多，要求高，被子叠得“一刀切”，像一块豆腐。要领为：一压（被子压实）、二叠（折叠部分取好距离）、三掏（掏被角）、四修（修成方块）。班长每天检查内务，被子叠得好的，上面放一面小红旗，进行鼓励。

黎明前的睡眠是红烧肉，是很喷香诱人的。天还没亮，外面伸手不见五指。班长便将十个新兵蛋子，从梦里叫醒，开展小型练兵。一个月后，高强度的训练，将我们瘦弱的身板变得更加壮实、稚嫩的脸蛋变得更加刚毅、散漫的作风变得更加严谨，军人的阳刚之气悄然形成。夜晚，我躺在床上，辗转难眠。训练后的疲倦，却难以抑制我的满怀豪情。想起临行前，父母望子成龙的嘱托，不由得暗下决心。既然选择了部队，就该做好吃苦的准备，不能让家人失望。我默默地写了一首小诗激励自己：“双亲养育恩似海，送子参军盼业成。身怀嘱托赴西北，卸甲归来愧见人。”

一次晚点名表扬，一次连队记嘉奖，都会让我们这帮新兵激动不已。因为我们知道荣誉是军人的第二生命，军人就应该见红旗就扛，站排头不让。为了荣誉，新兵之间更是铆足了劲，掀起了“比、学、赶、帮、超”

的训练高潮，涌现出了不少内务标兵、队列训练标兵，就连打扫卫生都相互抢着干。记得有一次我半夜醒来，准备起床上厕所，看见我们班的一个新兵为了能够抢到打扫卫生的“权力”，居然将扫把悄悄地藏进被窝里。

比大海更宽阔的是战士的心灵，比浪花更美丽的是战士的汗珠，多么可爱的战友啊！

一阵急促的哨音，将我们从睡梦中惊醒。班长压着嗓门，低沉地说道：“不许开灯，起床，紧急集合。”一阵慌乱中，“咣当”一声，睡在我下铺的大个子兄弟，绰号“一米九”，把头撞上了我的铺板。“一米九”坐在床边，一只手拎着背包，另一只手揉着被撞疼的脑袋。班长见状，快步走了过来，摸着他的脑袋，关切地问道：“要不要紧？”“一米九”立即再次起身，挺胸答道：“不要紧。”谁知又是一个声响，头又碰到了床框上。血肉之躯，岂能不痛？我看得倒吸一口凉气。缓了缓，“一米九”默默地背起了背包，班长拍了拍他的肩膀，轻轻地说了声：“好样的。”

哨音就是命令，我手忙脚乱地背起背包，从二楼向一楼奔去。眼看就要到一楼了，却不小心一脚踩空，身体重心前倾，向地面扑去。我心中暗叫不好，却感觉身后一紧，一只有力的大手紧紧地抓住我身后的背包，止住了我往前扑的身体。“小心！”一个关切的声音在我耳边响起。我扭头一看，一位年轻而帅气的中尉出现在我的眼前。我“啪”的一个立正，冲中尉敬了个军礼，感激地说道：“谢谢指导员。”

五公里左右的负重行军，对新兵的体力和毅力，都是一次严峻的考验。见有身体素质差一点的战友，新兵间就伸出援助之手，互相拉一拉，不让战友掉队。新兵间的互勉就是：流血流汗不流泪，掉皮掉肉不掉队！

根据连队命令，我们在黄河中山桥前休整片刻。面对伟大的母亲河，虽未见到黄河之水天上来，但“母亲”二字，却有一种莫名其妙的牵引，让我思念起了家乡。我仿佛又见到了那碧波荡漾的大运河，又见到了鸭飞鱼跳的高邮湖，又见到了盼儿建功归来的母亲！母亲正用布满老茧的双手慈祥地抚摸着我，鼓励我走好人生路，写好当兵史。凝望着奔流的黄河水，我陡然又想起了鲤鱼跳龙门的故事。鲤鱼跳龙门，是逆流前进，是奋发向上的寓意。据《魏土地记》记载：梁山北有龙门山，大禹所凿。通孟津河口，广八十步。岩际镌迹，遗功尚存。”每年阳春三月，鲤鱼逆水而上，跳跃其门，化而为龙。多么勇敢而又不怕艰难的鲤鱼啊！

1998年，我晋升中士班长，并顺利地考进了军校。喜报传来，我感觉到天是那么的蓝、水是那么的清、花是那么的香，一切是那么的美好！一个强烈念头，那就是给千里之外的父母报个喜。家里没有装电话，只好打电话请邻居转达了。后来，听父母讲，不出半天，我考进军校的消息就传遍了全村，邻里乡亲都替我高兴。记得去军校报到前，连长对我说：“雏鹰已长出翅膀，有多高，就飞多高吧！”

在古城西安，我的军校生活开始了。如果说新兵连把地方青年培养成合格的战士，那么军校就是把合格的战士培养成优秀的军官。在课堂学习的同时，我们接受了更加严格的军训。

在宿舍，我们将军帽倒扣在头上，用脚掌站在小凳上，脚跟悬空，保持身体不晃动，军帽不掉落，达到站如松的要求。在靶场，手枪击发时，手臂不稳，容易脱靶，我们将装满水的水壶挂在退了子弹的手枪上，举枪进行反复练习。在西安灞河边，有一片地面奇硬无比，全是凹凸不平的砾石，就是我们的战术训练场。侧姿、高姿、卧姿等战术动作训练，是偷不得半点懒的，靠的是苦练。每天强化训练下来，我的胳膊和腿部便变得青一块紫一块了，甚至蹭破了皮。我们的战术教员是位少校军官，曾上过老山前线,参加过自卫反击战。他给我们现场示范了卧倒出枪动作，干净利索的动作，赢得了我们发自内心的喝彩。他告诉我们，苦练战术就是为打赢战争，减少牺牲，战场是残酷的、环境是恶劣的，更不可能让你抱着枪躺在席梦思上开枪射击。

军校毕业后，我在宁夏某部任排长。有一个小故事，我终生难忘。记得那是一个天气很好的下午，连队出去搞十公里武装拉练。拉练不是散步，不是逛街，疲劳是难免的，作训服被汗水完全湿透。当全连官兵汗流浃背，返回驻地的时候，一位老乡拦住了连长。老乡指着我们，非常认真地对连长说：“我有一个建议，这帮娃来当兵，年龄还小，不容易。娃跑不动了，就别让他们跑了。”听了老乡的话，连长歉意地对他说：“老乡，这可不行啊！因为我们是军人。”见了此情此景，我们心里涌出了一股暖流，又有了使不完的劲。多么可爱的老乡，多么淳朴的群众，这就是军民鱼水情啊！

2001 年年底，我回兰州某部任副指导员，并代理指导员工作。正值老兵复退，连队举行了向军旗告别仪式。有一位河北籍士官班长，当兵五年，部队确定他复员返乡。都说男儿有泪不轻弹，只是未到伤心时。“送战友，踏征程，默默无语两眼泪……”当全连官兵齐唱《驼铃》这首歌时，他抱着我，久久不肯松手，一句话也说不出来，泪水像断了线的珍珠一样。

1951 年 4 月 11 日，魏巍在《人民日报》头版发表了通讯《谁是最可爱的人》，赞颂了中国人民志愿军。“最可爱的人”，就成了军人的代名词。和平年代，军人的价值在哪里？网上有一篇短篇小说回答了这个问题，《栏杆》：

“你走过大桥吗？”

“走过。”

“桥上有栏杆吗？”

“有。”

“你过桥扶栏杆吗？”

“不扶。”

“那么，栏杆对你来说就没什么用了？”

“当然有用了，没栏杆护着，掉下去怎么办？”

“可是你并没有扶栏杆啊。”

“……可是……可是没有栏杆，我会害怕！”

“那么，和平时期的军人，就是那桥上的栏杆！”

2009年，由于父亲去世，母亲年迈，我申请了转业，回到了地方工作，但我却牢记我是一名坚韧不拔的军人。

人到中年，总是怀旧。战友来访，喝点小酒，叙叙旧情，再想想诗人陆游，更能让金戈铁马入梦来！

一碗面条

高邮人的一日三餐是以大米为主的，很少吃面条。尤其是物资匮乏的年代，我家的面条（挂面）就是奢侈品，仅是父母用来招待客人的。

俗话说：喜鹊枝头叫，家有客人到。那时候家里来的客人，是家里血缘关系很近的亲戚。虽然家里条件很差，但父母好面子，每逢亲戚来了，总是想方设法热情招待。若是亲戚上午来，家里便招待吃早茶（吃点早点的意思），若是亲戚下午来，就招待吃晚茶（吃点晚点的意思）。所谓早茶、晚茶其实就是下一碗面条，至多再给客人添加三个荷包蛋。那时的鸡蛋是舍不得吃的，是一个家庭用来卖钱，买油盐酱醋的。父母下的面条火候掌握得很好，面条熟而不烂。水烧开后，打荷包蛋，蛋白紧裹蛋黄，一点都不散黄。煮好面条的同时，放一些简单的调料，如：酱油、蒜花等。我的姐姐和我正是长身体的年龄，但都营养不良，我老远就能闻到扑鼻的面条香味。

我家的亲戚不多，二姑奶奶是近亲之一。老人家很识大体，每次过来看望我的奶奶，总是带上几块水果糖或者烧饼给我们。她知道娘家条件差，不让我们家招待，坐一坐就想走。奶奶便陪着她拉家常，母亲便偷偷去厨房下面条。面条下好后，母亲将荷包蛋压在面条下面，然后端上桌，请二姑奶奶来吃茶。见此情景，老人不过意了，板着脸批评母亲："不饿，别浪费了，给孩子吃。"然后，她硬是跑到厨房，拿出一副碗筷，夹出大半的面条和荷包蛋。母亲不让夹，互相谦让着，扯半天。谦让的结果，便是便宜了我这"小老巴子"（最小的孩子）了，一碗面条有一大半进了我的肚子。那时我真的很开心，感觉母亲下的面条真香，盼着二姑奶奶再多来几次。

高中毕业后，我应征入伍来到了兰州，在西北生活了十四年。兰州的面食做得相当好，全是手工面，当地人更爱吃牛肉拉面。兰州牛肉拉面是"中国十大面条"之一，享有"中华第一面"的美誉，具有"汤镜者清，肉烂者香，面细者精"的独特风味和一清（汤清）、二白（萝卜白）、三红（辣椒油红）、四绿（香菜、蒜苗绿）、五黄（面条黄亮）的特点。新兵训练结束前，我的新兵班长带着我去市区购物。我没有吃过牛肉拉面，很想去吃一碗。在一家清真牛肉拉面馆前，我停住了脚步，向面馆张望着。班长知道我没钱，硬是拉着我进了面馆，主动掏钱请我吃了第一顿牛肉拉面。

拉面师傅说的是兰州话，问我："你要二细、三细、毛细、薄宽还是九叶子（拉面的型号）？大碗还是小碗？辣子、香菜、蒜苗要不要？"我根本听不懂拉面师傅讲的什么意思，又不好意思问我的班长。我指着我的班长，随口答道："跟他一样。"不久，两碗热气腾腾的牛肉拉面端了上来，我和班长一人一碗。班长是甘肃人，吃的喷香。

我却有点蒙了。我吃不了辣，但厚厚的一层辣椒油却浮在大号面碗的面汤上，从未出过远门的我，以为牛肉拉面和家里下的面条是一样的做法，却弄了个乌龙。一粥一饭，当思来之不易；半丝半缕，恒念物力维艰。这可能就是我的农根吧！我舍不得浪费，只好鼓起勇气，夹起面条，闭起眼睛，屏住呼吸，塞到嘴里。我辣得直咂嘴巴，伴随着咳嗽，额头的汗涔涔而下，咬咬牙把一碗牛肉拉面吃完了。班长发现了端倪，一脸关切地望着我，拍了拍我的肩膀，歉意地笑着说道："没考虑到你不能吃辣子，下次吃牛肉拉面少放点辣子。但是人要适应环境，不能让环境适应你啊！"

第二故乡有牛肉拉面，家乡却有酱油面。高邮酱油面又称阳春面，是传统的小吃。面条有挂面和水面两种，我们在面店里吃的面通常是水面。阳春面的做法不复杂，在大锅里将水烧开，丢进面条，很快就可捞出，置于配好作料的碗里，面条不烂且很有嚼头。作料为酱油、葱花、虾粉、猪油等。听别人讲，阳春面的作料看似简单，工序却是复杂得很，主要体现在酱油制作上。我陪同外地朋友来高邮游玩，在尽地主之谊的同时，主食就点高邮酱油面。一人一碗面条，既寓意常来常往（面条是长的，"长"谐音"常"），又向客人宣传了高邮酱油面，一举两得。

工作多年，家庭生活条件已有所改善，但我依然怀念新兵班长请我吃的那一碗牛肉拉面，也回味二姑奶奶倒给我的那一碗面条。我时常在想，何时再去兰州吃吃牛肉拉面，或者回高邮下一碗高邮酱油面。这应该都没有难度，难的是还能找到当初吃那一碗面条的感觉吗？

马在何方

蓝蓝的天上白云飘
白云下面马儿跑
挥动鞭儿响四方
百鸟齐飞翔
……

轻轻地闭上眼睛，一首《草原上升起不落的太阳》，使我沉浸在抒情悠扬的歌声里，仿佛身临其境，正跃马扬鞭驰骋在美丽辽阔的蒙古大草原上。

岁月忽已暮，少年仍未老。我一直喜欢马，喜欢马的忠诚、憨厚，欣赏马的任劳任怨、勇往直前的精神。在我的认知中，马就是人们的好朋友，它使人类的文明添了浓墨重彩的一笔。而与马相关的名作、故事、传说，在我国更是举不胜举：王亥驯马、徐悲鸿画马、九方皋相马，《昭陵六骏》《八骏图》等。但，我的家乡是水乡，鱼虾多，牛羊少，很少见到我所崇拜的马。若是偶然见到马，对我来说就是一件新鲜事、快乐事。

童年时，我第一次看到的马，不是活生生的真马，而是印刷在连环画里的一匹假马。这匹马健壮有力，昂首扬尾地奋蹄奔跑，而马背上则端坐着一位穿着盔甲，手拿大刀的将军。那时觉得，换我骑在马上，肯定威风极了！由此，在我幼小的心灵里种下了崇拜马的幼苗。

年龄稍大点，我成了不安分的少年，喜欢守着收音机听扬州评话。始知，古典小说里的宝马良驹，是将军们征战沙场、建功立业的得力助手。《三国演义》中的赤兔马日行一千、夜行八百，神骏无比，令我羡慕关公极了。那时，我的想法是，何时我能骑上高头大马呢？父亲告诉我，他的一个同族兄弟年少离乡参加革命，给一位首长当通讯员，曾经骑着一匹白马回到家乡吴堡。那时，他衣锦还乡，跨马游街，引起集镇轰动，真是威武！

我的祖籍之地吴堡村，是明朝万历年间，先祖从苏州迁徙而来，在此定居并逐渐发展成的一个集镇。这个集镇，至今依然繁华，在十里八乡很有名气。小集镇的集会是有时间约定的，每月一号开始，五天一循环。其实，集会就是赶集，就是农民自发聚在一起交换和购买产品。赶集的人不需要组织，在集镇的一条又长又宽的土路上自由摆摊吆喝。有买卖自家地里蔬菜的、有买卖鱼肉家禽的、有买卖日用品的、有开店做生意的，还有外来的马戏团露天表演杂耍的……

可别小看每次集会的规模，若用人山人海、摩肩接踵来形容一点都不为过。集镇上，买卖声、吆喝声、讨价还价声此起彼伏，场面甚为壮观。每每回忆起小集镇昔日的繁荣景象，就使我想起了国宝《清明上河图》，而吴堡小集镇展现的就是改革开放后农村版的《清明上河图》。

集镇上，孩子们不是来赶集，而是来逛集玩耍的。他们在人群中像小鱼一样，穿梭来穿梭去，四处寻找马戏团的位置。

集镇上的马戏，不是义演。看马戏，马戏团是要收费的。当然，有的村子相对富裕，直接将马戏团接回到村里包场，围观群众是可以免费看马戏表演的。马戏团在集镇里一块空旷的场地圈地打桩，并用帆布沿着桩蒙了起来，留一入口，观众凭票进场。

时至今日，我都诧异这些马戏团是从何处而来，这些人都是何方人氏。马戏团，应该称之为杂技团。之所以叫作马戏团，我想是因为老百姓喜欢马，他们的压台戏是马术表演。在表演完魔术、硬气功、杂耍、小丑等节目后，演出进入高潮。如此精彩的马戏，岂能错过？其实，我和一帮小淘气们，早就趁人不备偷偷地从帆布底下钻了进去。

一个年轻演员骑着一匹高头大马，在场地里绕圈策马狂奔，他在马背上时而倒立，时而站立，时而倒骑……

精湛的骑术，矫健的奔马，赢得了前来赶集看戏的人们雷鸣般的掌声。后来，吴堡集镇上有家照相馆就买回了一匹马，专门给客人照相留念用。我时常见到他家的孩子骑着马，像骑士一样在集镇上溜达，真羡慕！

在大西北，在黄土高坡的村庄里、山谷间、草地上，只要稍微留点神，就可以见到数量不等的马群。

小马驹总有长大的时候，只有四蹄撒开，才能奔向广阔的天地。高中毕业后，我参军到了甘肃省兰州市。新兵连结束后，我和战友们结伴来到了兰州的五泉山。在山腰间，我见到了一位牵着马的当地老乡，且马背上马鞍、马镫齐全。老兵告诉我，付上五块钱给老乡，这匹马就可以骑一下。这一说，我跃马扬鞭的欲望，再次被勾了起来。

这位老乡眼力见儿很强，虽然我和战友们穿着便装，但他仍看出了我们是军人。他幽默地说道，将军，请上马。拿破仑说，不想当将军的士兵不是好士兵。我向老乡微笑着点了点头，表示感谢他的鼓励。遗憾的是，我不会骑马，只能在马背上摆个造型拍照留念。可是，由于相机拍照较多，胶卷不够，这张值得纪念的照片，洗出来后只能见到一条马尾巴。

夏都西宁，充满了雄浑之气、壮美之感！这座城市，我生活了数年。夏季周末，我和妻子以及她的同事，结伴驾车前往金银滩草原游览。

“天苍苍，野茫茫，风吹草低见牛羊。”金银滩大草原，位于青海省海晏县境内。在这方圆 1100 平方公里的大草原上，我们一行见到了金色的沙漠，见到了绿色的草地，见到了牛羊成群，还见到了传说中的小红马。

有人说，小红马就是汗血宝马，一代天骄成吉思汗横扫欧亚大陆，除了拥有强大的军队外，就是拥有大量的小红马战马。在武侠小说《射雕英雄传》中，郭靖就在蒙古草原生活过，他和黄蓉就拥有一匹神骏无比的小红马。此刻，妻子的同事告诉我，前面草地上一位牧民手中牵着的就是小红马。

这匹马，红色的鬃毛，身材比其他的马相对较小。见到这匹马，我心里直犯嘀咕，不知这匹马是否是纯正的小红马血统？其实这一点，从见到马的那一刻已并不重要，因为我已迫不及待地骑在了马背上。牧民兄弟很热心，他教我：需要马奔跑时，两手紧提马缰绳，用双脚夹紧马肚子。左转向左拉，右转向右拉，需马停下时双手同时勒紧马缰绳。

因是在草原上，或许是我喜欢马，我很快就掌握了骑马的一些技巧，并且能够骑着小红马小跑了起来。见此，妻子很高兴，她及时按下了手中相机快门，留下了一张我纵马驰骋草原的珍贵照片。时隔多年，我好像再也没有见到过马。

岁月悠悠，过往匆匆，马在何方？

我的年味

脱下军装，穿上警服，不知不觉中已八年有余。

曾经，有人礼节性地询问我的职业。我沉思了片刻，微微一笑回答说："我的职业是，手指东南西北，脚踩春夏秋冬。"他稍稍一愣，随即恍然大悟，十分感慨地说："啊！交警，太不容易，太辛苦了！"是的，交警确实辛苦，每天与人、车、路打交道，尤其是遇到雨、雾、冰、雪等恶劣天气和重大节假日，更是随处可见交警忙碌的身影。

戊戌狗年来了，大队安排我除夕夜和大年初一值班。对于高速交警来说，坚守岗位，不能陪家人过除夕、不能陪家人吃年夜饭、不能陪家人看春晚，是再正常不过的小事情。

除夕前日，我与妻子商量，由我驾车回高邮老家接我的母亲来盐城过年。途经高速公路，主线上的车流量明显增大，服务区里更是随处可见在外打拼、带着大包小包、返乡过年的人群。看着返乡过年的人群，使我想起了倦鸟归巢，心里充满了感动；看着返乡过年的人群，我恨不得背生双翅，早点飞回家乡；看着返乡过年的人群，我情不自禁地忆起了儿时的年味。

俗话说，大人忙种田，小孩盼过年。那时年幼，刚进入腊月，我就掰着手指头，进入过年倒计时。小孩子想法很简单，过年可以吃得好、玩得好、穿得好，还有压岁钱拿。农村家庭经济拮据，生活条件差，但是过年了，还是很重视。母亲认为：有钱没钱，理个发过年。她总是想方设法给我做双新布鞋，再扯上几尺布，做身新衣裳。家境殷实的人家，杀头猪过大年。而大多数普通农家，还是和我家一样的境况：屋外晾晒数挂咸鱼咸肉，屋内坛子里备点花生瓜子，门上贴起大红春联，红红火火过大年。如今想来，那时的人们物质条件不好，但叫花子过年穷快活，年味十足！

回高邮后，已是傍晚。在老家屋后的那条路上，我远远地就看见年近八旬的母亲在屋后左右张望，几缕白发被风吹得东倒西歪。一股暖流、一丝酸楚一起涌上我的心头，我猜想定是母亲在屋后等儿回家多时。有人说：娘在，家在；娘不在，家不在，家乡是故乡。有娘叫，多好！车停稳后，母亲见我下车，掩饰不住满脸的欣喜，她问我："怎么一个人回家？"母亲耳朵有点背，也怪我电话里没有说清楚，她以为我回家陪她过年了。我只好尴尬地笑了笑，回答道："妈，我过年值班，不能回老家过年，我和您儿媳妇商量，接您去盐城，她和孩子陪您过年，您看行吗？"母亲听清了我的话，半天没吭声。晚饭后，母亲让我陪她看电视、聊聊天。母亲一脸的平静，她说："我老了，老家很好，不想到处跑了。你工作要紧，妈懂。"闻听母亲的话，我想劝她跟我一起走，但话到嘴边，又咽了下去。母亲一贯性格要强，是位很有主见的老人，若是打定了主意，劝了也没用，我只能暗暗地叹口气。

除夕上午，我将老家的门前屋后打扫干净，陪母亲一起赶集，帮她备办了一些年货，便驾车返回盐城。车启动前，母亲反复叮嘱我在外要当心，开车多注意，穿衣别着凉。车启动后，母亲站在路口送我，我透过后视镜，一直看着母亲的影子模糊在视线里。

除夕中午，回到盐城。回家后，妻子已经将家里收拾干净，不到两周岁的女儿，拿着“福”字，在家里走来走去，很是开心。我匆匆忙忙地贴好春联，与女儿挥手告别，女儿冲我挥挥手，奶声奶气地说：“爸爸上班，再见。”

爆竹一声除旧，桃符万户更新。当零点的钟声敲响的时候，远处的乡村鞭炮齐鸣。在举国欢庆，万民同乐，互致祝福的喜庆氛围中，迎来了狗年新春！早晨，我给母亲电话拜年，母亲很开心，讲了很多吉利话。通完话后，我给妻子打了个视频电话，妻子顺手将电话递给女儿，女儿嘟嘟囔囔地说：“爸爸，回来，陪宝宝。”

正月初三，高速路上车来车往，人们开始外出走亲访友，我在大队继续值班。

此时，一场初春的小雨，却淅淅沥沥地滴落了下来。都道春雨贵如油，但这场春雨来得似乎有点不是时候，它搅和了老百姓过年的年味，也给我的工作增加了不少麻烦。日子在接警出警、巡逻纠违、疏导交通，忙忙碌碌中悄悄溜过。夜深，我躺下后才发觉双腿就像灌了铅一样沉重，疲劳和乏力感遍布全身。身体劳累，尚能恢复，但惊闻重庆市渝北区交警杨雪峰，倒在歹徒蓄意报复的尖刀下的噩耗时，我的心碎了……

记得春运首日，我和同事在收费站区，设立临时执勤点，对过往车辆进行安保检查。那天，一辆小型客车，进入我们的视野。当我们要求驾驶员提供证件的时候，乘坐人却很不耐烦，自称是“当地人”，可以不用查。事出无常必有妖，此车、此人引起了我们的怀疑和警觉。为了维护社会稳定，确保群众踏实过年，我们依法检查了嫌疑车辆的后备厢。后备厢打开后，我和同事不由得倒吸了一口凉气，车里除棍棒外，还携带了十来把管制刀具。滑天下之大稽的是，违法嫌疑人居然振振有词地嫌我“多事”。是我“多事”，还是违法嫌疑人嚣张？答案，不言而喻。他大概已经忘了，站在他面前的是人民警察；他大概已经忘了，他在挑战法律的尊严；他大概已经忘了，他车里藏有大量的刀棍，人民群众能答应吗？

正值中年，人生漫长！我与杨雪峰素未谋面，但战友的流血牺牲，令我黯然泪下。他家的年，该如何过？他的双亲、妻儿，怎么办？能承受如此大的打击吗？这一切，我不敢预料，只能默祝英雄一路走好。网友留言：我有一壶酒，足以慰风尘。警中有禁令，多年未沾唇。赤心战魍魉，年损四百人。巍巍烈士陵，一日一新坟。壮哉英雄气，正气永长存。可知儿尚小，闺中未亡人。流血又流泪，何时不再闻？责任励斗志，忠诚铸警魂！

“从来没有什么岁月静好，只不过是有人替你负重前行。”不知什么时候，这样的句子变成警察悲情与伤感的专属。

年已过，初春临，冬去春来。回眸多年的人生历程，百感交集；回味不同年龄时期的年味，五味杂陈。幸福甜蜜的年味，似乎已离我越来越远。而今，我的年味不经意间，留在了一首《行香子·交警赞》的词中，却别有一番滋味在心头：

经纬通途，来往穿行。
引交通，日夜调停。
兢兢业业，不徇私情。
任风中立，雨中沐，雪中迎。
神威交警，柔情铁血。
用真心，守卫安宁。
青春无悔，大爱长青。
更择无悔，累无怨，苦无名。

飞鹰啊，飞鹰

苍穹中，飞鹰用一双犀利的眼睛，俯瞰着身下的广袤大地。任凭风云变幻，飞鹰依旧勇往直前，展翅翱翔，纵声长唳。

这一幕，就是大自然中的“雄鹰展翅恨天低”吧！

生活中，有不少人见过飞鹰，但很少有人目睹过鹰捉蛇鼠的场景。但是有这么一群人，他们工作在高速公路上，日夜守护着人们的出行平安。在我看来，他们就像一群盘旋在空中的飞鹰，捕捉着混杂在高速公路车来车往中的“蛇和鼠”。

这群“飞鹰”，就是人们所熟悉的高速交通警察。我曾因工作岗位原因，有幸成为高速交通警察中的一员。如今想来，应了四个字“人生无悔”。

一

一轮圆日喷薄而出，晨曦温柔地洒向神州大地，把祥和之气送进了千家万户。噼里啪啦的鞭炮声此起彼伏，空气中弥漫着一股浓郁的年的味道，人们正在欢天喜地过大年。

大年初一，是我值班，我和同事驾驶警车巡逻在高速路上。此时，高速路上并不冷清，给亲朋好友拜年的外出车辆越来越多。我们一边开车巡逻，一边密切关注着高速路上的车流量。

突然，一辆停在应急车道上的轿车，引起了我们的注意。难道是违法停车？我心中暗暗猜测。警车迅速停在应急车道里，下了警车做好必要的安全措施后，我们快步小跑到了轿车旁。

一眼看去，这辆轿车的两侧有撞擦痕迹．而且是非常明显的新痕。目光透过挡风玻璃，见到一名男子平躺在主驾驶的座椅上。难道是交通事故导致驾驶员受伤昏迷？这可不是小事。情急之下，我们用手轻敲轿车的车门，但轿车里的男子丝毫没有反应。无奈之下，我们只好用手拉车门。可是，车门被反锁了，根本拉不动。怎么办？我们边向大队汇报，边继续敲打车门。

不久，车里的人缓缓抬起头，并僵硬地坐了起来。见此，我们不由得长舒了一口气，将欲跳出嗓子眼的心，又放进了肚子里。暗想，没有生命危险就好。在我们的示意下，轿车的左前窗被他摇落。驾驶员是位中年人，他满脸迷茫，睡眼惺忪。然而，车内却弥漫着一股刺鼻的酒精味。

出于职业的敏感性，我心中吃了一惊，脑中闪过一个念头“酒驾”？！现场，我们用酒精测试仪对驾驶人进行吹气检测。数据显示，此人涉嫌醉驾。

在大队讯问室，我们依法对涉嫌醉驾者进行讯问。当问到当事人知不知道酒驾的危害性时？令人想不到的是，他却满不在乎地回答说：“大过年的，谁不喝酒？又没撞到人，多大点事？至于这样认真吗？”

一番话，看似振振有词，实则强词夺理。醉驾入刑，几乎众所周知。难道交警执法不应该认真吗？依法执法，不正是人民群众对人民警察的执法要求吗？开车不喝酒，喝酒不开车。醉驾之害猛于虎！若放任酒驾，一旦发生交通事故，将会有多少幸福的家庭支离破碎，又将会有多少美好的生活灰飞烟灭！

二

年幼时，我曾听过一首好听的歌，歌名叫《粉红色的回忆》。这首歌，我依稀记得部分歌词，歌中唱道："夏天，夏天，悄悄过去，留下小秘密。压心底、压心底，不能告诉你……"

是啊，只能压心底。夏日炎炎，烈日悬空，交警们战高温、斗酷暑的故事太多了。然而，这些故事虽非秘密，但却是值得回忆的故事。

六月的天气，室外就是"火炉子"。高速路是沥青马路，地表温度自然更高。因此，我们戏称夏季的高速公路是小说《西游记》中的"八百里火焰山"。

晌午，高温，人乏。院子里静悄悄的，依稀从远处传来几声有气无力的蝉鸣声。突然，值班室的电话铃声刺耳地响了起来。

难道有警情？说曹操，曹操就到。想啥来啥。值班室通知我们：车辆追尾事故，有人受伤，肇事者驾车逃逸……

警情就是命令，时间就是生命。早到一分钟，就能早点救护伤者，避免其他隐患的跟发。

警灯闪烁，警车在高温中快速奔驰。接警后，我们恨不得背生双翼，赶紧飞到事故现场。

到达事故现场。刚打开车门，一股热浪迎面袭来，豆大的汗珠顺着脸颊悄悄地流了下来。救护伤者，设置警戒区域，勘查事故现场，一系列的工作还没做完，我们的衣服就像水洗了一样。

都道，六月的天气是孩子的脸，说变就变。这话果然不假！当我们争分夺秒，还没有缓过劲来，老天爷就开起了玩笑。一抬头，刚刚还艳阳高照，陡然间天气骤变，电闪雷鸣。

一场雷雨浇了下来，将我们淋成了“落汤鸡”。

鹰翅疾如风，鹰爪利似锥。狐狸再狡猾，还能瞒得过鹰眼？老鼠再能跑，还能比鹰飞得快？穿着湿漉漉的衣服，我们调取录像，走访群众，固定证据，最后锁定了目标。

金乌西坠，晚霞挂空。登上警车，大家相视一笑，才感觉到彼此身上的警服有一股汗水的特殊味道。

有人曾感叹，并善意地开玩笑说，交警在烈日下是“焦”警，在暴雨下是“浇”警。这话一点不错。然而，一群高速“飞鹰”用他们的鹰眼和钢爪，捕捉着害人的“蛇和鼠”。这一切，群众看在眼里，记在心头。曾几何时，群众用送锦旗的方式，表达最真挚的警民鱼水之情。每每看到这些锦旗，我不由得想起臧克家的诗，他在《有的人》中写道：骑在人民头上的，人民把他摔垮；给人民做牛马的，人民永远记住他！

三

秋天来了，高速公路两旁树上的枝叶，在秋风中悄然飘落。

秋高气爽的季节是收获的时刻，但天气多风多雨。尤其团雾，是高速公路上的“马路杀手”之一，给高速公路交通管理工作带来很多意想不到的难度。

夜深人静，雾从沉睡中骤然苏醒，并在高速公路上四处乱窜。若是闲来无事，置身于弥漫的大雾中，宛如一个腾云驾雾的神仙，是一件多么浪漫的人生快事啊！然而，高速交警的职责所在，岂能闲庭信步般地欣赏这雾景！

执行交通管制的级别，随着雾情加重在逐步提高。迫不得已，只能实施分流，指挥车辆就近下高速。

雾，很狂野，继续蔓延。一团团、一簇簇的大雾，让过往司机辨不清东南西北。雾大路黑，视线不好，车辆追尾事故时不时发生。

分出警力，一边忙分流，一边忙接警。

很快，辖区的服务区停满了过往车辆，用“水泄不通”一词来形容似乎并不为过。我和同事在服务区内徒步巡逻，维护秩序，同时预防和震慑盗窃犯罪。

夜黑雾浓之际，正是鼠辈的盗窃良机？这句话，显然是错了。任凭漫漫长夜，飞鹰的目光总如惊雷闪现，给人不可抗拒的力量。无论何时，一双双鹰眼都在密切注视着蛇和鼠。

当人们打着轻微的呼噜声进入梦乡时，我们不动声色地抓获了两个盗窃嫌疑人。

金色的朝阳从东方升起，它用光芒驱赶着雾夜。黎明来了，我们拖着疲倦的身躯赶回大队。

春华秋实，岁月如歌。俱往矣，那条交警兄弟们守护和滴落过汗水的高速公路，以及他们像飞鹰一样不断地捕捉着蛇和鼠的故事，始终铭刻在我的记忆中。

无论何时何地，我总惦记着这群“飞鹰”，愿他们飞得更稳、更快、更高。无意中，我曾看过一首现代律诗。如今，我就借用这首七律诗《鹰》，送给我的高速交警兄弟们吧！

闲观四野辨秋毫，雄立云崖近九霄。
飞转金眸穿雾扫，轻舒劲翅顶风飘。
凌空长啸千林静，贴地横驰万草摇。
插向鼠蛇如电闪，奋张钢爪断狐腰！

蓝蓝的天上白云飘

近日，南京的太阳很给力，早早地爬上了天空，赶走了令人心烦的阴云。

上午，在江苏公安文联的组织下，第三期公安文学创作培训班的 40 多位学员，去南京市看守所开展采风活动。说实话，虽是公安同行，但我对公安监管工作却是门外汉。怀着探秘的心理，我们乘坐大巴车到达了南京市看守所，并参加了南京市公安局监管支队组织的座谈交流会。座谈中，南京公安同行，尤其是江苏省优秀人民警察祝如清同志的先进事迹深深地打动了我们。

细细端详，祝如清中等身材，面容清瘦，腰板挺直，儒雅中透着一股阳刚之气。

交谈中，祝如清说："我是一个普通的民警，也没有做过惊天地、泣鬼神的大事，只是干好了本职工作。组织上认可我，给予我很多荣誉。其实，我很愧疚，我感觉离模范距离很远。"

祝如清如此谦虚低调，使我想起了他名字中“如清”二字。我想，应该是出自那句“往事浓淡，色如清，已轻。经年悲喜，净如镜，已静”。此刻，用“肃然起敬”一词，最能表达我们对祝如清，以及他所从事的戒毒工作的尊重。也许是同为公安战线的战友，也许是都有过一段难忘的军旅生涯，他逐渐打开了话匣子。

拉家常中得知，祝如清从事戒毒工作已 23 年，现年 57 岁，是浙江杭州人，毕业于南京军医学校，现任二级警长。

可以说，地处南京市郊的强制隔离戒毒所，是一个充满神秘感、令人望而却步的地方。众所周知，吸毒者，人皆远之、畏之、恨之。南京市公安局强制隔离戒毒所医疗中心，是江苏省首个病残吸毒人员收治专区，更是人们眼里的“特殊的医院”。在我看来，此处更是救赎吸毒者灵魂的地方。祝如清的职责就是对这些人进行脱毒治疗、疾病诊治、健康体检和心理干预治疗。

时间在悄悄地流逝，转眼间已到中午。返回时，我的心情有点沉重，但更多的是对祝如清等公安同行的敬佩之情。之所以沉重，是因为毒品对社会的危害性；之所以敬佩，是因为白大褂里的警察蓝是那么美丽！

当夜，南京雷雨大作。我躺在床上，久久不能入寐，心情和室外的天气一样。

第二天上午，南京虽然飘着小雨，但却给我们带来了意想不到的喜讯和收获。大清早，有位学员告诉我，应培训班的要求，祝如清等人今天上午会再次和我们面对面、零距离地交流。能再次见到祝如清，正是我所期待的事情。

上午 9 点钟左右，祝如清等同志出现在我们的眼前。刹那间，响起了雷鸣般的掌声。我们坐在祝如清的旁边，气氛十分轻松，接着昨天的话题，继续聊了起来。

1995 年，已经在杭州某综合性大医院做了 6 年内科主治医师的祝如清，毅然从繁华的杭州来到地处偏远的南京市戒毒所，一头扎进了戒毒医疗的这片新领域。然而，祝如清所面对的困难，却是常人无法想象的。

祝如清回忆说："这些病人，不同于积极配合治疗的普通病人，他们时常为了对抗管理，故意谎报病情。戒毒人员因吸毒的原因，导致思维和生理状况极端不稳定，每次就诊都充满了突发事件的可能性。"

听了祝如清的话，我不由得心头一颤，下意识地问道："您担不担心会受到伤害？或者会被病毒感染？"

祝如清沉思了一下，很坦然地回答说："不害怕是假的，但我铭记着我的白大褂里面，穿的是蓝色的警服。"

是啊，穿着白大褂意味着医者仁心，穿着蓝警服则代表执法为民。

交谈中，我感觉祝如清身上有一股神奇的魅力，驱使着我们继续问下去。出于好奇，我问祝如清："在工作中，有没有什么案例让您特别难忘？"

当我问这个问题时，其他学员不约而同地停止了记录，把眼光齐刷刷地落在祝如清的身上。祝如清听后，稍微思考了一下，回答了我的提问。

第一个案例是 20 世纪 90 年代，一个大老板来戒毒所戒毒。第一次来时，这位大老板带着司机、秘书和老婆，要求住单间；第二次来时，这位大老板已经破产，老婆和他闹离婚，身上的金项链已被抵押付了治疗费；第三次来时，这位大老板已身无分文，自己跑到派出所投案自首，请求到戒毒所进行治疗。

听完祝如清的讲述，我们不由得感叹：吸毒，就是一个无底洞，哪怕金山银山，也能吸光。选择吸毒，就是选择一条不归之路。

讲述第二个案例时，我感觉祝如清有点失落。他说："曾经有一名戒毒者，已经成功戒毒。但他刚从戒毒所出去，24 小时后又因吸毒进来了。"见到这种情况，祝如清感觉很失败。他告诉我们：曾做过一个粗略统计，治疗成功走出戒毒所的人员，半个月的复吸率为 30%，一年后的复吸率却高达 90% 以上。

听完后，我们很能理解祝如清的心情。由此可见，戒毒工作任重道远。当我们安慰他时，祝如清却坚定地说："哪怕只有 1% 的成功，但对戒毒人员就是 100% 的新生，所以我们必须全力以赴地挽救他们。"

第三个案例，祝如清印象很深刻。他曾收治过一个特殊女"患者"，入所时体重只有 38 公斤左右的小于。在入所前，小于已经被确诊为乳腺癌晚期，是因为吸毒而错过了手术和化疗的最佳时机。眼看着死神一天天逼近，小于完全放弃了自己，纠缠家人要钱吸毒，也搞得四邻不安。入所后，小于情绪激动、言行偏激。但在小于生日那天，戒毒所精心为她策划了集体庆生，请来了她的母亲与她团聚。幸福从天而降，小于被感动得热泪盈眶。从此，她积极配合治疗，身体竟然奇迹般好转了。2015 年的 12 月 29 日，经过两次化疗的小于，在她母亲的陪同下再次来到戒毒所，感谢戒毒所给了她新的生命。祝如清深情地说，他永远忘不了小于那天的眼神。因为，小于的眼神里蕴藏着满满的感激之情。

如果说，讲述第三个案例时，祝如清显得很开心。那么，讲述第四个案例时，祝如清就显得满脸严肃。可以看得出，祝如清的心情很不平静。

1996年冬天，南京下雪。下午3点多，正常探视的时间已经过了。此时，有个老奶奶来到了戒毒所，想看望正在戒毒的儿子。祝如清和同事很诧异，怎么来得这么迟？经询问得知，老奶奶是从南京城南坐公交车到达了长江桥南。由于雪后公交车不通，思儿心切的老奶奶只得从桥头又步行十几公里，顶着刺骨的寒风来到了戒毒所。可怜天下父母心！白发苍苍的老奶奶，见到了朝思暮想的儿子后，老人家老泪纵横。目睹此景，祝如清眼睛一红，缓缓转过了头去。

听完祝如清讲的四个案例，我的内心波澜起伏，难以平静。告别祝如清后，我常想，祝如清仅仅是有一颗爱心吗？应该说，祝如清不仅仅是有爱心，他更是一位有责任感的人。

“云山苍苍，江水泱泱，先生之风，山高水长。”当年，范仲淹赞美严子陵高风亮节的佳句，成了千古绝唱。如今，把它用在祝如清的身上，似乎并无不妥！

在南京学习期间，我们又从其他途经得知了祝如清的一些事迹。但那天，祝如清却没有对我们讲起……

1998年，祝如清根据手中积累的近千名戒毒人员病例，主编出版了医学专著《毒品与戒毒200问》，并在核心期刊发表多篇专业论文，为国内禁毒医疗领域填补了一定的空白。更难能可贵的是，祝如清将病例、病症、机理进行透彻分析，深入浅出地向年轻医生讲解用药经验。南京市强制隔离戒毒所设立医疗中心，作为严重病残吸毒人员专业病区。当医疗中心筹建时，作为主要筹建人之一的祝如清，已经55岁了。有人善意地劝祝如清注意休息，别再忙活了。但祝如清认为：建立医疗中心，不仅能给戒毒人员提供更好的治疗环境，更关系到百姓安宁，我怎么能闲得住？2015 年，医疗中心正式运行，戒毒人员的入所执行率从原来的不足 50% 大幅提升到 90%。

悠悠岁月，不变的是情怀。从刚过而立到年近花甲，祝如清在监管工作岗位上，送走了数千名戒毒人员。

看似平凡的工作岗位，却让世界变得更加美好。蓝警服像蓝天一样蓝，白大褂像白云一样白，岂不是“蓝蓝的天上白云飘”！

寒夜飘来蜡梅香

2018 年，腊月二十六，雪花降落在盐阜大地上。

入眼处的这场雪，谈不上银装素裹，玉树琼花，但徒步行走间，我却意外地见到了几处蜡梅花开。

见到蜡梅花开，不由想起了宋代诗人王安石的《梅花》一诗：墙角数枝梅，凌寒独自开。遥知不是雪，为有暗香来。

在凛冽北风中，闻着蜡梅花香，岂不应了那句“梅花香自苦寒来”！

倏忽间，眼帘中那飘飘洒洒的雪花，那傲然挺立的枝干，那含苞欲放的花蕊，使我猛然想起了一个刚出生没有几天的孩子。

腊月十四，冰冷的寒夜里，一个花儿般的孩子出生了，她带着蜡梅花香降临到了人世间。

这个孩子的名字叫礼礼，大大的眼睛，白白的皮肤，是个漂亮的小姑娘，显得特别乖巧可爱。但是，在她出生之前的第 240 天，她突然就没有爸爸了。

礼礼的爸爸，去哪儿了呢？

2018 年 5 月 25 日，这一页日历，翻起来非常沉重。

礼礼的爸爸叫戴鹏，1989 年 11 月出生，中共预备党员，2011 年 9 月毕业于江苏警官学院，生前是江苏省东台市公安局头灶派出所的一位年轻民警。

那天，戴鹏等 3 名同志驾驶警车前往外地执行抓捕犯罪嫌疑人的任务。上午 11 点 50 分左右，警车行驶至泰镇高速泰州东收费站附近时，突发意外，致 3 人不同程度受伤。年仅 29 岁的戴鹏，经泰州市人民医院抢救无效，不幸因公殉职。

坐落在黄海之滨的东台市，是一座充满传奇的千年古城。这块土地，素有“黄海明珠金东台”的美誉，也传唱着董永和七仙女的爱情故事。

戴鹏因公牺牲的噩耗，不久就传到了他深爱着、卫护着的东台市。那一刻，天空电闪雷鸣，风雨大作，善良的群众痛彻肝肠，泪如泉涌。戴鹏的妻子季琳听到这一消息，她顿时感觉天塌了，因为她刚刚怀孕 45 天……

2018 年 8 月 28 日，戴鹏同志被江苏省公安厅追记个人一等功。戴鹏走了，去了很远的地方，再也不会回来，留给亲人和战友们的是无尽的思念和难忘的回忆！

熟悉戴鹏的人们流泪了，他们永远都忘不了这个年轻、帅气、敬业、善良的小伙子。

辖区的村民姚俊楠说：“小戴就像我自己的孩子一样。出事当天，我冒着大雨，赶了一百多公里的路，从盐城到泰州，把他接了回来。当天深夜，两百多位群众自发前来，在高速出口列队迎候小戴回家。”

辅警金长春和戴鹏是搭档。平时，他们总是一起上班，一起出警，他说："平日里，鹏哥总带我去村里走访，那天我到了新合村，张奶奶见我就问，'金子，怎么就你一个人呢？'我一听，眼泪就掉了下来。"

……

夜深人静，季琳抚摸着腹中的胎儿，默默地思念着自己的丈夫，深情地呼唤着他的名字。擦干泪水，这位坚强的警嫂说："孩子是丈夫戴鹏留给我最后的礼物，我一定要把孩子生下来。"

小礼礼出生了，美丽的护士们用礼礼的爸爸生前穿过的警服，小心翼翼地将她包裹起来。她们说，礼礼就像躺在爸爸的怀抱里一样。善良的人们啊，是多么希望初为人父的戴鹏能够出现在产房里，好好地亲亲小乖乖的小脸蛋！

孩子，请你原谅你的爸爸，他一定想亲手抱着你，看着你长大，给你所有爸爸都会给孩子的那种没有条件、不求回报的如山般的父爱。可是，你的爸爸是位人民警察……

看着可爱的孩子，季琳笑着哭了，她含泪给远在天堂的丈夫写了一封信：

老公，从我刚怀孕45天到现在礼礼出生的第二天，多少个日日夜夜我都是这么熬过来的。生她的时候，我从早上7点一直痛到晚上10点，疼得我死去活来，宫口才开了三指。进产房时，内检说我子宫壁厚，产门开得很慢，而且宝宝的脸是朝上的，想要帮我把脸转下来，疼得我快要撑不住了，浑身抖得厉害。

你知道我是多么怕痛的一个人，我要挂缩宫水来继续增加宫口扩张。可是，就在最后的时候宝宝的心率达到190以上，这可能是脐带勒住宝宝了，试了两次都是这样，直接将我转手术室了，那时候我已经疼得意识模糊了。夜里11点，冰冷的手术室里，也许是你给了我最后的希望，终于，打麻醉那刻我感觉我活了，11点42分礼礼就出来了。

在我被推出手术室的时候，我多么希望你能在产房门口等着我啊……

直到我睡到病床上，我模模糊糊地问，宝宝像戴鹏吗？我妈说，像，耳朵挺大的，我就又睡过去了。

礼礼，就这样来到我的身边，可是你再也无法目睹她的容颜了。

那天，季琳一手抱着礼礼，一手拿着戴鹏身着警服的照片，轻轻地对孩子说：“礼礼，叫爸爸，快叫爸爸……”

孩子，你还小，你能听懂你妈妈说的话吗？我想，你能听懂，你的爸爸也肯定听到了你叫的那声“爸爸”了。戴鹏，我亲爱的战友，你可曾感觉到你的贴心“小棉袄”传来的那股温暖？

孩子，你是你爸爸生命的延续，虽然你失去了爸爸，但是，请你相信，父爱并没有因此而缺失，许多慈爱的目光将始终跟随着你，许多人会将你捧在手心，伴你一起慢慢成长！你有位光荣的爸爸，更有一位伟大的妈妈。你的妈妈为了你，为了她心中的那份母爱，十月怀胎，历经辛苦，用柔弱的双肩挑起了抚育你的重担！

孩子，你一定要听妈妈的话，这样你的爸爸会高兴的。愿你一生平安，茁壮成长！

偶遇同事夏禹，他告诉我：礼礼刚出生的时候，他拍摄下了孩子第一声啼哭时的视频。

视频，我看了，心碎了。那一声清脆的啼哭声，听在耳中，令我心疼、激动！看在眼里，又岂能不动情挂怀？

这个孩子，她牵动了警营内外一颗颗善良爱心，也收获了人们一声声美好祝福！

中午时分，屋外的雪停了，阳光落在蜡梅花上。风吹雪压后的蜡梅花愈发芬芳，而小礼礼就是一株冲破寒夜、昂首怒放的蜡梅花。

第二辑　一方水土

一方水土养育一方人，虽人在他乡，
但在家乡的土地上，却酿就了如酒乡情！

乡情是一支清远的笛

2009年，我从兰州回到了盐城工作。

盐城距高邮很近，100公里左右。每次回到高邮，除了陪伴年迈的母亲，就是观赏田园风光和品尝家乡美食。

夏季，骄阳似火，我驾车从盐城沿省道向老家驶去。车轮滚动中，我见到了不少姹紫嫣红的花花草草，还见到了多年未见、浑身是宝的荷花。荷花在里下河地区种植很广，藕和莲子能食用，其他部分均可入药。盐城建湖县就是莲藕之乡，特产是藕粉圆子。在西北工作了14年，可能是地域差异的原因，也可能是我极少外出的缘故，很少见到家乡的农作物。那时，若是见到荷花，总是倍感亲切，仿佛又回到了水乡高邮。

高邮天气多变，雷雨较多，我便留在家中陪母亲看电视、拉家常。

那天，雨后天晴，金乌悬空，泥土醉人，草木芬芳。我寻了一处荷塘，终于见到了满池盛开的荷花。小时候，只知道摘莲子吃，把荷叶顶在小脑袋上遮阳玩耍，从没留意过荷花之美。仔细看来，荷花真美！雨后的荷花更美！那竞相争艳的荷花仙子们，呈现出红、粉、白三色，红的似火，粉的像霞，白的如雪。荷叶形态各异，有的浮在水面上，有的高高挺立，还有的正打着卷儿。雨水凝成的水珠，落在碧绿的荷叶上，显得青翠欲滴。朵朵荷花在习习微风中轻轻摇曳，阵阵清香迎面袭来，仿佛置身于人间仙境。满池荷花，我想起了扬剧《王瞎子算命》中的唱词“六月的荷花开满池……”又想起了南宋诗人杨万里的绝句“接天莲叶无穷碧，映日荷花别样红”，还想起了荷花，出淤泥而不染，濯清涟而不妖的高尚品格。难怪荷花被评为中国十大名花之一，又难怪汉代文学家司马相如把他的妻子卓文君比作是出水的芙蓉。

离开荷塘后，我索性就在屋后的水泥路上信步走了起来。

雨后的空气格外清新，几近干涸的老河受暴雨的影响，水势涨了起来。十来只麻鸭在河里嬉戏觅食，兴奋地发出呱呱的叫声。麻鸭的叫声，使我想起了作家汪曾祺笔下的家乡：“我的家乡是水乡。出鸭。高邮大麻鸭是著名的鸭种。鸭多，鸭蛋也多。高邮人也善于腌鸭蛋。高邮咸鸭蛋于是出了名……高邮还出双黄鸭蛋。别处鸭蛋也偶有双黄的，但不如高邮的多，可以成批输出。双黄鸭蛋味道其实无特别处。还不就是个鸭蛋！只是切开之后，里面圆圆的两个黄，使人惊奇不已。”读汪老的这段文字，除感觉到描写的形象朴实外，还感觉到他流露出的自豪感。

多年见不到农家菜园了，无意中见到一家菜园。菜园里瓜果蔬菜，品种齐全，农家味十足。除青色的辣椒、紫色的茄子、绿色的黄瓜外，还有圆圆的西瓜、长长的冬瓜、扁扁的南瓜，以及木架上垂落下来的癞葡萄。科技的进步，带动农业的快速发展，蔬菜市场也摆出了反季节蔬菜。冬天吃西瓜，是再正常不过的事了。但我更倾向于按季节吃菜，吃那原汁原味的农家时蔬。若是退休后，回到老家种菜养鸡，做个田舍翁倒也不错。早晨闻鸡鸣狗吠、上午田间劳作、中午小酌两杯、下午读书看报、傍晚观炊烟升起、夜晚听蛙声一片，岂不是人间一神仙！

视线透过路边的草木，有几个熟悉的邻居，光着脚丫在河里摸河蚌、捡螺螺，偌大的塑料盆里收获不菲，足足装了大半盆。若不是难得回家，怕母亲责怪，这熟悉的一幕，看得我真想脱掉鞋袜，挽起裤脚，跳进河里，与他们一起并肩作战，共享劳动战果。

虽然少小离家，但年少时的经历却始终留在记忆深处。在物资匮乏的年代，只需付出劳动，河蚌和螺螺就会成为改善伙食的两道好菜，更是农家人饭桌上的美味佳肴。二十多年来，河蚌和螺螺的鲜美喷香，令我牵肠挂肚。为什么如此"嘴馋"？可能是我一直惦记着那能够找到乡情、听到乡音，使我产生乡愁的家乡吧！

在兰州工作的时候，市区有一家宝应人开的饭店，专烧淮扬菜，我经常去打打牙祭。这家饭店的淮扬菜烧得不错，主要有蒸咸肉（鱼）、茨菰烧肉、大煮干丝、炒水芹、烧河蚌等。有些老乡为了解馋，自己动手腌制咸货，可就是尝不出在家乡简单腌晒的咸货的香味。"汪豆腐"这道名菜，可能是水土的原因，也可能是厨师不会做，在外地是根本吃不到的。

这不就是我们常说的"一方水土养一方人"吗？

无论是身在兰州，还是人在盐城，因为"嘴馋"，我每次回家都到处觅食，品尝家乡菜。

同学李勇夫妇，与我相处多年，可谓同学情深。知我回高邮，总是热情招待，这次也不例外。离开高邮前，我们去了位于高邮花湾路的"蓝宝石饭店"。席间，点了一些特色菜，不可避免地又点了家乡名菜"汪豆腐”。这道“汪豆腐”的菜，成本不高，做法不复杂，主要原料为豆腐、虾米、荤油渣、猪血块等，很多人会做，但要做好吃，却很不容易。这道菜吃起来也很有特点。因为“汪豆腐”端上桌是滚烫的,必须要趁热吃，凉了就不好吃了。高邮人做家宴,“汪豆腐”这道菜,是一道很受欢迎的菜。村里的王厨子，是家传厨艺，做这道菜的水准是很高的，令我回味无穷。

且走且想，不知不觉间，双脚已踏上了田间小埂。

小埂边长着青青的小草，脚踩在上面软软的、柔柔的，按摩着我的双脚。青蛙王子在灌溉渠边跳来跳去，用跳舞的方式，欢迎着我的到来，许是热情过度，一不小心，“扑通”一声掉进了渠水中。

抬眼望去，一片绿色的海洋，秧苗长势喜人，处处预示着丰收。大好的田园风光，岂不是应了“稻花香里说丰年，听取蛙声一片”？

烈日催我回。汗水湿透了衣衫，我从田间赶紧跑回了家中，继续陪母亲天南地北聊了起来 ......

来去匆匆。每次回高邮，顾不上游览美丽的高邮湖、运河古道、盂城驿等古迹，但陪陪母亲，观赏田园风光、品尝家乡美食，倒也让我感到幸福满满、舒适惬意。

悠悠岁月，难忘的是乡情。乡情是什么？乡情是一首古老的童谣，美丽而动人；乡情是一坛陈年老酒，清香而醇厚；乡情更是一支清远的笛，悠扬而深远……

过了腊八就是年

老百姓认为，过了腊八就是年。确实如此，每年的腊八一过，就意味着快要过年了。

不需要谁去吆喝，每天忙忙碌碌的人们自觉地备起了年货，准备迎接新年的到来。于我而言，生命的年轮悄然自转了四十来圈，即将步入人生中的知命之年，唏嘘不已。每每看到镜中的自己鬓角挂霜，便不由想起唐代诗人贺知章“少小离家老大回，乡音无改鬓毛衰”的诗来，从而愈加感叹岁月流逝之快，愈加盼望着“年”能够姗姗来迟，愈加陷入对过年的感叹怀旧之中……

盼年

家乡有句俗话，大人忙种田，小孩盼过年。

那时年幼，每年的腊八一过，我和同龄的孩子们就掰着手指头，仔细地盘算着还有多少天能够放寒假，还有多少天能够欢天喜地过大年。

有意思的是，我稍微留意了下今年（2019）的腊八节，发现很多人走上街头去品尝腊八粥。当然了，大街上卖的腊八粥确实花样较多，味道也不错。遗憾的是，我虽在城市里生活多年，但却没有养成因过腊八节而去吃腊八粥的习惯。奇怪吗？其实不然，我在家乡生活的那段记忆里，每年的腊八粥我一次都没有少吃过，因为农村家庭早晚充饥的主食就是白米粥。这么算来，每年的腊八节我未必意识到，却是无意间吃了腊八粥，也算是过了每年的腊八节。

那时，对还是孩子的我来说，腊八节并不重要，只是即将要过年的一个重要信号。之所以喜欢过年，是因为过年就有新衣服穿，就有齿颊留香的葵花籽和花生嗑，运气好的话嘴里还能含着一块甜到心窝里的水果糖。更令人振奋的是，可以放开玩耍，可以随家人走亲戚，可以大快朵颐地吃上平时只能眼巴巴地闻闻香味的鱼肉。

盼星星，盼月亮，终于盼来了学校放寒假。每天，我除了完成寒假作业外，就是在盼望中等待日思夜想的新年到来。甚至，偶尔在睡梦中都会憧憬着新年将会给我带来怎样的惊喜。年越来越近，而大人们依旧忙着地里的农活，给麦地追肥、扒地里的茨菰，悄悄地盘算着年前年后的人情往来。

不当家，不知柴米油盐贵。过年了，当然要花钱，但钱从哪里来？我隐隐感觉到，大人们心情沉重，心中颇有压力！对于我家来说，能否过个好年的依仗就是杀猪卖肉，以及地里的一些茨菰而已。

那个年代，家家生活拮据，除了饲养鸡鸭鹅外，就是年底猪圈里能够拥有一头大肥猪在哼哼。否则，这个年无法过。从我懂事起，我家猪圈里基本有头大肥猪。过年前，父亲就会约屠夫杀猪，大部分猪肉卖钱，小部分猪肉腌好过年。几挂咸肉风干晒好后，悬挂在屋梁上，过完年后，除了家里来亲戚外，基本上是尝不到的。物资匮乏的年代，没办法，这也是大多数人家的生活之道。茨菰，是家乡农村的主要经济作物，每年年底都会有小贩上门收购。不得不说，茨菰真是个农家宝，既可以丰富菜盘子，也是农家人的钱袋子。

年，就是关。过年，对父辈们来说，相当于过关。那时，父母的难处，生活的不易，贫穷的压力，如今的孩子们怕是体会不到的。

盼望着时光流逝，期待着新年到来，这可能就是我这代人的童年愿望之一！

忙年

腊八后，在外打工的人逐渐返乡过年。

实践证明，不管天气如何恶劣，路途如何遥远，囊中如何羞涩，年的呼唤都会驱使着在外行走天涯的万千游子匆匆归来，年的脚步声都会日夜不停地回荡在乡村田野间，年的味道都会像一坛开了封的醇香老酒飘溢在大街小巷里。

腊月中旬后，年味渐浓，左邻右舍开始忙年，他们陆陆续续地开始磨豆腐、舂粉子（糯米面）、腌咸货、蒸糕馒、除灰尘、贴春联……

那时，各户都是自家泡黄豆磨豆腐。犹记得，刚做好的豆腐热乎乎的，取一块放在碗里，再放点盐、酱油、小葱、芝麻油（没有芝麻油，就放点菜籽油代替）等调料，然后用筷子搅拌，入嘴清香可口。虽然我不知道“小葱拌豆腐”这道凉菜究竟怎么做，但是我家年前的第一块豆腐通常就是如此吃法。

舂粉子，是为了做粘烧饼、搓圆子。过年期间的早饭，通常就吃烫粘烧饼和煮圆子，算是伙食的一大改善。糯米泡开后，家人开始舂碓。何谓舂碓？舂碓是个体力活，用的是杠杆原理。一根粗大木段，一端安装一根大木槌，脚使劲踩在另一端，米放在碓里，木槌上下起落将米舂碎成面。如今，机器加工，无须如此麻烦，但在那时只能舂碓。粉子面舂好后，需要放在大匾里晒干保存。否则，面会生虫霉变。搓圆子，顾名思义，粉子面加水，不能太干、太湿，用手将小面团搓成一个个小圆球状。做粘烧饼时，稍有区别，将面做成碗底大的饼状，一一放在炒锅里正反烤熟并冷却。有意思的是,每家还用粉子面做个大元宝放锅里烤熟，用于除夕夜烧香敬供，祈求招财进宝。我家炒葵花籽和花生通常是在除夕夜的前晚,那时嘴真馋,眼巴巴地看着锅里。这些炒好的葵花籽和花生，母亲喜欢放在两只坛子里，并盖上盖子防止回软。

俗话说，有钱没钱，理个发过年。这些事，通常放在除夕去做。

上午，去理发店理发，去澡堂子洗澡。理发要排队，洗个澡更不容易，几个村就一个澡堂子，还没有淋浴。大池子里水，虽烧得滚烫，但却像下饺子一样挤满了人。所以，腊月二十四以后，澡堂子是日夜开张。换水来不及，要想洗干净澡，必须起大早。

下午，家家户户贴春联，预示着年的到来。记忆犹新的一副春联，是写给灶王爷的春联：上天言好事，下界保平安。这副春联，寄托了老百姓的愿望。

除夕夜，万家灯火，举国欢庆。一家人围坐在一起，开开心心地吃顿团圆饭。这顿饭，虽然不能觥筹交错，但饭桌上的菜比平时丰富多了，至少有鱼有豆腐，寓意家庭年年富余。

后来，我步入少年时代，家家有了电视机，看春晚，是我在除夕之夜的另一大快事。

拜年

爆竹一声除旧岁，桃符万户更新年。

初一，当零点的钟声敲响时，乡村里鞭炮齐鸣，各家的男主人们纷纷起床，开门喜接财神。

说起年的故事，我知之不多，但财神爷的故事，在乡村里却始终流传着。

据说，江苏共有五位财神爷。不知何因，他们欲离开苏北去往苏南居住。可是，五位财神爷要走的事，不知被谁走漏了风声。这可是件天大的事，财神爷怎么能走？苏北的老百姓得知后，心急如焚，乡亲们自发地赶去劝阻。遗憾的是，四位财神跑得快，没有被拦住，去了苏南。但好在拦下了一位腿有残疾、行动不便的财神爷。从此，苏南有四位财神，苏北只有一位财神爷，苏北比不上苏南富庶。

当然了，这仅是一个神话传说，不必太较真。但开门接财神在父辈们来说是件大事，绝对不能亵渎神灵。因此，父亲很虔诚。他说，心诚则灵。在我看来，倒不是父辈们自私，归根到底还是贫穷的原因，又有谁不想把小日子过得红红火火呢？！

早上，父亲和母亲通常不让我们早早起床。他们说，新年可以迟点起床，这叫“纳福”。因此，当天色大亮时，我实在忍不住了，急不可耐地起床穿新衣。新衣服放在床头，除夕夜已试穿过，在镜子里照了半天，感觉真好！

穿戴整齐后，第一件事就是给奶奶拜年。

奶奶是家中年龄最大、辈分最高的亲人，我祝她老人家高寿，活到一百二十岁。给奶奶拜年时，我的耳边回荡着父亲的年前教育：过年要说吉利的话，不作兴瞎说。

奶奶见孙子给她拜年，很高兴。她笑眯眯地望着我，吉利话脱口而出，比如：祝我学习进步，将来考上大学等等。同时，奶奶从枕头底下摸出几片年糕（寓意步步高升）和用红纸包着的压岁钱递给我。

给奶奶拜完年，就得给父母拜年。当然，给父母拜年时，同样能得到压岁钱。

继续拜年，沿着村庄挨家挨户拜，新衣服的口袋里装满了左邻右舍给的葵花籽和花生。极少数的人家给个一毛钱，或者二毛钱的压岁钱，这在那个年代已经是相当不错了。压岁钱带回家，家里的大人们要问清是谁家给的，因为需要礼尚往来。这些压岁钱，仅仅是意思一下，数目很少。即使如此，我依然要颗粒归“公”，因为开学了要交学费。

我喜欢去外婆家拜年，不但吃得好，而且表兄弟们年龄相仿，能够玩到一块去。但是，我家和外婆家不在一个乡，比较远，父母每年需要带着我们步行去给外婆拜年。但年不能不拜，这是礼节，通常是早上早早动身，午饭时能到就算不错了。

后来，乡村里出现了自行车和载客三轮车，父母就让我独自去外婆家拜年。可是，过年期间时常遭遇冰雪天气，路面化冻后，不但天气寒冷，而且路滑难行。当肩上扛着沉甸甸的自行车，精疲力竭地赶到外婆家时，汗水早已湿透了衣衫，新鞋成了进水的泥鞋。

如今，乡村道路实现了村村通，解决了路难行的问题，出行变得更加方便。过年时，若是留心看去就会发现，乡村里许多人家的门前屋后停放着不少小轿车。遗憾的是，外婆早已作古，就连两个舅舅都已年过古稀。而我在外地工作，通常只能给长辈电话拜年。

民谣云：廿三，糖瓜粘；廿四，掸尘期；廿五，做豆腐；廿六，去割肉；廿七，杀鸡鸭；廿八，白面发；廿九，满香斗；三十日，熬年夜；正月正，过大年；五马日，接财神；正月半，看花灯。

拜年，延续到正月十五元宵节，年味便渐渐地淡了。年过完了，我心里失落落的、空荡荡的，要是天天过年该多好啊！如今，这个孩提时代的荒唐愿望，我相信离实现并不遥远。

一年又一年过去了，虽说日子好了，角色变了，年龄大了，但我却始终记着“过了腊八就是年”。因为过年这个习俗一直深植在烟火人间里，它是一种精神寄托，更是一种无法割舍的情感牵挂。

海风轻拂银杏树

岁月像把犁，在我贫瘠的心田里不断耕耘。多年来，虽没有将心田精耕细作成沃野千里，但有一块土地始终是一片绿洲。如今，我在这片绿洲上，又栽上了一个叫银杏的神奇树种！

在西北工作期间，有次秋季回家探亲，无意中邂逅了银杏。那天，去邻居家拜访，见他家的门前多了几棵陌生的树，树上金黄的叶子真美。出于好奇，我站在树边打量了起来。邻居见我盯着树看，过来告诉我，这几棵树是银杏树，他喜欢银杏，便在门前栽了几棵。得知是银杏树，我想起了白果。白果炖母鸡是一道好汤菜，益气、补虚、清肺热。小时候，我就见过村里有人用白果炖母鸡。一时心血来潮，我便查阅了一些资料，了解了关于银杏一些的知识——

银杏，又名白果树、公孙树，是现存种子植物中最古老的孑遗植物，被称为“活化石”。在我国，银杏作为中草药在民间使用，最早见于《日用本草》，也可用于建筑、家具、雕刻及其他工艺品，又可为行道树。因其生长较慢,寿命极长,故称作公孙树,有“公种而孙得食”的含义。种子,俗称白果,呈椭圆形或倒卵形,种仁供食用或药用。李时珍在《本草纲目·果部》中称:“原生江南,叶似鸭掌,因名鸭脚。宋初始入贡,改呼银杏,因其形似小杏而核色白也,今名白果。”

爱上了一个人,就爱上了一座城。2009 年,我随妻子定居到了她的家乡——盐城。这座城市,古人们凿河运盐,它因盐建城,故此是一座百河之城。这座城市,先辈们煮海晒盐,它临海而兴,汹涌澎湃的黄海与之日夜相伴。我喜欢大海,喜欢大海那海纳百川的胸怀、排山倒海的气势、海天成一色的奇观,尤其是欣赏诗人吟出的那句“面朝大海,春暖花开”的佳句。

家乡有古老的运河、有神奇的高邮湖,却没有我向往的大海,有点遗憾。但转念一想,大满则溢。正如:老祖宗归纳出的二十四节气中,有小暑、大暑、小寒、大寒、小满等节气区分,而却唯独没有大满节气。近年来,虽琐事不断,但我却数次来到黄海边,去感受和领悟大海的神韵。

没想到,在盐城除了见到大海,还见到了更多的银杏。也许,这就是人生何处不相逢吧!

再次见到银杏,是在今年的立夏后,是在我居住的小区院子里。这些年,忙而累,从未留意过院子里居然生长着银杏。那日黄昏,我陪妻子、女儿在小区里散步。不久,年幼的女儿不知从哪捡来了几片树叶。她询问我,这是什么树叶?接过孩子手里的一片树叶,我有种似曾相识的感觉。青青的树叶,像块翡翠,宛如鸭掌,又似扇子。是银杏叶?对,就是银杏叶,我猛然想起了邻居栽的那几棵银杏树。我告诉女儿,这是银杏叶。孩子说,这是小扇子,要带回家扇风。我听了,笑了。妻子听了,也笑了。

在小区里，以及小区外的马路边转了一圈，居然找到了不少银杏树。妻子告诉我，银杏是盐城的市树，在盐城或者其他地方栽种较广，只是我没有留心而已。如今，想想也对，生活中我确实是个粗线条的人，自然无法识得这座沿海城市的庐山真面目，又岂能不与银杏擦肩而过？我陡然觉得，很有必要继续寻找这个古老物种的踪迹。

射阳，隶属盐城，东临黄海，是座海边县城。在海边，沐浴在阳光里，行走在海风中，站立在海岸边，很自然地就想起了那首《大海啊，故乡》的歌曲。朋友介绍说，这座海边小城有不少关乎银杏的故事。

周末，迎着晨曦，我和朋友驾车来到了射阳县。

息心寺，坐落于黄海之滨、射阳河畔，掩映在银杏林丛中。佛教提倡众生平等，讲究慈悲为怀，因此就有了佛教“不杀生”的戒律。20 世纪 50 年代，息心寺放生林里栽下了 56 棵银杏树，寓意我们国家 56 个民族，平等友爱，和谐团结。不知道是土地肥沃的原因，抑或是海边生长的银杏树生命力强。这些银杏，虽然才 60 多年的树龄，但专家考证其生长速度却赶上了其他地方生长 300 年的银杏。

离开了息心寺，在射阳县特庸镇码头村，我们见到了一棵有 600 多岁，被人们称为“将军树”的银杏树。

入眼处，这棵银杏树枝繁花盛，凝绿滴翠，树冠呈圆形，直径约 20 米，高 20 余米，干粗约 4 米。远看如玉扇矗立原野，近观则如绿色华盖郁郁葱葱，非常壮观。

这棵树究竟有何神奇，为何称它为“将军树”？这里面有一个传说。

相传明朝洪武年间，朱元璋搞了一次“洪武赶散”。当时，有户张姓人家拖儿带女，并携带一头牛、一把蟹钩子、一棵银杏树来到黄海滩涂落户。张家的牛用来耕地、蟹钩子捕蟹，种下的银杏树就成了捕捞船只的船桩。

几百年后，这棵银杏树越长越旺盛，越长越神奇。有一年夏天，一对年轻夫妻在银杏树下乘凉，小两口为久未生育的事互相埋怨起来。忽然，刮起了一阵大风，树下落了不少银杏叶。由于饥饿难忍，夫妻俩便抓起树叶填肚。还没吃上几口，妻子突然呕吐起来，不久便怀了孕。这件事传开后，方圆几百里的不孕妇女，都来到这棵银杏树下摇树叶吃。

当然了，这只是一个传奇故事，不必较真。故事到此，本以为这棵银杏树已很神奇了，但它还有更为神奇的续集故事。这个续集故事，也引出了“将军树”的由来。

抗日战争期间，小鬼子到特庸镇扫荡，发现了这棵又高又壮的银杏树，准备将它砍下来造手榴弹柄。一个鬼子翻译官刚准备用斧头砍树，突然从树上窜下来一条几米长、碗口粗的大蛇。大蛇很凶猛，用尾巴将那翻译官卷起并摔死在树下，其余鬼子被吓得仓皇而逃。为了感恩这颗银杏树护佑一方，老百姓亲切地称它为“将军树”。

看着这棵银杏树，我忍不住给家乡的邻居打了个电话，询问他家的银杏长势如何。令我欣慰的是，邻居告诉我，他家的银杏树已越长越大，离结果也越来越近了。物竞天择，适者生存。我在想，银杏从远古生存到至今，并且越来越受到人们的青睐，靠的是什么？靠的是顽强的生命力和全身是宝的优势吧！

车轮滚滚，海风轻拂在一棵棵银杏树上，一片片扇叶间漏下了许多初夏黄昏的斑驳。

竹林趣事

老家屋后新长出了不少小竹子，长势很好，有成为竹林的趋势。因我常年在外工作，母亲认为非常吉祥，寓意“竹报平安”。

春兰、夏竹、秋菊、冬梅被中国文人称为“四君子”。然而，扬州八怪之一的郑板桥对竹子却情有独钟，他说：“举世爱栽花，老夫只栽竹。”我在农村长大，对兰、菊、梅等花花草草知之甚少，然而对家乡的竹子和儿时的竹林趣事却记忆犹新。

读小学的时候，从书本中知道了井冈山的竹子是毛竹，我便高兴地以为老家的竹子也是毛竹。我偶然问了一下老人们，可老人们告诉我，竹子是有区别的，本地的竹子应该属于水竹，不是毛竹。那时年幼，听后心里挺失落的，心想高邮的竹子和井冈山的竹子怎么不一样呢？要是和井冈山的竹子一样多好啊！

离家二十多年，回老家的次数很少，至今我也没有研究过家乡的竹子究竟属于哪个种类。只是闲暇间在互联网上搜索了一下，据古代《竹谱详录》和《农政全书》记载："竹之品类六十有一,三百十四种。"

可见，竹子的种类确实很多，完全认清楚还真不容易。

家乡的农村人喜欢在门前屋后栽几棵竹子，而竹子的生命力更是令人叹服，几年不到的时间就能发展成为一片竹林。

我的邻居家就曾经拥有一片竹林，颇有规模。这片竹林距我家不足百米，邻居的儿子是我的铁杆玩伴，放学回家和寒暑假，我们几个年龄相仿的小家伙就聚集在竹林里一起玩耍，玩耍的主要游戏是荡秋千、老爷升堂和捉特务等。荡秋千就是将家里干农活用的麻绳分两股系在比较大的竹竿上，中间放个小板凳，绳子从板凳腿穿过，小伙伴们轮流坐在小板凳上，其他人用劲推，前后来回悠荡。至于老爷升堂和捉特务的游戏，则是受民间业余淮剧团的演出和农村放电影的影响。淮剧在老家还是比较受欢迎的，通常都是演出一些反映主角经历坎坷却发奋读书，历经种种磨难当了大官，衣锦还乡后，有仇报仇、有恩报恩的故事情节。那时的电影是各村轮流放映，公安捉特务的电影片是必备片。小孩子爱模仿，我们就轮流在竹林里扮演好人和坏蛋的角色，甚至玩得忘了归家。令人心酸的是受家庭条件影响，夏季我们在外玩耍是很少穿鞋的，有时在追逐打闹中，一不小心脚就被脱落在地的竹枝扎破了。

竹林的东边是哑巴家。哑巴六十多岁，又聋又哑，和我是本家，因为不太讲理，在村里很不受待见。据说，哑巴年轻时颇有膂力且争勇好斗，村里很多人吃了他的"哑巴亏"，只有一个绰号叫"侉老虎"的本家能够制服他。哑巴家有一棵大枣树，树上结满了枣子，我们垂涎很久，但哑巴却舍不得给我们一粒枣。瞅哑巴不在家之际，我们几个孩子用竹竿捅枣子树，捡枣子吃。哑巴回家后，一看枣子少了，把我们几个在竹林玩耍的孩子给揍了一顿。几个年龄大一点的孩子鬼点子多，挨了揍，不服气，凑在一起商量报复哑巴。哑巴家的烟囱不在屋顶上，是在墙上伸出来的，并不太高。哑巴在家生火烧饭，我们在竹林里折了几根长竹笋使劲往哑巴家的烟囱里插，哑巴家的烟便出不来了。

20世纪80年代，电视机开始逐步走进农家。我印象比较深刻的是电视剧《霍元甲》播出后，我和小伙伴们厚着脸皮到邻村花五分钱一张票看了几集，从此一发不可收，一帮小孩子便成了武侠迷，在竹林里将枯枝败叶打扫干净，以竹子为靶子像模像样地苦练功夫，弄坏了不少新竹和竹笋。竹林主人家的这位“铁杆”玩伴，比我们年长一点，更是省吃俭用买了十几本武术杂志，以及在书店买的类似武功秘籍的书，堆了一桌子。而我和其他小伙伴们则是他的崇拜者和追随者，一有时间就聚在竹林里相互比武切磋，至今我的手面上还有拳打竹竿留下的伤疤。

当年在竹林玩耍的孩子们早已为人父母，基本离开了家乡，走向了工作岗位。由于种种原因，邻居家的竹子以及那片曾经留下孩子们成长记忆的竹林被砍伐了，未免有点遗憾！所幸，近日在老家我邂逅了多年不见的“铁杆”玩伴，并在一起交谈了很久。他告诉我孩子准备结婚了，计划要翻建房子。

我由衷地为我的玩伴高兴，为又一代的孩子们长大了而开心不已。

竹林消失了，竹根还在，就会长出新笋，就会形成竹林，就会有更多孩子们的欢声笑语和竹林趣事。

我怀念昔日的竹林，但我更期望新竹高于旧竹枝！

竹林河的前世今生

1993 年，穿村而过的京沪高速公路，邂逅了村西头的竹林河。

从此，村西头少了一条竹林河，多了一条高速公路。多年来，不管我身在何方，这条消逝的家乡河总是深情地呼唤着我，并在我的记忆长河中激起朵朵浪花。

竹林河，源于运输河道六安河的北部，向南与东西走向的六安河呈“十”字形交汇。村西的这段竹林河，由人工开挖而成，目的是满足农田灌溉和汛期分洪的需要。延伸段的新河，南接我家屋后的吃水河，北通六安河。新河与六安河北部的老河正好隔河相望，被统称为竹林河。

春季的竹林河，春意盎然。

竹林河两岸的杨柳，迫不及待地吐露新绿，在春风中尽情地摇曳。

竹林河的河水，哗啦啦地流向了两岸的农田。农田里的庄稼，在春泥中尽情地生长，因为它善解人意，理解农家人渴望丰收的愿望。“竹外桃花三两枝，春江水暖鸭先知。”一群高邮麻鸭，一边引吭高歌，一边在春水中嬉戏觅食。几只母鸭玩疯了心，将肚里的鸭蛋没有带回家，而是遗忘到了河水中。在放鸭人的驱赶下，鸭群徘徊不前，低头左右寻觅自已的鸭宝宝。鸭叫声、吆喝声，伴着流水声，听得人心都醉了。

不知汪曾祺老师，可曾来过竹林河？若是来过，该多好啊！汪老深爱家乡，他在散文《端午的鸭蛋》一文中，深情写道："我的家乡是水乡。出鸭。高邮大麻鸭是著名的鸭种。鸭多，鸭蛋也多。"短短几句话，两个"多"字，体现了汪老因为家乡而自豪的感情。

夏季的竹林河，河水清清。

烈日悬空，孩子们一颗贪玩的心，更加躁动不已。半大孩子们瞒着家人，在河边脱了鞋子，在河面上布下丝网，网到三五条小鱼，便高兴得手舞足蹈；水性好的大孩子们，头戴柳条编扎的帽子，一头扎进河里，横渡竹林河，效仿电影《渡江侦察记》里的侦察英雄。

此时，正是瓜果飘香的季节，神仙都难以抵挡住西瓜的诱惑。小说《西游记》中的天蓬元帅猪八戒，不也去瓜地偷瓜解馋吗？

竹林河东岸，有一大片西瓜地。瓜地里的西瓜，是瓜农老孟种植的，又大又圆，很是诱人。老孟搭了间简易瓜棚，每天吃住在瓜地，既防人偷，又防兽害。几个调皮鬼凑到了一块，盯上了老孟的瓜地，打起了西瓜的主意。他们流着口水，从竹林河河西凫水，蹑手蹑脚，浑身湿漉漉地摸进了东岸瓜地，三五只比脑袋还大的西瓜，被他们手忙脚乱地顺着河畔，滚进了竹林河。西瓜得手后，调皮鬼们做贼心虚，赶紧扑通扑通地跳进了河水里，抱着西瓜拼命向对岸游去。

突然，从瓜棚里探出一位老人的半边身子，花白的头发下，是一张黝黑的老脸。此刻，老人眨巴着狡黠的双眼，笑眯眯地大吼一声："干什么的？”听到是瓜农老孟的声音，即将游到岸的调皮鬼们，吓得屁滚尿流。调皮鬼们赶紧将西瓜藏进了水下的裤裆里，异口同声地说：“我们没有偷西瓜。”

童稚的声音，回荡在竹林河上空，树丛中偷窥的鸟儿笑着飞走了。

秋季的竹林河，秋高气爽。

旭日初升，一叶小渔船迎着晨曦，泊在竹林河的河面上。年过古稀的老渔翁，头戴竹笠，手拿竹篙，光着双脚，站立在船头处。十来只鸬鹚，上蹿下跳，忙得不亦乐乎，将在河水里吐着泡泡的鱼儿，不断捉来献给自己的主人。老渔翁脚边是鱼篓，他将大鱼扔进了鱼篓里，小鱼奖励给辛苦劳作的鸬鹚们。

日上中天，阳光和煦，秋风轻拂着竹林河。村庄里农家人的粮船，满载着秋收的喜悦行驶在竹林河上，河水不时地撩拨着农家人的心情。父亲站在水泥船船尾，手握竹篙使劲用力撑船；母亲站在水泥船船头，不时地用竹篙拨正粮船的行驶方向；我站在船头的小舱里，用一根竹枝轻划水面。水泥船晃晃悠悠，满载着金黄的稻子，在竹林河里不紧不慢地向粮站驶去。

夕阳西下，落日的余晖洒向竹林河，给河面镀上了一层金。河面显得很静谧，唯有鱼儿悄悄地露出脑袋，感悟着“夕阳无限好”的意境。

晚风起，天气凉，秋风扫落叶！不知从何处来了几只鸟儿，落在河岸边的树丛中，叽叽喳喳地叫个不停。一片片金黄的树叶，经不住鸟儿们的折腾，跟着风儿落进了竹林河。这一幕，可能就是“倦鸟归林”和“落叶知秋”吧！

冬天的竹林河，别有韵味。

北风从河面上呼啸而过，肆意地骚扰着那些留守的河水。晨雪飘飘洒洒地降了下来，染白了里下河地区。竹林河的两岸，变成了银装素裹的世界，万物静静地躲藏在皑皑白雪中。绿油油的麦地，被盖上了白色的被子，偶有觅食的野兔在被子上留下生命的足迹。雪后的竹林河，成了乡村的美景，像极了天上的银河，河面上处处飘溢着仙灵之气。放眼看去，家乡的竹林河与河上边的小桥，以及附近的村庄，绘成了一幅具有烟火气息的乡村画。

雪停了，寒流悄然来临。

竹林河河水，被老天爷施了定身法，似乎静止不动了。寒流真厉害，让河面结上了一层冰，把它变成了天然溜冰场。河面结冰，孩子们很开心，并排站在河岸上，拿着小瓦片使劲地顺着冰面抛去，看谁抛得远。几个淘气的孩子们，走到了河边，站在冰面上，尝试着向对岸走去。运气好的孩子，踩到了冰层较厚的冰面上，顺利地滑到了对岸，挥舞着小手兴高采烈地炫耀着。运气差的孩子，在冰面上刚迈了几步远，脚底下就发出“咔嚓咔嚓”的碎裂声，吓得小脸都白了，赶紧颤颤巍巍地往回走。孩子们见了，一阵哄笑。如履薄冰的心态，岂是孩子们能理解？现在想来，那时的孩子们胆子真大！

时近中午，太阳晒得人飘飘欲仙，浑身舒坦。

阳光落在竹林河上，河面上的冰层像一面冰镜，一边狠命地吸收着阳光、一边将阳光向冰层下蔓延。冰层逐渐消融，码头边上的结冰，被大人们用木榔头敲裂成面匾大的窟窿。老人们闲不住了，忙活着淘米洗菜，炊烟冉冉升起。勤劳的农妇们，双手冻得红彤彤的，在刺骨的河水里，使劲搓洗着换洗衣服。竹林河里，外出的人儿敞开棉衣，满脸汗水地撑着船儿破冰而出。水洁冰清的河水里，留下了许多大小不一的碎冰块！

竹林河啊，竹林河！既比不了途经家乡的大运河，也比不了美丽的高邮湖。如今，还有人记得这条不起眼的小河吗？沉思间，我猛然忆起了宋代诗人秦观的《宁浦书事》，诗人在诗中写道："南土四时仅热，愁人日夜俱长。安得此身作石，一齐忘了家乡。"

诗人秦观和我是隔代同乡，其才华和文坛地位，非我所能及。但我比诗人幸运，梦里只吟"安得此身作石，一齐忘了家乡。"

此处风景独好

人生就是一次生命的旅程，在或长或短的行走过程中，落入人们眼帘的风景，大相径庭，或是高山流水，或是鲜花绿叶，或是戈壁沙漠……

——题记

秋天降临，冒着火花儿的酷暑被秋雨浇灭了，带着粮食香气的庄稼被秋风吹熟了，身披绿衣裳的大地被秋色染黄了。在绵绵秋意里，我告别了喧嚣的城市，像是一片秋叶，伴着舞动的风儿，追着南飞的雁群，飘落到了一处不起眼的小村庄。

清晨，东方泛起了鱼肚白，新的一天拉开了帷幕。

沉寂了一夜的村庄，恢复了白昼时的生机和活力。农家鸡舍里的雄鸡，伸长脖子按时打鸣，和着乡村树林里离巢鸟儿婉转的啼叫声，演奏出一首充满乡土味的晨曲。睡梦中,浓郁的乡村气息使劲地钻进我的鼻孔，粗野地唤醒了不该贪睡的归乡人。

我睡眼惺忪，迷糊中回想自己身在何方？哦，我想起来了，我猛然想起了，我已回到家乡！

忙碌的工作督促我必须这样对待生活，莫负晨光，不当懒汉。我翻身起床，走到屋外，袅袅升腾的炊烟告诉我，村庄里已有人家生火做饭了。

站在这幢新宅的小院中，仰望着蔚蓝的天空，呼吸着新鲜的空气，我不禁思绪乱飞。

2014年，家乡发生了一次小地震，导致我家住了三十年之久的老宅彻底变成了一幢危房。在乡村、在农家、在朴实的老辈人心目中，砌房盖屋就是头等大事，节衣缩食也得把自家房子盖得漂漂亮亮。因此，我家的老宅凝聚了父辈的所有心血。老宅一下子变成了危房，可把年逾古稀的母亲急坏了。电话中，母亲话里话外地希望我重建老宅，那一种急切的心情，儿子十分理解，我也想把根留住啊！

一座青砖红瓦的新宅拔地而起，虽比不上乡村别墅、城市公寓，却增添了一座宽敞的农家小院。

为什么要建院子？那是有原因的。新宅施工中，母亲认真地对我说，她有一个心愿，就是要建一座院子，并且院子里的地面不能太低。听完母亲的话，我既理解母亲故土难离的那份情感，也知道这幢房子建成的特殊意义，便欣然采纳并完成她的心愿。

不得不说，母亲还是很有眼光的。由于院子里的地面用土垫高了半米左右，其高度超过屋后的那条水泥路，避免了雨天院子积水，也使门前的视野更加开阔。母亲动不动就在邻居们面前唠叨说，这幢新宅、这处院子，她很满意，也很知足。而我每次从外地返回老家看望母亲时，时常见到她在院子的水泥地上，晒着数量并不多的黄豆、菜籽、稻子……

于我看来，昔日的乡村，在不断地变化中改变着面貌，更加可亲可敬。这，或许是属于游子的情有独钟吧！

负手而立，举目远眺，我沉醉在秋色秋韵里，贪婪地品尝着乡村里秋天的味道，用还算犀利的目光，在这块土地上搜索，试图努力找回早已逝去的流年！

“喜看稻菽千重浪，遍地英雄下夕烟。”

秋季不愧是收获的季节，稻菽随风摇曳，入眼处呈现一片金黄。时不时见到几只鸟儿在地里不知疲倦地飞来飞去，不知它们是在贪嘴觅食？还是在帮助乡邻们守护庄稼？我想，应该是流连此处的风景吧！

近处看去，栏杆外稀疏的桃树叶子，即将归入尘土，红艳艳的桃花、甜津津的桃子，已追随季节而去。触景生情，心中空落落的，徒增一份悲秋的惆怅感。但转念一想，不必纠结其中，这也是万物生长的自然规律嘛。应该这么想，只要桃树的根还在，来年春暖花开时，这里还会出现一道桃花朵朵开的美景。想到这，心情豁然开朗起来。又见不少青中泛黄的狗尾巴草生长在桃树边，喜欢怀旧的我，情不自禁地想起了一首儿歌《狗尾巴草》：

小狗尾巴摇摇，小草尾巴摇摇。
小狗尾巴翘翘，小草尾巴翘翘。
摇啊摇，翘啊翘，摇啊摇，翘啊翘，
变成一根狗尾巴草。

小时候，年幼的我，爱搞恶作剧，时常将毛茸茸的狗尾巴草，插进小伙伴的衣领里，吓他们一跳。还记得，我将狗尾巴草的根部放进嘴里轻嚼，“吧嗒、吧嗒”地使劲吮吸它的那一丝甘甜……

忽然，一阵汽车喇叭声破空而来，依稀见到高速路上的车辆，风驰电掣地驶向远方。

天际悠悠，过客匆匆，又有谁不是忙忙碌碌呢？！

收回四下梭巡的目光，我缓缓地向西偏头转身，意欲返回屋子中，匆匆一瞥，一个小花池吸引了我的目光。

院内西墙下，有一个用青砖和水泥砌成的花池，呈南北走向，面积大约三平方米。当初，砌这个花池，我的初衷是在里边种一些用于观赏的花花草草。然而，一直囿于我来去匆匆，而无暇顾及此事。母亲是农家人，见不得“闲地”被荒置，便在池子里种了一些个头较小的葱蒜等。我见了，一愣之下，只好一笑了之。所以，这个小花池一直没有引起我过多的关注，甚至被我渐渐地淡忘了。

哪知，这个不起眼的小花池，却给我带来了意外惊喜。那一丛丛、一簇簇的扁豆藤，从西院墙上沿着竹竿四下蔓延，藤条上缀满了淡紫色的扁豆花，挂满了深紫色和青色的扁豆。打眼看去，扁豆花如同天边的小星星，扁豆又如同月牙儿般，扁豆藤更像一帘充满生命力的绿色瀑布。可以这么说，扁豆是农家宝，既可以药用，也可以食用。姑且，不论扁豆的药用价值，仅它对我家的贡献，就值得我对它另眼相看。

记得年幼时，因为品尝鱼肉等荤菜是奢望，所以村庄里家家户户都栽种一些扁豆。农家生、农家长的扁豆不难伺候，更不娇气，有适宜土壤和充足水分就能在秋季里给予栽种者回馈。那时，谁家扁豆长得好，就用小菜篮装满一篮子送予邻居分享。扁豆和南瓜、黄瓜、茄子、萝卜等蔬菜，是我家和邻居家饭桌上的座上宾。

是谁留下的这道风景呢？我想，应该是二姐。

去年，母亲身体越来越差，我硬把她从老家接来与我同住。离开家乡前，母亲把家中的钥匙交给了二姐，把打理这个家的重任，也交给了二姐。二姐很孝顺，也很勤快，把家中收拾得干干净净，不多的土地里也种上了庄稼和蔬菜。

看着这道风景，我感叹往事如烟如风，便情不自禁地吟诵起明朝诗人王稚登的《种豆》诗："庭下秋风草欲平，年饥种豆绿阴成。白花青蔓高于屋，夜夜寒虫金石声。"

春困秋乏，这句话前人总结得果然有道理。

临近中午，太阳懒洋洋地挂在天上，像个老人露着笑脸在打瞌睡。行走在天高云淡的秋阳里，我感觉骨头散架了，双腿迈不动了，心中氤氲着一股说不出感觉的醉意。

脚下的这条路，走了一年又一年。这条路不断地在变，变平坦了、变美丽了。它从泥泞路变成了砖头路，从砖头路变成了水泥路，两侧变出了城市道路才享受的绿化带。昔日，这条路上的行人也在变，他们从孩子变成了少年，从少年变成了青年，从青年变成了中年，直至变成了我叫不出名字的路人甲。但不管怎么变，路还是这条路，人还是这方人！

我放松脚步，权当散步并享受一路上的风景。

村东头的桥边，三五个邻居正在桥头垂钓。见到有人钓鱼引起了我的浓厚兴趣，记忆中的儿时钓鱼景象浮现在脑海。

那时，钓鱼装备很简单。砍一根竹竿做成鱼竿，将线上有鱼饵的钓鱼钩系在竹竿上就可以钓鱼了。其实，我在家乡生活时，也曾垂杆钓过鱼，但鱼儿是腥的，而我却不太惹腥。说来，有点惭愧，我所钓到的鱼至今未曾突破双手之数。不过，我钓鱼的态度还是很端正的。钓鱼前，我在有枯枝败叶覆盖的地里挖几条蚯蚓做饵。蚯蚓不能太大，太大了鱼不好吞，最好是细小的红蚯蚓。钓鱼时，我在鱼钩上穿上一条或半条红蚯蚓，找一安静处静待鱼浮下沉、鱼儿吞饵上钩。虽然，我的钓鱼技术一般，但是村庄里钓中高手还是大有人在。每每路过这些高手的家门时，老远就能闻到煮鱼飘出的香味，一家子围着桌子大快朵颐的场景可以想象出来。如今，很多人也去钓鱼，但并不看重战利品，只是享受一下垂钓的乐趣。我时常听说，有人花钱在农村鱼塘钓鱼休闲，还有人在野外钓了鱼又将其放生。这，我只能感慨地归纳为时代不同了！

与垂钓者打过招呼后，见桥梁上架了一杆比较时髦的鱼竿。鱼竿细长而有弹性，竿上挂了不少小铃铛。见我对这杆鱼竿很感兴趣，有一邻居耐心地告诉我，鱼儿吞钩后扯动鱼竿，铃铛就会响起来，不需要眼睛一直盯着河面看。果不其然，不久，鱼竿上的铃声大作，鱼儿上钩了！

村邻们垂钓的这条河，曾是一条集乡村水上运输、农田灌溉、农民吃水为一体的人工大河。这条河，曾经河水清清，鱼游虾戏，鹅鸭成群；这条河，曾经夕阳映水，渔夫桨荡，鸬鹚跳跃；这条河，曾经顽童踏冰，追逐嬉戏，笑声回荡！

父亲在世时，我家在屋后岸边砌有一座水泥码头，用于家中淘米、洗衣、挑水等。夏季时，码头还有一个妙用，就是便于男人们下河游泳和女人们坐在码头上冲凉。

俱往矣！那一年，一条高速公路开通，这条河与上游的竹林河断流。现在，虽然这条河已面貌大变，但是至今仍可窥见河岸边有不少泛着绿青苔的斑驳码头。岁月，对这条日夜流淌的大河虽然无情，但并没有完全将其彻底吞没。令人欣喜的是，如今这条河的下游两岸也增添了几座排水闸，避免了夏季洪涝灾害的发生。这条河经过乡村一些疏浚，村东头桥处的大坝也被村里挖通，河水渐涨，河中留居的生灵已越来越多！

秋高气爽，碧空绿水，心旷神怡！目睹乡邻垂钓，我心中暗想，待到花甲之年，回归故里，在这条河边四季执竿垂钓，尽管钓技欠佳，但能收获人生一乐，何乐而不为呢？

离开村东头的桥头，继续沿路向南行走。脚下的这条路，许是我的错觉，我有一种血脉相连的感觉。究其原因，那是因为有一次，母亲告诉我，我出生时的胎盘就被父亲深埋在我脚下的这条大路里。每次踏上这条路，我时常寻寻觅觅，期待探索到胎盘埋的具体位置。我似乎有点痴傻，因为它早已融化在土壤里，何处去寻觅？其实，我明白这个道理，只是，心中还有一份留恋罢了。

田野中稻花香，大路上桂花香，村庄里饭菜香，诱人的香味，在乡村上空飘荡。

顺原路返回时，我始终在记忆的漩涡里不断回旋沉浮。我期盼着夕阳早日西下，圆月悬空，秋蝉声稀，村庄里继续出现儿时秋收之夜的万家灯火，左邻右舍在秋野中挥汗如雨收割金灿灿的稻子的画面……

春夏秋冬，四季都有美丽风景，何止秋季！但在我的心目中，留下成长足迹的家乡里，此处风景却是独好！

冬季的乡村，冬天的雪

冬季的乡村，随着季节进入了冬眠。

黄昏的到来，使乡村愈发空旷寂寥。穿梭在凛冽的寒风里，踯躅于枯黄的草木间，嗅闻着随风飘来的乡土气息，竟莫名地生出了些许烦躁之感。抬头望天，四下里阴沉沉的、灰蒙蒙的，遮盖了落日晚霞。这种天气，是不是老天爷正在酝酿着下一场冬雪呢？

我在乡村等雪，抑或是四处寻找记忆中的雪。

行走间，一条熟悉的老河映入我的眼帘。这条老河，曾经是一条重要的吃水河、灌溉河、运输河。昔日，这条老河也曾年轻过，也曾像小伙子一样气血旺盛，那清澈的河水也曾流进寻常人家，也曾滋润两岸肥沃的粮田，也曾有双桨在宽阔的河面上轻轻荡起。如今，许是河道久未疏浚，或者是不在汛季，抑或是其他原因，这条河的河水几近干涸。

冬季的风像个强盗，它途经老河河面，便毫不客气地卷刮走了一层河水。缺了水的滋润，河便失去了灵性，甚至生命的活力。因而，这条老河看起来愈发瘦弱，像一位怕冷的老人一样，被肆虐的寒风冻得缩成了一团。目睹老河苍老的容颜，喟叹、怜悯、记忆，从内心深处滚滚而来。看来，乡村里的麻鸭放飞、鱼游虾戏、水流不息的那道农家风景，只能留在过往的似水流年中了。

老河真的老了，但我心中却多了一个执念，若是来年春暖花开之际，万物复苏，流水不腐，又何愁不能春水满河呢？沉思间，我的耳畔边隐隐传来了哗啦啦的水流声！

不远处，一棵满脸皱纹，却膀大腰圆的老榆树，吸引了我的注意力。如今的乡村，已逐步走向城镇化。人们更喜欢在门前屋后栽种一些观赏花木，而榆树之类的乡村树种，却越来越不受待见了。久未见到榆树，见之，如同老友重逢，喜悦之情溢上心头。慢慢走到榆树跟前，轻轻地抚摸着粗糙的树皮，由下至上地细细端详。许久，回过神来，忍不住莞尔一笑，竟然发现了老榆树的一个小秘密。若是枝繁叶茂的季节，这个秘密或许很难被发现。冬季里的榆树，光秃秃的枝丫，秘密无处隐藏，尽落我的眼中。这棵老榆树真可爱，它像一位老顽童，在枝丫处偷偷地藏匿着一个盆大的鸟窝。见到树上的鸟窝，算是一次意外之喜，使我想起了年幼时“上树掏鸟窝，下河摸鱼虾”的那些趣事。

站在榆树下，望着鸟窝，想着鸟儿，鸟儿便来了。两只觅食归来的鸟儿，扑棱棱地展翅飞向了老榆树的树梢头。许是归家心切，许是落脚不稳，许是粗鲁莽撞，一只鸟儿不知轻重地踩在了老榆树的一根小枯枝上。这根小枯枝不堪重负，或是“风刀子”的原因，轻吟一声，断落了下来，把两只归巢的鸟儿吓跑了。小枯枝很恋家，一步一回头地告别家人，在空中翻了几个跟头后，跌落在尘埃中。

没有等到一场期盼的雪，却在河岸边逗留了许久。乡村里，我所熟悉的老人们大多去了，大人们渐渐老了，孩子们不知不觉中大了。河岸边，这一棵不起眼的榆树，也在跟着乡村变化而变化，被这方水土养育成了大榆树、老榆树。这棵老榆树像巨人一样扎根在河岸边，与乡村里的人们一样守护着这方水土，默默地见证着季节变换和岁月流逝，向过往的人们讲述着乡村故事。

这个黄昏，许是我的灵魂被气候影响，许是我的内心早已蒙上了尘埃，我的心情变得与天空一个颜色，恍惚间，陡然想起了佛教禅宗六祖慧能的一首偈子：菩提本无树，明镜亦非台。本来无一物，何处惹尘埃！这个冬季，又忽觉马致远那句“枯藤老树昏鸦”，更为应景！

夜幕中，一场冬雪被我等来了，乡村多了许多白色的美丽精灵。站在庭院里，雪花落在眉眼间，凉飕飕的。从天而降的雪花，如柳絮、如棉花、如鹅毛，大地被雪染白了身子，到处是白茫茫的一片。乡村逐渐变成了仙境，房屋、田野、树枝头，被悄悄地改变模样，又好似进入了一个陌生的世界。

雪越下越大，漫天的飞雪伴着长夜，夜雪中似乎传来大诗人白居易的吟诗声：“已讶衾枕冷，复见窗户明。夜深知雪重，时闻折竹声。”

凝望着飞舞的雪花，一颗心随雪而舞，既涌起了一股豪情，又平添了几许悲凉。

风雪之夜，我想起了“林教头风雪山神庙”的故事。林冲武艺超群，虽为八十万禁军教头，却祸从天降，获罪发配沧州。山神庙外，风雪中的林冲，心中更多的是悲愤和无奈吧！狂舞的雪花，我又想起了“荆轲刺秦王”的故事。闭上双眼，思绪随着雪花穿越到诸侯争雄的战国，我见到了风雪落在易水河畔，听到了勇士荆轲正在击筑而歌：风萧萧兮易水寒，壮士一去兮不复还。探虎穴兮入蛟宫，仰天呼气兮成白虹。

飞雪飘零，雄鸡打鸣，炊烟冉冉升起。一条土狗无畏风雪溜出了家门，沿着村庄后的水泥路东闻闻、西嗅嗅，身后留下它深浅不一的脚印，但转眼间就被降落的雪花悄悄覆盖了。许是天亮了，许是这场雪把天照亮了。这场冬雪白得刺眼，白得纯洁，白得让人心中藏不住事儿，使尘封多年的往事在风雪中飘来飘去！

那一天，大雪刚刚停下，孩子们就憋不住了，浑然不觉天气冷，三五成群往外奔。他们打雪仗、堆雪人、找野兔，互相追逐打闹，快乐极了。最后携一身风雪归家，冻红的小手放在奶奶早已备好的火盆边。火盆是只普通的瓦盆，里面放着余火未尽的草木灰。草木灰上落下了我的口水，眼里只有奶奶放上去的几粒黄灿灿的大豆。身子暖和了，大豆也熟了，火盆里飘出了诱人的大豆香味。奶奶用竹筷将大豆夹了出来，轻轻地抖了抖，笑呵呵地看着火盆边馋嘴的“小猫”。

那一年，冬天的雪较往年更大、更厚、更狂野！霜前冷，雪后寒。雪后的乡村冰天雪地，学校被寒流笼罩着，阵阵冷风使劲地钻进教室里。单薄的棉衣裹着我单薄的身板，我幻想着若是有个火盆该多好啊！唇齿打战，浑身哆嗦，母亲来了，她给我送来了一件新棉衣。我感觉母亲的手冰凉，我的身子变暖和了。

洁白的世界，曼妙的雪花，氤氲着一股清新的灵气，深深地吸上一口，再缓缓地吐出来，疲惫不堪的灵魂得到了滋养，心中积蓄的阴霾被荡涤一空。久未见到皑皑白雪，在风雪中踏雪而行，真想找一块空旷之地与雪共舞，纵声长啸！大自然将雪馈赠给人类，而雪总是令人遐想、陶醉、回味。

孩提时，我就喜欢雪，喜欢雪花落在乡村的样子。那些过往的岁月里，乡村里落下的雪花儿不少，但我始终觉得冬天的雪是温暖的！这场冬雪，使我想起了家乡诗人王春的诗《风中，一朵飘飞的花》——

再美的云彩，
总是东飘西散；
再老的树根，
也留不住落叶的印痕。
一朵风中的飞花，
哪里，才是你梦想的老家？
漂泊的脚步，
难免不踩疼
一摞又一摞的心事……

黄昏。
矮墙下的爹娘，
老眼垂下西沉的太阳；
刀刻似的皱纹，
又一次紧锁了村口……
田野——绿绿黄黄，
溪水——九曲回肠。
不知谁家在凉意袭人的晚上，
将童谣低沉、断断续续地吟唱……

摩天楼直刺云霄，

钻天杨跟着伸长了身腰。
五颜六色的公交，
把绵长的乡愁切成碎段，
滚进红尘。
橱窗，不断有人披红戴花；
那些似曾相识的面孔，
川流在码头，隧道，山峦……
刮起停不下的旋风。

只要春天来了，
烂漫的飞花，
会将故乡连成一片。
我迎着风，
就让春风吹个够吧——
甘成一朵飘忽不定的飞花！

雪停了，又到黄昏。冬雪落在乡村，老河盖着雪被，老榆树穿着雪衣，庄稼使劲地饮着雪水。凝望着乡村广袤的田野，远处的田地阡陌纵横，一抹抹生命绿色映入眼帘，绿油油的麦苗和油菜长势喜人。

乡情·文缘

家乡高邮，人文荟萃，更有“东方邮都”的美称。

杜国富先生，高邮人，笔名东方邮都，退休前供职于高邮市委党史办公室。先生笔名用东方邮都，我想应该是源于他对家乡的那份情感。与杜国富先生相识后，交谈中得知先生比我年长得多，我和他相差近二十岁。能与杜国富先生相识，并成为忘年之交，我还要感谢远在太原工作的姨哥丁鹤军。

姨哥从小就酷爱文学，在家乡读书时曾是高邮广播电台的特约通讯员。去年下半年，姨哥在家乡微刊平台“高邮网”发表散文《栀子花》《自留地里醉流年》《大麦茶香》等。读后，除感觉姨哥的散文真情实感外，似乎还流露出了丝丝乡愁。唐朝诗人王维说：“独在异乡为异客，每逢佳节倍思亲。”因此，我很能理解姨哥，更能理解他在文中想表达什么。我和姨哥一样，都是少小离家，投身军营。回到地方工作后，没有回到魂牵梦绕的家乡，而是留在他乡继续打拼发展，与父母亲人聚少离多，思乡之情在所难免。自此，我也萌发了拿起不能生花的秃笔，写写文章寄托自己情感的念头。

闲暇之余，我先后在“高邮网”发了三篇小散文。那天，我在文后留言处,发现有一位叫“东方邮都”的读者,对我文中使用错误的“的、地、得”和标点符号一一指出。看后,我仔细核查,东方邮都先生果然说得不错。此时，我深切地感受到东方邮都是位对文字很认真的先生。尤其是我的散文《竹林趣事》推出后,素未谋面的东方邮都先生在文后更是留言鼓励。无意中，我从姨哥丁鹤军处得知了东方邮都先生的微信，欣喜之下，主动加其为好友。成为微信好友后，得知东方邮都，就是杜国富先生。

从此,我时常将自己的散文作品发给杜国富先生,请他帮忙斧正指导。而杜先生总是不厌其烦地及时答复，并提出十分中肯的修改意见。杜国富先生擅长散文和小说的创作,拜读先生的不少作品,深感先生文笔极好,语言诙谐幽默,且擅用俚语、俗语,作品充满了家乡高邮的乡土气息,如《高邮的大冬》《高邮人的“长尾巴”》《高邮人的送灶》《高邮民间的俗信术》《玩兔子灯》《嚼蛆》《我是一个惯宝宝》《母亲》《青鱼尾巴青鱼头》等等。读之,总勾起我很多挥之不去的乡愁。

我敬重杜国富先生，不仅是因为他的文学造诣，更多的是敬重先生的家国情怀。2015 年是中国人民抗日战争暨世界反法西斯战争胜利 70 周年，中央电视台对全球播报，由中央党史研究室第一研究部编的《抗日战争时期全国重大惨案》系列丛书出版，该丛书分编为 12 册，共约 540 万字。收入该丛书的全国惨案共有 173 个,杜国富先生写的《江苏高邮惨案》收录其中。

几次回到高邮，杜国富先生总是忙中偷闲，陪我小坐。杜国富先生，身材高瘦，双目有神，谈吐风趣，知识渊博。不经意间，就能将很多小故事讲出来，细细品味，却是蕴含做人的大道理。交往中，我与杜国富先生既探讨文学，又向其请教做人做事的学问。杜先生的文品和人品，永远值得我学习。

我本不信缘分,但有些事还不得不信缘分。叙起与王三宝老师的相识，又得感谢姨哥丁鹤军。王三宝老师，供职于高邮市教育局，是江苏省作家协会会员,高邮市作家协会秘书长,出版过诗集《青青草》和散文集《光阴的碎片》。

与杜国富先生相识后，姨哥丁鹤军电话告诉我，王三宝老师的散文和诗歌颇有造诣。姨哥一说，我肃然起敬，抱着学习取经的态度联系了王三宝老师。微信联系后，我与王老师成了微友，但并没有深交，只是礼节性的文字往来，互相发发作品链接。不久，我在朋友圈里拜读了王三宝老师的散文《孔锐的“快”》。读后，我感觉王老师是位善于观察，文笔细腻的作家，他把人物的性格特征刻画得非常细致入微，作品耐看、耐读。后来，我又拜读了他发表在《牡丹》杂志上的《三绿篇》(《绿墙》《绿荫》《绿果》)，这一组文章，他把个人性情与乡情结合起来，把田园风光与文字家园结合起来,写得亲切、自然,给人以积极向上的生活情趣。去年秋，我和姨哥丁鹤军相约回高邮探亲，邀聚了杜国富先生和王三宝老师。见了王三宝老师后，他给我留下了深刻的印象。王老师，笔名青青草，三条个子，性格内敛，人实诚，话不多。小聚中，我们四人叙乡情，谈文学，气氛融洽。俗话说：酒逢知己千杯少，话不投机半句多。这话果然不假，杜国富先生和王三宝老师本不善饮，但却频频举杯。今日想来,本是对面不相识的人,为何一见如故？我可以自豪地说,这就是乡情，这就是文缘！

今年年初，我回高邮接母亲回盐城居住。王三宝老师得知后，电话约我在高邮小聚。巧合的是，小聚的饭店名是“一壶老酒”，喝的酒是“一匡天下”。可谓一帮家乡人，在一壶老酒店，喝一匡天下酒，谈一段文学情。席间，王三宝老师歉意地对我说，你的散文《我的兄弟叫海山》，写的是家乡农民创业的历程，写得不错。我没有征求你的同意，帮你向高邮文联下属杂志《珠湖》投了稿，已经用稿刊出。我听了，微微一愣。《珠湖》杂志是家乡刊物，虽不是大刊、名刊，但对于一个游子来说却意义深刻。可见，王三宝老师用心良苦。从此，我们四人常常在电话中进行文学交流和探讨，甚至据理力争。

近日，王三宝老师的散文集《绿果》即将出版。出于信任，王三宝老师请我和杜国富先生对其散文集进行校对。我虽不才，但有幸先睹为快，感觉获益不浅。下半年即将来临，衷心希望王三宝老师的散文集早日问世。

转眼间，拿起秃笔已经大半年了。我在文学这块土地里，自问尚有一点收获，文字果实由青涩逐步成熟。细细想来，之所以有收获，是因为我和王三宝老师的想法是一样的，他在散文集《绿果》自序中写道：每个人都有一块园地，有人喜欢种豆，有人喜欢种瓜，我却喜欢种文字。

至此，我坚信：置身天涯海角，不变的是乡情；相隔天南地北，有情怀就会有文缘。

我的兄弟叫海山

1988 年至 1991 年，我在农村中学读初中，没有见过手机。直到我高中毕业后，社会上才陆续出现传呼机和手机。没有手机的年代，学生就喜欢写信。

我和海山是初中同学，海山是学校的业余收发员。业余收发员住在学校的传达室，免掉住宿费，很多学生都羡慕他。我的信件很少，因此很少和海山接触。

学校附近有一个邮递点。邮递员骑自行车，将两大包报纸和信件送到学校传达室，剩下的工作就是海山的。海山在学校传达室门口挂块小黑板，写上有信件学生的名字。学生放学从传达室门口路过时，见有自己的名字，就会找海山，问一声："海山，我的信呢？"海山嘿嘿一笑，拿出信件登记本，把笔递给学生，认真地说："登个记，信件完好无损，别拿错了。"遇有个别调皮鬼，不配合工作的，海山也不恼。嘿嘿一笑，赔个笑脸，反而让别人过意不去。

业余收发员，见人嘿嘿一笑的招牌动作，就是当时海山给我留下的最深印象。

白落梅在《你若安好，便是晴天》一文中写道："每个人来到世上，都是匆匆过客，有些人与之邂逅，转身忘记；有些人与之擦肩，必然回首。"我很认同这一段话，人与人之间可能真有缘分吧！

两年前，同学聚会的时候，我意外地见到了海山。端详了半天，我突然发现了一个秘密，海山长得酷似电视剧《甄嬛传》里的爱新觉罗·胤禛的扮演者陈建斌。海山虽然没有演员陈建斌的气质，但他却多了一点"农家味"。一张微微黝黑的脸，一双稍显粗糙的双手，一副结实的身板，看起来很健康，这就是如今的海山。

出于礼貌，我们在一起聊了一会儿天。闲聊中，海山简要地介绍了他离校后的创业经历，令我唏嘘不已。

初中毕业后，海山没有继续读高中，在吉林学了一门瓦匠手艺谋生。打工是非常辛苦的，海山嘿嘿一笑地归纳为：吃三、睡五，干十六（每天三个小时吃饭、五个小时睡眠、十六个小时工作）。起早贪黑地干了几年，挣了点血汗钱补贴家用，但人却累得掉了一层皮，可谓是往事不堪回首！结婚生女后，海山经济状况有所好转。由于他与人为善，讲信用、肯吃苦、脾气好，在高邮老家拉了几个手艺人，在经济发达的大上海搞起了时尚行业——室内装潢。天道酬勤，业务做得不错，终于挖到了人生第一桶金。

一晃五年过去了。阵阵微风拂面，海山徘徊在黄浦江畔，心却飞回了魂牵梦萦的家乡。家乡高邮，史称"江左名区、广陵首邑"，地处运河要冲、江淮胜地、里下河腹地。由于土地肥沃，盛产粮、油、禽、蛋、畜产品、水产品等绿色食品。龙虬庄遗址考古发掘研究表明，七千年前，高邮这块土地上就有先民行耕劳作，栽秧种稻。海山盘算着，家里上有老、下有小，常年在外漂泊，金窝、银窝，不如自家狗窝。作为农民的儿子，只要肯吃苦，在农村一样有出息。

海山毅然离开上海。回高邮后，在市区服装厂上班的妻子也辞职了，夫妻俩在镇里开了家专卖农资产品的经销部。不久，他便承包了镇农资站下属的八个分店。闲暇之际，海山向镇农资站的农技员学习农技知识，由于谦虚肯学，成了“农”字头的土专家。海山做事认真靠谱，见到老少爷们都是嘿嘿一笑，递根烟，倒杯茶，问声好。左右四邻，生活有困难的总是找海山帮忙。遇有孤寡老人，给两三百块钱，对于海山来说，是再正常不过的事情了。

管仲曰：善人者，人亦善之。几年下来，海山人际关系处理得是呱呱叫，个个直竖大拇指。

聚会结束后，我和海山开了个玩笑，告诉海山他酷似明星的秘密。海山不好意思地嘿嘿一笑：“不拿兄弟开心了，我就是一个农民，任务就是种地。”也许是脾气相投，也许是同学情深、也许是我们血管里一样都流淌着农民的血脉，我和海山的关系相处得越来越好。海山总是谦虚地管我叫哥，我也不做作，爽快地叫他为兄弟。

不久前，我回高邮老家，顺便去了海山位于镇上的农资店。到农资店后，海山正在搬运农资物品给客户，搞得浑身衣服脏兮兮的。

海山冲我歉意地嘿嘿一笑，洗漱了一下，拿了一瓶饮料递给我。

聊天中，海山说：“开农资经销部的时候，承包了镇里的七百亩地，办了家庭农场。根据季节变化，在地里栽种小麦、水稻、油菜、大豆等农作物。施肥、喷药、耕地、收割以及运输，已全部实现了机械化。尤其是有机米种植，更是实现了烘干一条龙。”听了海山的话，我被雷倒的同时，更加深信了伟大领袖毛主席说的一句话：农村是一个广阔的天地，在那里是可以大有作为的。

虽说夏日炎炎似火烧，但我的心情却非常舒畅。海山带着我参观了他承包的水稻田，我见到一亩亩绿油油的秧苗在烈日的照射下散发出阵阵清香。不远处几棵树上的蝉在拼命地嘶吼，大声叫着知了，知了。灌溉河沟里的青蛙瞪圆了眼睛，躲在不深的水里，露出脑袋，似乎在等待夜晚来临后，对劳动者进行歌唱。海山挽着裤脚，光着脚丫，弓着腰在稻秧田里仔细查看着秧苗的长势。看完后，海山嘿嘿一笑地告诉我：“种庄稼除了能吃苦、懂技术外，还得要对庄稼有敬重之心。因为没有粮食，人类就不能生存，毕竟‘民以食为天’嘛。”

我站在田埂上，一边听着海山的种田经，一边沉浸在海山即将丰收的喜悦中。许是我的殷切希望，许是阳光耀眼，许是高温下汗水模糊了我的双眼，我似乎看到了沉甸甸的稻子闪着金灿灿的光芒，笑弯了腰。一粒粒晶莹剔透的珠光米，装进了米袋里，销往全国各地！我又想起了宋朝诗人辛弃疾在《西江月·夜行黄沙道中》写道：明月别枝惊鹊，清风半夜鸣蝉。稻花香里说丰年，听取蛙声一片。

离开高邮后，海山打了一个电话给我。他嘿嘿一笑地告诉我一个好消息，家里出了位文化人，女儿考上海南三亚的一所高校了。8 月 18 日，邀请我回去为孩子庆贺。我的工作很忙，根本走不开。在祝贺的同时，便婉言谢绝了海山。海山略感失望，但对我的工作却很理解，不愧是好兄弟。

屈原在《离骚》中写道:路漫漫其修远兮，吾将上下而求索。生活中，面对家庭和社会，人人都有选择路的权利，但也都有走好路的义务。我的兄弟海山，选择了一条别人不愿走不敢走的农家路，虽有泥泞和荆棘，却闻到了花香，获得了丰收。

海山兄弟，给你点赞！

“大地主”的情怀

儿时，孩子们笑骂着一句顺口溜：大地主，大地主能吃不能苦，一顿要吃五大碗。这句顺口溜，表达了贫苦农民对昔日地主老财的愤恨之情。

老杨是我老家的邻居，也是我的发小，比我年长几岁，绰号“大地主”。我的一篇散文《竹林趣事》中，提到的那片竹林就是他家栽种的。长辈们说，老杨年幼时，长得胖胖墩墩，十分可爱。农家人就是怪，这么可爱的孩子，愣是给他起个“大地主”的绰号。我生在新社会，长在红旗下，从没见过地主老财是什么模样。莫非地主老财都像孩子一样胖乎乎的？依我看来，应该只是一个美好的祝愿，是农家人希望孩子长大后，能像大地主一样快活享福罢了！

离开家乡已经多年，几乎听不到村里人直呼老杨为“大地主”了。我猜测，或许是老杨已年近五十，左邻右舍不好意思再乱开玩笑了；也或许是同龄人基本离开家乡，村里的父辈们所剩不多，没有更多的人能够忆起这些陈年旧事。可是，我是多么想再喊他一声“大地主”啊！

上小学时，老杨爱看连环画，尤其是《杨家将》。因为，老杨姓杨，他自称是金刀杨令公的后裔。后来，老杨嫌连环画《杨家将》看得不过瘾，居然看起了整本的古典小说《杨家将》《岳飞传》等。小说证明，杨家代代出忠良，个个是英雄。比如《杨家将》中的杨六郎、《岳飞传》中的杨再兴等。因此，老杨以姓杨而骄傲，在孩子们面前显得很嘚瑟。那时，我是一个小毛孩，啥都不懂，只是很郁闷，我老吴家怎么就没出一个大英雄呢？若是如今，我童心大发，引经据典，说一下吴姓起源，道一下吴姓名人，或许会很有意思的吧！

乖乖隆的咚，韭菜炒大葱。扯远了，权当戏言，还是言归正传。

老杨，这个"大地主"当得很辛苦，他的家庭条件和我家是半斤对八两。为了改善贫困的家庭条件，每年暑假，老杨的父亲都买回一群小鸭子，交给老杨放养。"大地主"摇身一变，就变成了带兵打仗的"鸭司令"。放鸭，对于半大孩子来说，是一件非常辛苦的活。在我记忆中，"鸭司令"这个职务，老杨一直当到小学毕业才光荣退役。那时，我时常追随在老杨左右，甘当一名"将军"，与他一起冒着酷暑指挥鸭子大军。不得不说，老杨比较能忽悠，为了稳固军心，他边放鸭边编故事讲给我听，或者借我本小人书（连环画）看看。这些"核武器"对于我这样的孩子来说，有着致命的诱惑力。农村娃不讲究，光着脚丫，穿一条裤衩，天天跟着老杨在野外跑，晒得我变成了一个小黑球。

老杨喜欢阅读课外书籍，他的语文成绩非常棒。

小学五年级时，老杨就开始撰写新闻稿件，并多次给乡（县）广播站（电台）投稿。由于稿件质量较高，他被乡（县）广播站（电台）聘为特约通讯员，邮递员隔三岔五还能往他家送稿费汇款单。这一切，令我既羡慕，也崇拜。苟富贵，勿相忘，老杨就是这样做的。实话说，老杨肚里有墨水，但是字写得很一般。于是，老杨让我帮他誊写稿件，我就顺理成章地成了第二作者。那时，每到广播播音时，我就早早地守候在广播旁。当听到我的名字从广播里传了出来时，我一晚上都兴奋得睡不着觉。有人说，好孩子是夸出来的。这话固然有道理，但我认为，好孩子更是鼓励出来的。从此，我从老杨处借阅了不少古典小说，知识面越来越宽。同时，我幼小的心灵里，也种下了文学的种子。

老杨崇文，也很尚武。

电视剧《霍元甲》《射雕英雄传》等武侠剧热播后，老杨开始一边写新闻稿件，一边苦练中华武术。那时，书店里武功秘籍和武侠小说类别的书很多，也很畅销，如少林拳、武当剑之类，金庸、古龙、梁羽生等大侠的武侠小说。此类书籍，老杨连买带收集，家中居然堆得有人高。人不可貌相，海水不可斗量，这话果然不假。夏练三伏，冬练三九。一番苦练后，老杨居然神功大成，单掌开砖、一字劈腿等功夫都不在话下。尤其是，他家镜框里那张身穿运动服的照片，那招“大鹏展翅”的造型，颇有一代武术宗师的风范。

1989年，老杨初中毕业。那年冬季征兵，他怀揣梦想，立志献身国防，踊跃报名参军。遗憾的是，身高不够，差了一厘米。

文没有成为秀才，武没有当成兵，咋办？一不做，二不休，“大地主”当起了养鸡“状元”。

老杨在竹林里盖了两间屋，在竹林的外围绑上塑料网，买了小鸡和饲料，乡村养鸡场正式开张。他一边养鸡，一边学习家禽防疫知识。短短的时间里，老杨学会了给鸡打针，给鸡拌饲料，以及如何控制鸡舍温度等养鸡技术，他将全部身心扑在了养鸡上。小鸡仔们很给力，一天天地长大了。

当东方的太阳还没有升起的时候，鸡舍里便传来此起彼伏的雄鸡打鸣声。雄壮的鸡鸣声，唤醒了晨睡的乡亲们。圆溜溜的鸡蛋，圆了老杨致富的梦。随风摇曳的竹林，发出哗哗的响声，如同在唱一首催人奋进的歌谣。

然而，发展和竞争是并存的。农村的养殖业，如同竹林里雨后春笋一般，一下冒出很多。梦想是美好的，现实是残酷的。此时，老杨已结婚生子，他在竹林里不得不考虑路在何方？

上海是国际大都市，其蓬勃发展的经济，吸引了不少苏北手工业者。老杨也不例外，他决定放弃养殖业，前去大上海打拼一番。老杨到达上海后，跟别人从瓦工学起，发展到逐渐从事室内装潢。

四十余载弹指过，岁月如刀催人老！几度风雨几度春秋，老杨一步一个脚印大步往前走。

今年，春暖花开时，我回到了家乡，巧遇发小老杨。老杨家的住宅已很陈旧，他告诉我：儿子大学要毕业了，可能留在苏南工作。孩子有孩子的选择，他计划在下半年重盖老家房子，晚年回老家继续养鸡放鸭，写文打拳，再种上一些地。

听了老杨的话，我微微一愣，暗想：别人去城里买房，老杨却回乡下盖房，难道真想当“田舍翁”？

唉，“大地主”就是大地主，名堂真不少！

我的小学老师徐泽民

人之所以怀旧，是因为人有记忆，更拥有丰富的情感。虽然岁月在人生长河里不断流走，但总归会留有沉淀。而沉淀下来的东西，能使人的记忆愈发深沉，使人的情感变得更加浓厚。

1988 年，我小学毕业后，一直跋涉在求学和寻梦的坎坷之路上。稀里糊涂中，30 多年的时光被我不经意间晃没了，从脖戴鲜艳红领巾的懵懂少年，被时光晃成了身穿藏青蓝警服的中年大叔。

有人感慨说，人的一生有三晃：一晃，人大了；二晃，人老了；三晃，人没了。此话，颇让人回味！且行且远中，我一直觉得生活似乎缺点什么，心里也似乎惦记着什么。

我读书的小学，叫居河小学。每次回老家，路过小学学校的旧址，忆起儿时在此读书和玩耍的情景，耳边就会莫名响起琅琅书声。偶然间，我从小学同学居建香女士处，意外地打听到了我的小学老师徐泽民的电话号码。得知徐老师的联系方式后，我的心情久久不能平静，情感的闸门再也难以关闭，往事如洪水般涌了出来。

那时，居河小学是一所完小，有六个年级。每个年级一个班，每个班大约有二十来个学生。乡村小学，学生少，老师更少，仅有六位老师。徐老师很年轻，只有二十来岁，体型偏瘦，戴副眼镜，显得文质彬彬，是我五年级和六年级的语文老师。

在乡村，我估摸未必人人都能认识徐老师，但他往那一站，别人肯定能瞧出他是一位教书育人的先生。

读小学时，虽然年龄不大，但有些事情我还能依稀记得。三十年前的乡村小学，老师们基本上是民办教师。今日想来，昔日的民办教师是多么辛苦，工资待遇不高，既是一手握犁把的农民，还是一手拿粉笔的教师，但却正是众多的乡村民办教师，圆了许许多多农家孩子的求学之梦。

徐老师，就是众多民办教师中的一员。然而，他却是学校挑大梁的老师，一人担负着五六两个年级的语文教学任务，而且兼毕业班班主任。

在我童年的记忆中，无论是刮风下雨，还是三九寒冬，徐老师总是准时出现在教室里。学生是本村的孩子，老师自然也是本村的老师。春夏秋冬，凹凸不平的乡村土路上，时常见到徐老师骑着自行车匆匆而过。

贪玩是孩子的天性！若是注意看，就会发现徐老师的自行车后架上，还会捎带着一个苦着脸、不爱上学或者不爱回家的顽皮鬼。

捧着一颗心来，不带半根草去。徐老师一心扑在教学上，学生学习进步是他最开心的事儿。

那时，农村的条件差，学生根本买不起学习用的辅导资料。为了提高学生成绩，徐老师就发扬“自己动手，丰衣足食”的精神。他利用早读课时间，一边督促我们晨读，一边在油印纸上出模拟试卷。下班后，徐老师留在学校加班，用油推子将模拟试卷一张一张地印出来。次日，他将飘着墨香的模拟试卷发给学生，在课堂上进行考试。我们考完试后，他将卷子收上来，带回家夜晚在煤油灯下批改。第二日，再将试卷发给学生，在课堂上一道一道题地纠错分析。

我上课容易“开小差”，注意力不集中，所以影响了我的学习成绩。为了改掉我的坏习惯，徐老师一边捧着教科书讲课，一边离开讲台站在我的课桌旁。他严厉的目光，故意落在我的身上，吓得我不敢神游天外。

俗话说，严师出高徒。我的语文成绩在徐老师的督促下，较以往有了明显进步。

有人说，好孩子是表扬出来的。我的成绩提高后，徐老师总是适时地勉励我。那时，我心里总是美滋滋的，学习的动力就更强了。不久，我就当上了班里的学习委员，还戴上了令人羡慕的“三道杠”。小学升初中时，我不负老师的厚望，考试总分在周山乡（乡已改镇）名列前茅。

徐老师，一名乡村普通教师。他在平凡的工作岗位上，伴着三尺讲台，播撒着希望的种子，开启着孩子的心智，书写着人生的真谛！

那天，明媚的阳光照得人浑身暖乎乎的。处理完手头上的琐事，在怀旧和感恩心理的驱使下，我电话联络了近三十年未曾谋面的徐老师。徐老师接到我的电话后，我感觉他在搜索记忆。沉默了片刻，他迅速将我对上了号，想起了我这个他曾经教过的农家娃。

电话中，师生二人聊了很长时间，越聊越开心。喜悦和祝福通过无线电波，送到了我们彼此的心坎里。老师仔细询问了我的近况，深情地回忆了我这届学生在校时的人和事。

电话中得知，徐老师为了扩大知识面，一边工作，一边自学。1995

年9月，他考取了原江苏省泰兴师范学校中师班。徐老师毕业后，转为公办教师，现任镇成人教育中心校教导主任，从事社区教育工作。如今，女儿两口子也是人民教师。2016年年底，徐老师光荣地当选为周山镇第十九届人大代表。

闻听，我由衷地为老师高兴，暗想：老师从教30多年，最开心的事情应该是桃李遍天下，最好的荣誉应该是拥有人大代表身份吧！

2018年春节前，新年未到，喜庆却提前来到了。

屋外的天气有点寒冷，但室内却温暖如春。在高邮市区，我和徐老师喜相聚。见到老师后，我凝视着他。我发觉年近花甲的老师，略显瘦削的脸颊上，已悄悄留下了岁月的痕迹。不变的是徐老师的言谈举止，依然是那么的熟悉、那么的亲切、那么的令我迷恋！

不知何时，我和老师的手不知不觉地紧紧扣在了一起。师生喜相聚，真是人生一大快事！如今想来，那天的情景宛如昨日。

交谈中，我对徐老师愈发敬重。作为徐老师的学生，我深深地感到自豪，因为我有一位有担当、有爱心、有责任感的好老师。坐下后，师生间打开了话匣子。

其中，老师讲了这样一段话，永远烙印在了我的心头。他说：群众选我当代表，我当代表为人民。这句话不是口号，是一份沉甸甸的责任！我是一名具有人大代表身份的教师，也是一名党员，就应该将群众的信任融入本职工作中。既要关心教育，也要关注民生。若是做不到，群众还有必要选我当人大代表吗？

古人说：听君一席话，胜读十年书。如今，听了徐老师的教诲后，我有一种醍醐灌顶的感觉。我仿佛又重回到儿时，坐在教室里聆听老师的讲课。

闲聊中，徐老师颇为欣慰地说：近年来，镇里对教育投入很大，但教师的办公条件还相对落后，办公桌椅配置于20世纪70年代。为此，2017年1月，他向镇十九届人大一次会议提出了《关于请求政府更新教师办公桌椅，进一步改善办学条件的建议》。此建议，得到了镇政府高度重视，并被列为重点代表建议。不久，镇政府就为全镇中小学教师更新了60套办公桌椅，教师的办公环境得到全面改善。

身为世范，为人师表。徐老师身为人大代表，不仅是群众的知心人、代言人和服务者，我觉得他更是一名默默奉献者。

2017年4月份，江苏省人大常委会办公厅组织开展了人大代表“我的履职故事”主题征文活动。徐老师的稿件被江苏省人大官方微信遴选刊发，并被推荐参加了省人大办公厅集中开展的“优秀履职故事”网络投票活动。高邮市人大人事代表工委将徐老师的履职故事纳入《“我当代表这一年”履职故事材料汇编》册中。

我从这本册子中获悉，老师作为一名普通的乡村教师，每年都帮扶一名特困生。每年的“5·19”慈善一日捐，他都积极捐款。盐城地区遭受龙卷风特大灾害时，徐老师又自愿缴纳了特殊党费。

更令我感动的是，徐老师为了帮助贫困户胡奶奶脱贫，他多次登门了解其贫困原因，还制定了翔实的帮扶脱贫方案。对身患重病的胡奶奶，徐老师除了嘘寒问暖外，时不时地送去营养品、慰问金；对胡奶奶在校就读的孙女，徐老师一有时间就去学校，了解她的学习及生活情况，并送去学习用品，帮助她申请救助。对胡奶奶无业的儿子，徐老师除了鼓励他树立信心外，还四处委托亲朋好友帮他寻找到了一份合适的工作。

对一个没有任何血缘关系的家庭，徐老师付出了像亲人一般的爱，爱得那么执着、深沉、专一！

如今，胡奶奶一家三代人，永远记住了这位有爱心的乡村教师。每当看到徐老师下班后，再拖着疲倦的身躯到她家走访时，一家人便急急忙忙地迎了出来。徐老师离开后，他们悄悄地抹去双眼感激的泪水。

岁月钩沉。这样的好老师，岂能不让我怀旧？最近，每每想起徐泽民老师时，我就想起了那句“动人以言者，其感不深；动人以行者，其应必速”的话来。

第三辑　风雨家园

风雨之后是满天彩虹。风雨虽猛烈，但挡风遮雨的家园，始终根扎故土！

村东头的桥

我的家乡在高邮，那里河多桥也多。

村东头的桥，位于河道转弯处，离我家只有两三户人家。桥有两座，一座是新桥，另一座是老桥。

村东头的桥，规模与长江大桥、黄河铁桥有天壤之别，更不及河北的赵州桥历史悠久，它只是农村最普通的桥，普通得连名字都没有的桥。但我每次回老家，总爱看看村东头的桥，尤其是那座老桥。

冬去春来，勤劳的家乡人民，用自己的双手建设美丽乡村。村里不但普及了水泥路，而且还在村东头又修建了一座新桥。新桥是一座既结实，又很美观的桥。桥身横跨南北，采用钢筋混凝土结构，桥下呈半月形，桥面两侧有栏杆相护，两头连接着宽阔的水泥路。巧合的是，新桥竣工的时候，我正好在老家帮母亲重建老宅。老家又多了一座新桥，又多了一些宽阔的水泥路，我比自家盖新房还要高兴！那段时间，我时常站在新桥边，听桥下的流水声，看过往的行人和车辆，与干完农活回家路过的乡邻们打招呼。凝望新桥，手抚栏杆，我想起了刘禹锡在《杂曲歌辞·竹枝》中的诗句：桥东桥西好杨柳，人来人去唱歌行。我又想，路宽桥通，不正是村民所盼吗？

新桥修建了，老桥的作用变小了，走的人也少了。如果把桥比成人，新桥是正值风华正茂的年轻人，那么老桥就应该是一位饱受岁月洗礼的耄耋老人。老桥修建于30多年前，取代了用树棍绑扎而成的危桥。桥身横跨东西，桥墩是由瓦匠用青砖砌就；十几位壮劳力站在脚手架上，抬着水泥浇筑的横梁，放置在桥墩上面；桥面是水泥板铺就，宽约两米多，可供自行车和拖拉机行走。这就是老桥！今天看来，老桥是一座很简陋的桥，但在当时的情况下，却是一座先进的桥！有一副写桥的对联：缩千里为咫尺，联两地成一家。用在此处，虽很夸张，但却写出了老桥的贡献。老桥的河东，大约两里处，有一个叫吴堡的集镇。集镇远近闻名，带动了乡村经济的发展。集镇上既有"公"字头的中学、医院、供销社、粮站、信用社等单位，还有"私"字头的杂货店、熟食店、理发店、皮匠店等商铺。集镇隔五天赶一次集，可谓是人山人海，既有做生意的商贩，也有从附近前来赶集的村民。时至今日，赶集时的盛况，仍旧是家乡一道亮丽的风景。

村里修建老桥时，我还年幼。奶奶经常带我去看修桥，她指着老桥告诉我："一河之隔的吴堡集镇，是我们家祖居之地。你老太爷在世的时候，为了方便种地，便带着你爷爷这一代搬到了河西居住。那时的交通条件很差，河上面没有一座好桥。为了过河，在河的两岸架上一棵大树，再放两根竹竿，就当桥用了。乡邻们去河东，就扶着竹竿过独木桥，或者绕行走冤枉路。你曾祖父不忍心见乡邻们过河难，便卖了自家粮食，出资修了一座结实的木桥。桥修好后，方便了乡邻，也感动了菩萨。菩萨保佑我们家……"本以为奶奶只是随口讲了个故事，但却被邻居杨奶奶证实了。杨奶奶家有一片竹林，我常去与她的孙子在竹林玩耍。杨奶奶是位吃斋念佛、劝人行善、烧高香的善人，她多次告诉我，我的曾祖父卖粮修桥的善举。听得次数多了，我便记住了曾祖父卖粮修桥的事情了。奶奶没有念过书，但老人家却在告诉我：修桥铺路乃善举，行善积德是家风。

老桥修好后，孩子们格外开心，又多了一处乐园。孩子们在桥上掼纸炮、跳格子、跳绳，做着各种游戏，享受着幸福的童年。夏季，晒得像黑炭一样的男孩子们，赤裸着上身，穿着小裤头，站在桥上，纵身跳向河里。孩子们水性好，也野得很，互相不服气，比谁跳得远、游得远，因为跳得远、游得远的孩子就是大英雄。傍晚，孩子们早早将桥面冲洗干净，铺上几条破凉席，等待夜晚的到来。夜晚来临后，村东头的桥上微风拂面，凉爽传来，村民们尽情享受着那份农家人难得的惬意！疯了一天的孩子们，带一把芭蕉扇，在凉席上或坐或躺纳凉避暑；劳累一天的大人们，也带上小凳，坐在一起，聊聊地里的活儿，讨论着自家的收成；老人们感兴趣的莫过于“谁家有女初长成”。有了热心的月老们，桥上肯定有“鹊桥相会”的故事吧！

1988年，我小学毕业后，在桥东吴堡集镇的中学读初中。我是走读生，要上晚自习，村东头的桥是必经之路。老师们基本出自农村，知道供孩子读书不容易，经常会在晚自习的时候，加班给学生讲课、解难、答疑。有人说老师是辛勤的园丁，还有人说老师是燃烧自己、照亮别人的蜡烛。我认为老师就是村东头的桥，是一座将孩子们送到对岸的路上，看着他们前行的桥。有一次晚自习，下着小雨，老师讲课耽误了时间。放学后，突然下起了大雨，还夹杂着雷电。与我同路的学生们，已经离开学校了。

我打着油布伞，穿着雨靴，踩着泥泞的乡间土路，独自往家赶去。小孩子胆小，一路上既怕狗，又怕鬼，真是想什么，就来什么。在我胡思乱想的时候，一道雷电闪过，路边的一座新坟出现在我的眼前。刹那间，我感觉到头皮发麻，浑身凉飕飕的，下意识地拔脚狂奔，始终感觉到身后有“人”撵着我。在我惊魂未定，泪水欲出之际，猛然看见了村东头的桥。见到了桥，我宛如见到了盼我放学归来的家人，踩到了坚实的桥面上，我似乎已踏进了家门，风雨被挡在了屋外，屋里有明灯，桌上有热饭。到家了，还用害怕吗？刹那间，我狂跳的心，竟然奇迹般地平静了下来。村东头的桥，像亲人一样陪伴我念完了中学。

1991 年夏季，天降暴雨。一场特大洪涝灾害，几乎淹没了我的家乡。放眼看去，到处是水的世界，裸露在水面的除了树木，就是房屋。那天早晨，父亲和母亲商量，担心村里水势控制不住，准备托人带我去山东避一避。那天上午，我和我的家人都沉浸在忐忑不安中。下午，父亲抗洪回来告诉我们，村里的壮劳力站在村东头的桥上锯树打桩，用化肥袋装土，在桥前建坝截流，控制住了水位再上涨。不久，由于村民们众志成城，抗洪取得了关键性胜利，水位降了下去。现在想来，村里抗洪取得胜利，除了感叹人力胜天外，就是庆幸村东头有一座桥。如果没有这座桥，壮劳力们就无处落脚，没法借力，何谈建坝截流？村东头的桥，既保护了我的家园，也避免了我颠沛流离。

20 多年前，我从村东头的桥上走了出去，稳稳当当地愈走愈远。但无论我走到哪里，走了多远，我都会忆起村东头的桥。如今，村东头的桥已经老了，桥面上已不见昔日的平整，桥梁上已有深褐色斑点，桥墩上则爬满了绿青苔，所幸，村东头还有一座新桥，新桥却也是一座好桥。

门前的场头

打谷场，高邮人称之为场头。

生我养我的小村庄，屋后是条路，门前是片田；村庄呈东西走向，极像一条横卧的长龙。大集体时，小村庄里有一个场头，位于村庄的南边，占地约五亩，是所有农户用得着的大场头。

靠牛种地的年代，牛就是“牛”。那时，村庄里由专人饲养着两头耕地水牛。水牛粪有妙用，既可以作燃料用，也可以加水稀释用于场头灌缝。场头入口西侧，有两间土坯牛屋，供两头水牛居住。牛屋边，悬挂着一口大铁钟。当钟声敲响时，大人们撇下家中孩子，去大场头上工。父母在大场头上工，奶奶就领着我，去大场头玩耍。虽是吃饭不记事的年龄，但大场头热火朝天的上工场面，却依稀记得一二。

农忙时，村庄里的大人们集中在大场头，挑把、脱粒、晒粮、归仓、堆草堆等，汗流浃背地挣工分。时至今日，我回想父辈们上工的情景，仍在惊叹他们吃苦耐劳的精神。因为他们像铁人一样，在大场头上不分昼夜、不知疲倦地拼命劳作。夜晚来临，大场头和白天并没有多大区别，只是多了数盏昏暗的马灯。马灯，如今已经不多见了。它的燃料是煤油，属煤油灯，自然不是很亮堂。听母亲讲，妇女们捆草，容易打瞌睡，喜欢边拉家常，边弯腰干活。一不留神，就有农妇将水蛇从地上捞了起来。半夜三更，猛然见到一条蛇，就是神仙也能被吓破胆。

天蓝蓝，水清清，孩子的内心最纯净。我和小伙伴们觉得，门前的大场头真热闹，草堆高，粮食多，真是个好地方。看着大人们在大场头上称秤分粮，感觉有的吃了，我心里乐开了花。但回家后，父母却经常煮粥吃，我心里特失落。辛苦了一年，父亲乐呵呵地拿回来一张“大团结”，说是余粮钱。母亲很高兴，希望这张“大团结”能够压压箱子，岂知“大团结”只在我家木箱子里躺了一晚，便被我哭闹着要去交了学费。成年后，我与村庄里的老人们闲聊，听老人们讲，那个年代只听说过营养不良，就没有听说过谁得了“三高”病。

物资匮乏的年代，广播是农村标配，电视机是高科技，村庄里就没几个人见识过。繁忙的劳动，贫穷的生活，农家人的精神生活显得枯燥无味，但令人开心的是，大场头上经常放映露天电影。露天电影，一般选择在农闲季节的晚上。影片不是战争片，就是捉特务，绝对没有卿卿我我、搂搂抱抱的镜头。露天电影的放映，在孩子们幼小的心灵中，留下了英雄情结。少年不知愁滋味，呼朋唤友看电影。天还未黑，孩子们就早早吃完晚饭，急匆匆地赶到大场头上报到，等待露天电影的放映。偌大的大场头，挤满了从四里八乡赶来看露天电影的农家人。看电影的人群中，家近的自带板凳，家远的干脆站着，还有一些人席地而坐，屁股下垫个草把子。更有不少胆大的“皮猴子”们爬到墙头、草堆，甚至树杈上，居高临下，一览无遗。

农村分田到户后，大场头依然存在。我揣测，可能是在靠土地吃饭的农家人心中，对大场头的感情，岂是五亩地那么简单！夜收时，大场头有了新变化，变得灯火辉煌，先是有了汽油灯，后来又亮起了电灯，再后来还出现了现代化的脱粒机器“滚龙”和“老虎”。交够公家的，留足集体的，剩下都是自己的，左邻右舍干劲更足了。

时代变了，大场头也在变。粮食产量增高后，大场头被分割成许多小场头，但却远远不够农户分。不知何时，农户自家门前的小场头，与时俱进地悄然出现了。我念初中时，大场头已渐渐退出人们的视野，部分场头被种上了庄稼。尽管如此，因为大场头地大路宽，仍吸引来不少学骑自行车的青年男女，在此互教互恋（练）。大场头，留下了年轻人青春的影子和欢乐的笑声。

农户家的小场头，一般选择在自家门前不远处，方便收取粮食。我家的小场头，就用的是自家门前的自留地。场头，既要能晒粮，还要能囤粮。因此，场头的地势要高，阳光要好，不能积水。否则，阴雨天气，囤积在场头的庄稼，容易受潮霉变。我家门前的那块自留地，有半亩多。这块地，原本地势低洼，家里用来种植水稻、茨菰，包括小麦等。父母认为，杠场头势在必行，必须要杠好。那时，没有先进工具，只能靠人工锹挖肩挑。无奈之下，家人就发扬“愚公移山”的精神，全家动手挑土垫高场头地。

我记得，父母在杠场头之际，又买了一大一小两只石磙子。大石磙子表面凹凸不平，用于脱粒掼把；小石磙子表面平滑，用于压平自家场头地，可谓各有作用。杠场头，有讲究，不是那么简单。要先将场头地里的泥土挖开，用耙子把泥土耙细；泥土耙细后，给地浇上水，等泥土半干不湿时，用草木灰撒匀；之后用小石磙来回碾压，直到地面平顺，不积水为止；等场头晒几个太阳后，地面会出现龟裂，再浇水浇注缝隙，用草木灰再撒一遍。这样，杠场头才算大功告成。

小场头杠好后，父母非常开心。现在想来，我很能理解父母当初的想法，因为农家人一贯坚持“百年大计，种地为本”的理念！从此，门前的小场头，就成了我家的一块宝地。这个小场头，既能种庄稼，又能收粮食；既播种希望，又收获丰收；既是父母眼中的场头，又是我蹦跳玩耍的乐园。

不经意间，光阴从指缝中悄悄漏走。奶奶和父亲先后病故，四个姐姐相继出嫁，而我又远赴西北，投身军营。家里人口减少了，地自然也就少了。农民对土地的感情，是深厚的，是无法用语言来表达的。这份深入骨子里的情愫，更是亘古不变的，就如同母亲爱孩子一般。我的母亲，就是这样一位农家老人。村里几次重分土地，母亲始终不愿放弃土地，尤其是门前的这块小场头。因此，每次回家，我总是在门前的小场头地里，见到年迈的母亲双手沾泥，弯着腰春耕秋收。

清明祭祖，我回到了家乡，回到了变化着的小村庄。小村庄里的老房子已所剩不多，但却盖了不少漂亮的新房子。在这块熟悉的土地上，我几乎没有见到我儿时的同龄人，而父辈们的同龄人，所剩也寥寥无几了。老人们默默地守护着自家的老宅和土地，他们见我从外地归来，热情地嘘寒问暖！

在门前的小场头，我找到了自家的两只石磙子。两只石磙子被风吹日晒，显得饱经沧桑，但依然静卧在门前的小场头地里。门前的小场头，被闲不住的母亲种满了油菜。春风拂过，金黄色的油菜花，发出阵阵醉人的花香。

穿梭于村庄田间，我细细搜索大场头的踪迹。昔日的大场头，已被平整为绿油油的麦地，它的痕迹被岁月这条长河冲得一干二净。此景，使我想起了“沧海桑田”这句成语，又忍不住喟然轻叹：如今，靠科技种地，边收割边收仓，还要留着场头吗？

门前的场头，既已消逝，那就让场头留在农家人的记忆中吧！

屋后的那条路

深秋，斜阳伴黄昏。

在老家屋后的那条路上，我一边陪伴着身体欠安的母亲，一边凝望着脚下的路……

屋后的那条凹凸不平的乡间土路，曾经是村庄里唯一的进出大道。如今，这条土路已经变成了一条宽阔的水泥路。村里对水泥路两侧的杂草进行了清理，栽种上了不少花木。漫步在平坦的水泥路上，看村庄里冉冉升起的炊烟，闻泥土诱人的芬芳，听麻鸭“扑通、扑通”落水声，令人流连忘返。

人，真的是一种爱怀旧的动物。每每想起屋后那条陪伴着父老乡亲们走过多少艰难岁月，洒下辛勤劳作汗水，留下孩子们成长足迹的土路，心里总是有点酸酸的，一些往事也情不自禁地浮现在脑海中。

村里有一所小学，在我家西头不足两里路。成年人沿着屋后的那条土路散散步就到了，但对孩子们来说，却是一段很远很远的路程。因此，小学二年级之前，年迈的奶奶总是顺着屋后的那条土路，将我送到学校，亲眼看着我进入教室，才能放心地回家。雨天，屋后的那条土路，泥泞难行，奶奶就将我背在背上，用雨衣严严实实地裹住我的小身体，接送我上下学。奶奶背着我时，我伏在奶奶孱弱的后背上，清晰地听见奶奶嗓子眼里传出“呼哧、呼哧”的喘息声。

父亲曾愧疚地对我说，由于爷爷去世早，他和奶奶孤儿寡母过日子，生活得非常艰难。奶奶为了养活他，吃了不少苦，还落下了病根子，尤其是患有慢性气管炎。奶奶的气管炎很严重，特别是冬天。半夜里，全家人都能听到她的咳嗽声，甚至嗓子眼里的喘息声。可奶奶一直把我视为她的命根子、心头肉，从来不让我受一点委屈。那时，我就是奶奶的“小尾巴”，奶奶就是我的“守护神”。她春天担心我“春眠不觉晓”，夏天担心我“夏日炎炎似火烧”，秋天担心我“秋风萧瑟天气凉”，冬天担心我遭遇“急雪舞回风”。

村里的老人们都说，茄子是吊大的，孩子是跌大的。然而，奶奶却不这么认为，在她的潜意识里，自己的小乖乖是不能跌倒，更不能受到伤害的。若是天气晴好，奶奶便站在屋后的那条路上，迎接我放学归来。见我蹦蹦跳跳地回家，奶奶便开心地笑出声来，一双枯瘦的手早早地向我迎了过来。那时，我不懂奶奶见到我笑啥？只记得，奶奶的眼睛笑得眯成了一条缝，脸上的皱纹舒展开了，气管炎病似乎也好了。

奶奶老了，记性不好，同一个话题总是重复说。

在屋后的那条路上，奶奶又笑吟吟地问我：“奶奶哪天归天了（去世），你给奶奶烧钱（冥币）吗？”说完后，奶奶又轻叹了一口气，接着说道：“奶奶老了，享不到你的福了。你若有出息，孝敬你父母就行了。”年幼的我，不懂什么叫烧钱，更没听懂奶奶的话，但为了让奶奶开心，我便大声地告诉她："烧、烧，烧一大堆。"奶奶听了，呵呵地笑了，笑声从掉了牙的嘴里漏了出来。我眨巴着眼睛，流着口水，暗暗地想：回家后，奶奶从床头的"百宝箱"（小木箱）里变出的是蜜枣，还是台酥给我吃呢？祖孙俩，一老一小，手挽着手，在屋后的那条路上，留下了一路欢快的笑声。

今天想来，奶奶见我如此开心，就是人们常说的天伦之乐！

父亲是个老实巴交的庄稼汉，他固执地认为：万般皆下品，唯有读书高。父亲常说，一字值千金，砸锅卖铁，也要让孩子读书。父亲还说，养儿不读书，如同养了一头猪。小时候，我和父亲有一张合影，是站在屋后的那条土路上请人拍的。照片里，父亲扶着年幼的我，我的手里抱着一本厚厚的书，父亲脸上挂着幸福的微笑。我虽年幼，但却懵懂地知道，父亲是想让我好好读书，将来有出息，走出屋后的那条路。

在父亲望子成龙的目光下，我还是很用功地读书的。然而，孩子的天性是贪玩好动的。放学后的时间，就是我的天下了。爬高上梯，调皮捣蛋，那就更不用说了。农村娃，没啥玩具玩，滚一滚铁环就是一件很开心的事。滚铁环可以一个人滚着玩，也可以与小伙伴们一起玩。孩子们在一起滚铁环，通常就要比一比、赛一赛，谁滚得远、滚得快。

那是一个秋风扫落叶的季节，地里的稻子刚刚收割完。我背着书包，沿着屋后的那条路，从学校回家。

路上，我满头大汗地滚着铁环，与小伙伴们互相追逐着、玩耍着，开心得不得了。许是乐极生悲，脚下一块凸出的土疙瘩将我绊倒在地，摔得我七荤八素。滚动的铁环向河里快速滚去，我爬起身来，不顾一切地奔到河边捞铁环，不慎将书包掉入水中，而我却浑然不知，心中只惦记着我的铁环。突然，一只大手抓住了我的衣领，将我拦腰抱回到岸上。缓过神来，我才惊诧地发现，抱我上岸的人是父亲。不善言辞的父亲，满脸怒气地站在我的面前，照着我的屁股，狠狠地给了两巴掌。我被打蒙了，“哇”的一声哭了起来，跑回家找奶奶告状去了。

晚上，奶奶哄着我和她一起睡，父亲在灶膛边生火帮我烤书本。奶奶悄悄地告诉我，那天，父亲从场头挑着两箧稻回家，恰巧看见我在河边捞铁环，他吓坏了。奶奶还笑眯眯地告诉我，父亲又给我做了一个新铁环，我才停止了哭泣，高兴地睡着了。睡梦中，我梦见了父亲微笑着，站在屋后的那条路上看着我。而我滚着父亲送给我的新铁环，新铁环像哪吒三太子的风火轮一样，在屋后的那条路上风驰电掣，滚滚向前。

在我读高中的时候，患有气管炎的奶奶去世了，享年 73 岁。奶奶下葬时，由于父亲患病，正在康复期，我捧着奶奶的骨灰盒，含泪将她与爷爷合葬了。从此，屋后的那条路上，再也见不到奶奶盼我归来的身影了。奶奶的坟与屋后的那条路仅一河之隔,每次我行走在屋后的那条路上，隔河见到奶奶的土坟，总是忍不住黯然泪下，驻足不前。清明时节，我常返乡在奶奶坟前烧上一堆纸钱。若是因故回不了老家，我就将我的相思托缕缕清风捎给她老人家。奶奶，您收到我烧给您的纸钱了吗？孙子永远想念您。血浓于水的亲情，将奶奶的音容笑貌，永远留在我的记忆中，甚至常常走进我的梦乡。

在村民的集资下，屋后的那条路，被铺成了砖头路。路铺好后，家里请木匠打了一辆木板车。木板车，就是用木板打造的车架，车轮和黄包车的车轮相似，是农村干活的好工具。每天，父亲拉着木板车，最少也要在那条路上走三个来回。但由于家里孩子多，父亲常年超负荷地劳作，积劳成疾，生了一场大病。家里的顶梁柱倒塌了，家庭重担就落在了母亲一个人的肩上。土里刨食、靠天吃饭，没有壮劳力是万万不行的。母亲虽生性要强，但独力难撑，常常悄悄流泪。我已读高中，成了半大小伙子，便在课余时间帮母亲干一些地里的活。邻居们见了，夸我懂事，说我是“新农民”。

那年麦收，我和母亲一连几天，将地里的麦把子捆好，装上木板车，用绳索一头系在木板车上，一头扎牢在肩膀上，我在前面拉木板车，母亲在后面帮我推车，我们顺着屋后的那条路，一趟一趟地把捆好的麦把拉回场头。烈日下，衣服湿漉漉的，从来没有干过，娘俩的汗水一串一串地滴落在那条路上。父亲天天站在那条路上，目送着我们娘俩拉着木板车出去，再回家。看得出来，父亲的情绪是低落的，他的眼睛是红的。

父母的人缘很好，与人相处很融洽。在亲戚和邻居的帮助下，地里的所有麦把子，终于都被运回了场头。我和母亲开始脱粒，晒麦子，再用木板车将晒干的麦子从屋后的那条路拉回家。晚上，脱下的衣服上留下了一层白色的盐渍，手掌心被木板车把磨出了血泡，小腿上被麦芒刺满了血印子，肩膀上被绳索蹭破了皮，浑身像散了架一样，疲惫和乏力一起向我涌来。此时此刻，我才真切地体悟到“锄禾日当午，汗滴禾下土。谁知盘中餐，粒粒皆辛苦”的深刻内涵。看着我受累受罪，母亲心疼地扭过头去，直流眼泪。父亲重重地长叹一声，无奈地说道：“宁伤竹子，不能伤笋。怪我啊……”

夏衍有一句名言：种子不落在肥土而落在瓦砾中，有生命力的种子决不会悲观和叹气，因为有了阻力才有磨炼。当“新农民”的那段经历，就像屋后的那条路一样，深深地刻印在心底，难以忘记。

一年后，父亲的病情一天天地好了起来……

屋后的那条路上，又出现了父亲忙碌的身影。父亲是个闲不住的人，更是种地的一把好手，挖墒沟、堆草堆、罱泥、割麦、插秧、脱粒等庄稼活，样样会干。

苦难催人成熟。参军后，我在部队努力工作，事业小有所成。然而，在我工作的第八年，上天又与我开了个天大的玩笑，父亲突然吃不下饭了。父亲去医院检查，医生确诊为癌症晚期，阴云再次笼罩在我家的上空。我从部队请了一个月的假，在家陪伴父亲。近三万元的医疗费花完后，父亲认为病入膏肓无力回天，不用再浪费钱，固执地拒绝治疗。父亲临终前，许是回光返照，许是心愿未了，他用力撑着坐了起来，手指屋后的那条路，对我说："回部队好好工作，不用再管我了。"他又指了指母亲，却什么话也没说。瞬间，泪水模糊了我的双眼，我明白了父亲的意思，他想让我常回家看看，照顾好母亲。

在屋后的那条路上，我送走了父亲。那年，父亲仅仅 64 岁。那一刻，我碎裂的心在喃喃自语："爸爸，您累了吗？您需要休息了吗？多年来，为了支撑这个家，为了养活五个孩子，您面朝黄土背朝天，从不言累，从不叫苦。屋后的那条路，就是您勤劳而又忠厚一生的见证者，另一个世界是否还有家乡屋后的那条路？"

瑟瑟秋风染秋凉，大地万物显沧桑！路的两旁，落叶砸在我的脸上，把我从沉思中惊醒。几只小鸟落在了树上，觅食的鸟儿已归巢。不知不觉间，我陪母亲把屋后的那条路走了个来回。

挽着母亲的胳膊，看着她的满头白发，我在心里默默地说："母亲啊！儿会常回家看看，常陪您在这条路上走走，直到生命的尽头。"

苦涩的茨菰

天气渐冷，冬季不远了，好想吃点家乡的茨菰。

原本以为，进入冬季后才能够吃到新鲜的茨菰。但周末去菜市场买菜时，却见到不少蔬菜摊上摆放着茨菰。这些茨菰，是否和家乡的茨菰味道一样呢？

茨菰吃在嘴里，有点苦涩味。有的人不爱吃，但我却偏爱茨菰的这个特殊味道。往年，菜市场卖菜的师傅告诉我，他卖的茨菰来自我的家乡高邮。因此，去菜市场买菜时，只要见到茨菰，我总爱买上一点回家做菜。其实，这些茨菰未必就是高邮出产的，但我与茨菰有种特殊的感情，一种渗入骨子里的亲切感。

茨菰，这种经济作物，在高邮水乡并不稀罕。有水的地方，似乎就能生长茨菰。到了夏季，稍微留心，随处可见在烈日下生长的茨菰。浅绿色的茨菰叶子，齐刷刷一般高低，像个放大版的弓箭箭头。晚风起，叶随风动，宛如万箭齐发。

寒流来了，凛冽的北风呼啦啦地乱刮着。浅绿色的茨菰叶子，被冬季的风霜和皑皑白雪打黄了。茨菰，在冬季长大了。

大清早，父辈们吃完早饭，就眼巴巴地盼着太阳赶紧上山。“千呼万唤始出来，犹抱琵琶半遮面。”太阳慢腾腾地露出脸儿，地里枯黄的茨菰叶上还覆盖着一层薄冰，大人们就迫不及待地下地去了。里下河地区，没有烧暖气的习惯，人坐在家里都会被冻得缩成一团。那时，我年纪还小，扒茨菰的活，还轮不上我。但，我能感受到大人们弯着腰、将双手插在冰凉的土地中的刺骨寒意。

地里的茨菰，是不能用铁锹去挖的。因为铁锹挖破了茨菰，价钱就上不去了，只能用双手在地里扒拉。这种辛苦的劳动方式，家乡人称之为“扒茨菰”。扒茨菰，很辛苦，一般要有两个人合作。一个人用手扒出小土块，另一个人在小土块里找茨菰。茨菰出土了，一筐筐抬回家里，大的有鸡蛋大，小的如同鸽子蛋。粗看茨菰，像个带把子的圆球。这个茨菰把子，大约一指之长，高邮人称它为：茨菰端子，或者茨菰嘴子。茨菰端子掰下后，一般不吃，用稻草裹着埋在泥土里，待到来年清明后挖出做种用。

我记事后，每年的春节前，都能见到收茨菰的商贩开着机帆船（柴油机船），或者拖厢（带后厢的拖拉机）挨家挨户上门收购。地里的茨菰，是我家的主要经济来源，一般是舍不得吃的。大茨菰的价格高，家中留一点待客，其他就洗洗卖了。小茨菰的价格低，自家留着吃，如烧茨菰汤、茨菰烧咸菜、茨菰烧猪肉等。家里孩子多，条件差，但家中来了客人，父母往往会割点猪肉和茨菰烧。一大碗茨菰烧猪肉端上桌子，往往是少部分猪肉盖在上面，大部分的茨菰垫在碗底，全靠猪肉长面子、茨菰撑场子。年幼嘴馋，刚一伸筷子，便见母亲看着我，朝我眨眼使眼色。

如今想来，怨不得家人，那个年代左邻右舍的家境基本如此。若是如今，全家人在一起吃饭，一碗茨菰烧猪肉上桌，应该是茨菰没了，猪肉留下了吧？条件好了，真好！

虽然，茨菰烧猪肉吃得很少，但小茨菰烧咸菜还是吃得比较多的。小茨菰烧咸菜，吃米饭、喝粥都很下饭，做法也很简单。锅里加油、姜、蒜，小茨菰不用刀切，放进锅里和切碎的咸菜一起炖。咸菜很咸，盐也省了。这道菜，别人家怎么做的，我不知道，但我家就是这样做的。高邮籍作家汪曾祺先生很怀旧，他写了一篇散文《咸菜茨菰汤》。咸菜茨菰汤，我也喝过，现在想来，味道也还罢了！

听母亲讲，父亲年幼时，爷爷病逝，家里日子艰难，姑姑饿死了，父亲在苦水里泡大，他成了奶奶活下去的希望。春耕后，大地回暖，地里有了水，十来岁的父亲光着脚丫出去崴茨菰。崴茨菰，就是捡漏子，在别人扒过的茨菰地里，用双脚慢慢踩，踩到了就捡起来带走。崴了一天，父亲若是撞大运了，我家三间茅草房上的烟囱就会冒烟。但那个年代，家家缺粮少吃，崴茨菰的人能少吗？家境好了点，父亲仍然爱吃那带有苦涩味的茨菰。母亲爱吃茨菰，她对茨菰的营养价值是深信不疑的。但凡家人咳嗽，或者农活劳累，她就洗几个大茨菰，做成茨菰汤补一补。茨菰汤的做法，倒也不复杂，将茨菰洗净成片和姜丝一起放油锅里炸炒，放水后，大火烧就可以了。汤锅开后，在汤里放点蒜苗叶，少许盐，则汤白味香。若是在茨菰汤锅里再放点豆腐块，或者鸡蛋花，这个汤更是一道美味了！

父亲生病后，家里农活没人干了，茨菰地里只剩下母亲一个人弯着腰了。

春节前，母亲听别人讲，扬州的茨菰价格比当地高，她动心了。晚饭时，母亲和父亲商量，她说："扬州的茨菰价格高，我们家雇辆拖厢，我和儿子一起去，他帮我搭搭手，好吗？"父亲半天没有吭声，抬起头来看看我，又看看母亲，情绪低落地说："他从没出过书房门，身子很单薄，你们母子俩，能行吗？"母亲想想，也不吭声了。

古城扬州对我来说，有点陌生，因为我从未出过远门。

晚饭后，躺在床上，家庭的困境，父亲的病躯，母亲被风刀子划破的脸颊、手指上的裂口、手背上的冻疮，一直在我的眼前忽闪忽闪的。我不轻易流泪，但我的心里堵得慌，像压了一座山。想了想，我走到父母的房间，对他们说："我可以，我想去。"冷不丁的一句话，并不雷人，但父母瞬间愣住了，他们的目光落在了我的身上。

起了个大早，我和母亲将茨菰抬到屋后的码头上去洗。从岸上抬到码头，从码头抬到岸上，除了肩疼，倒也不觉得冷和累。中午，茨菰总算洗净装好。

午饭后，一辆拖厢载着满车的茨菰、载着母子俩的辛劳、载着这个困境家庭的希望，一路驶向扬州。

拖厢的速度，太慢，真是龟速！到达扬州的菜市场后，太阳已经下山了。匆匆忙忙卸完茨菰，汗水湿了内衣，风顺着脖子往下钻，后背心凉飕飕的。可是，左等右等，没有商贩过来收货。我跑去打听，别人告诉我：天晚了，不收购了。明天早上，继续收购。

闻听后，抬头看看天色，我的心沉了下来。漫长的冬夜里，何处是我们母子俩栖身的地方呢？

人困腹饥，寒气袭人。夜幕已降临，母亲在菜市场里四处张望走动。

没多久，母亲回来了，带回了四个烧饼和两捆稻草。菜市场潮湿阴冷，母亲将稻草平铺在地上，娘俩的“床铺”就有了。所幸，我们离家前，带了一床棉被。这床棉被，是父亲怕我们坐车冷，拿来给我们挡风用的。此刻，有了棉被就是“雪中送炭”。至少，这个寒夜里我们娘俩不用“天作被来，地当床了”。附近的小店铺，热心的店主倒了两碗开水给我们母子俩。啃口烧饼、喝口开水，母子俩的身上有了暖意。

静悄悄的夜，静悄悄的菜市场，我和母亲背靠着背，坐在稻草上，裹着一床棉被聆听着寒风的故事……

天边出现了曙光，菜市场里逐渐有了脚步声。母亲用手轻轻一摇我，她焦急地说：“不睡了，看看我们家的茨菰在不在。”迷迷瞪瞪中，听了母亲的话，我被惊醒了，一骨碌站了起来。谢天谢地，我家的茨菰还在那里，它陪着我们呢，母子俩长出了一口气。

讨价还价，排队称重后，怀揣不足二百元的茨菰钱回到了家里。

回家后，父亲心疼地对我说：“在家千般好，出门处处难啊！”是啊，若无难处，又有谁愿意离开自己的家呢？

家乡的茨菰，栽种于酷暑，成熟于严冬。虽有苦涩的味道，但时常去尝一尝，也就感觉不到了，待到习惯后，或许会认为茨菰是一道美味！

站在老家的院子中

粽叶飘香，我从盐城驾车陪同母亲回家乡高邮过端午节。

真拿老人家没办法，母亲住在老家时，总是挂念着她的乖孙女。随我来到盐城后，她又惦记着老家的人和事。良辰当五日，偕老祝千年。可能是人老了，大抵如此吧!

遵从母命，我在高邮城区把二姐一起接上车，心急火燎地往乡下赶。到达老家时，已经是中午时分。我将车子停稳在老家大门前，便开门进入自家院子中。老家的这幢房子算是新宅，是我重盖于 2014 年 5 月份。老宅是父亲在世时所盖，那时家里条件差，房子质量不高。每到夏季，屋外下大雨，家里下小雨。新宅除了宽敞明亮、生活设施齐全外，比老宅多了个不锈钢栏杆的大院子。院子中，地是水泥地，没有树荫，也没有遮阳物，这是新宅的缺憾。我读中学时，在院墙的部位，曾有一棵成人抱不下的泡桐树。夏季，泡桐树上长满了泡桐花，既有怡人的花香，又适合树下吃饭纳凉。父亲病故后，这棵泡桐树没了，老宅从此再也无物可遮阴挡阳。母亲不在老家时,姐姐们经常回娘家帮助打扫房屋。因此,新宅的院子里显得干净整洁。

头顶烈日，我站在老家的院子中，像个孩子一样四处张望。夏日的太阳，真毒辣，它紧盯着身下的每寸土地，使劲地炙烤着万物。水稻田中刚插下的秧苗，宛如流汗的姑娘，散发出醉人的处子幽香。夏日的暖风，很狂野，它盗走了泥土的气息，却毫不珍惜地抛洒在天地之间。从城市回到乡村，从外地回到家乡，闻着熟悉的乡村空气，使劲深吸一口，再慢慢地吐了出来，顿觉疲惫感一扫而光，所有的烦恼也跟着烟消云散。身心的放松，使我在院子中忽而产生呐喊的念头，忽而陷入空灵的状态，忽而心湖里又荡起了阵阵涟漪。

透过栏杆间隙，一眼就瞧见了院子外的一棵小桃树。这棵小桃树，是年近八旬的母亲于两年前亲手栽下的。如今，不少桃子在尖长的桃叶里若隐若现。一棵小桃树，给了我意想不到的惊喜。我不知桃树有多少品种，却曾听闻桃树是有灵性的。抛开桃子的营养价值，桃树就有着很多美丽的传说和动人的故事。民间有桃树可以辟邪之说，我虽没有见过茅山道士，但在影视剧中却欣赏过茅山道士捉鬼驱妖的情节。茅山道士的法器之一就是桃木剑，且桃木的年份越久，桃木剑威力就越大。小说《西游记》中，王母娘娘蟠桃园中的蟠桃，是天庭仙果，吃了可以延年益寿，就连齐天大圣孙悟空也抵挡不住蟠桃的诱惑。小说《三国演义》中，刘关张在桃园三结义，更是成就了一段流传千古的忠义佳话。寿星图中，笑眯眯的老寿星手捧一颗仙桃。因此,在家乡给老人做寿,必须要蒸寿桃。桃花盛开之际，大帅哥若被小美女看中，称之为走了桃花运。有一个有意思的故事（未考证）：清乾隆朝时，王翰林为其母做寿，请了纪晓岚即席做个祝寿词助兴。纪晓岚没有推辞，当着满堂宾客脱口而出："这个婆娘不是人。"王老夫人一听脸色大变，王翰林十分尴尬。纪晓岚又念出了第二句："九天仙女下凡尘。"顿时，客人交口称赞，王老夫人也转怒为喜。纪晓岚接着高声念出第三句："生个儿子去做贼。"满场宾客变成哑巴，欢悦变成难堪。当纪晓岚吟出第四句"偷得仙桃献母亲"时，宾客立刻欢呼起来。不由得感叹，母亲栽下的这棵小桃树，栽得真好啊！

桃树旁边，美丽的栀子花正在盛开。

小桃树，是我家的新朋友。它的邻居，是我家的老朋友栀子花树。传说：栀子花是天上仙女，她憧憬人间的生活，来到凡间变为了一棵花树。一位年轻的穷小伙，在田埂边看到了这棵小树，就将树移栽回家，对其百般照护。于是，小树长得生机盎然，并开了许多洁白色的花朵。栀子花很重情，她白天为穷小伙洗衣做饭，晚间香飘院外。这个动人的神话故事，赞扬了栀子花是重情重义的花儿。

栀子花树，不是什么名贵花种，却在家乡遍地开花，颇受农家人的喜欢。这棵栀子花树，在此扎根已近三十个年头，是姐姐们在娘家栽下的。它只需栽下，无须打理，就像农家的孩子一样，给口吃的，就能长大成人。儿时，曾见不少妇女们喜欢在头上戴朵栀子花。我尤喜栀子花的香味，时常将花儿放在蚊帐中，闻着花香进入甜甜的梦乡。

真有点羡慕栀子花树！我已步入中年，日显憔悴沧桑，但老朋友却越活越健旺，毫无颓废萎靡之态，并焕发出蓬勃生机。此刻，栀子花树枝繁、叶茂、花香！树上的栀子花，大部分已经开放，乳白色的花儿挂满了枝头。花儿在青翠色的叶儿衬托下，显得纯洁高雅。不少的花骨朵，像个小姑娘一样，全身裹着严实的青衣裳，羞答答地躲藏在花丛中。我以为，含苞欲放的花骨朵，似乎是在等待时机。或许，一夜之间小姑娘就变成了冰清玉洁、惹人怜爱的花仙子。

成熟的桃子，被摘回了院子中，装了小半盆，放在水池里洗净。拿一只桃子，放在唇边，轻咬一口，清凉甜润的果汁，留在了我的唇齿之间。看着这棵小桃树，我仿佛看见了十棵、百棵、千万棵的桃树，那满树的桃花在尽情盛开。天上有座蟠桃园，人间若拥有一片桃园，岂不是人生一大快事？难怪陶渊明老先生会写下《桃花源记》！

“小荷才露尖尖角，早有蜻蜓立上头。”久未见到蜻蜓，如今在院子中却邂逅了它，算是一个意外的惊喜吧。一只小蜻蜓，不知从哪儿飞过来的，不知疲倦地往返于栀子花和小桃树之间。我猜想，这个贪心的小家伙应该是既想闻栀子花香，又想品尝桃子的滋味吧！

姐姐、姐夫们得知母亲回老家，陆续赶了回来。院子中，姐夫们忙着杀鸡宰鹅，孩子们在吃桃子，姐姐们在厨房里帮忙张罗晚饭。

余晖洒落在院子中，花香果甜的季节，冉冉升起的炊烟，欢声笑语的团聚，使新宅溢满了家的味道。

木澡盆和老码头

夏天,既拥有炎热的天气,也拥有美丽的绿色。我喜欢夏天,喜欢绿色,更喜欢《粉红色的回忆》那首歌。五音不全的我,至今还记得这首歌的歌词。

今年的夏天，悄悄来临了，而我却多了一项光荣的任务，就是帮刚过周岁的女儿洗澡。给孩子洗澡，虽很麻烦，但却开心。那天，当我笨手笨脚地帮女儿洗好澡时，女儿却赖在浴盆里，不愿离开了。小家伙兴奋地用小脚在浴盆里一顿乱踢，飞出的水珠溅了我满身，她却开心地咯咯笑了。许是孩子的笑声感染了我,我有点微微走神,忆起了儿时的夏天,以及老家的木澡盆和老码头。

小时候，父母每天忙于农活，养活一家数口人，很是辛苦。在农村，日出而作，日落而息的庄稼人，是没有过多的精力照顾孩子们的。孩子们的照看，通常就由家里的老人们承担了。记忆中，奶奶只要见到我，脸上总是挂满慈祥的笑容，笑容里洋溢着浓浓的爱。为了照顾好宝贝孙子，奶奶没少操心，几乎与我形影不离。每到夏天，年迈的奶奶便用家里一个祖传的木澡盆，放在屋前帮我洗澡。而调皮的我，坐在木澡盆里，将洗澡水用双手捧着往外泼，直至木澡盆边泥泞一片。待木澡盆里的水所剩无几时，我就光着脚丫，迈出木澡盆往外跑，时常摔得跟泥猴子似的。患有气管炎的奶奶心疼孙子，不忍心呵斥我，只能气喘吁吁地跟在我的身后，由着我去胡闹。等我玩够了，奶奶再把我哄回家，往木澡盆里重新打水，耐心地又帮我洗干净。

老家屋后有一条河，水清河宽，是村里的吃水河、灌溉河。火热的夏季，这条河就成了半大孩子们的天然浴场。农村长大的孩子们野惯了，水性都不错，仰泳、狗刨、扎猛子等花样百出。而我是家里几代单传的独苗苗，只能眼巴巴地看着他们玩，成了农村里戏称的“旱鸭子”。虽说父母对我很溺爱，但更怕我溺水出事。据说，表叔的大儿子就是在运河边，独自游泳溺水而亡的。因此，家人严令我不能乱玩水。奶奶更是一本正经地告诉我，河里有“水獭猫”专吃小孩。

年幼贪玩的我，有时经不住诱惑和三五个小伙伴们在邻居家的码头边玩水嬉闹。溜出家门的时间稍长，心急如焚的奶奶便闻讯寻我而来。那时，我很心虚，害怕奶奶责备，穿着湿漉漉的小裤衩和她“躲猫猫”，直至小裤衩被太阳晒干后，才敢回家。到家后，是不敢承认出去玩水胡闹的。奶奶很宽容我这唯一的孙子，佯装不知。她总是板着脸，重新讲述“水獭猫”的故事。夜梦中，我总是梦见奶奶说的“水獭猫”来了，在迷迷糊糊的梦话中“招供”了。

我读初中的时候，农村条件不算好。父亲卖了一些粮食，在屋后的吃水河边，请瓦匠用水泥和砖头砌了座码头，便于家里吃水和洗衣服。夏季的农村，是座火炉子。那时的电风扇是稀罕货，在村里很少见，村民们避暑就是摇摇芭蕉扇，纳纳凉、串串门等。为了避暑，我就去码头上冲冲澡、降降温，有时一天冲上好几遍。奶奶见了，总不放心，每次都在岸边看着我冲澡，不敢远离。父亲的水性还不错，在河中能来回地游，并且能够踩水浮在水中。也许是我已经长大的原因，再加上我苦缠着父亲，他便认真教起我游泳。游泳也是一项技术活，欲速则不达。在呛了几口水后，我就胆怯地不敢游了。见此，父亲便游到河中间，用眼神鼓励我从码头边游过去，向他靠拢。看着父亲鼓励的眼神，我豁出去了，鼓足勇气使劲向父亲游去，父亲则将一双有力的大手向我伸来。

骄阳如火，万物不安。蝉贴在树梢上，高鸣；狗趴在狗窝里，狂喘；鸡耷拉着脑袋，乱窜。而我，在老码头学会了游泳，告别了用木澡盆洗澡的光阴，亲人们再也不用担心我会溺水出事，邻居也不再戏称我是一只“旱鸭子”了。从此，我与村里的同龄人一起下河洗澡、摸河蚌，用网捕鱼，度过了一个个快乐的夏日时光。

岁月已渐行渐远，无法回头，但人生成长中对亲人的愧疚和遗憾，却始终烙印心头，一直挥之不去。多年来遗憾的是，可恶的病魔过早地缠上了奶奶和父亲，导致亲人间阴阳两相隔；多年来愧疚的是，我没有做到农村人常说的“积谷防饥”“养儿防老”，只能空叹“子欲养而亲不待”！我时常想，要是拥有一只神奇的“月光宝盒”，让时光倒流，该多好啊！那时，就又可以见到用木澡盆帮我洗澡的奶奶，就又可以见到在老码头教我游泳的父亲。

昔日的垂髫小童，已为人父。帮女儿洗澡，忆起儿时不免有点唏嘘并感叹物是人非。那只木澡盆，虽已斑驳，但还在老家妥善地保存着。因为母亲恋旧，至今舍不得扔掉。屋后的吃水河、灌溉河基本干涸，老码头已无法使用，只有小半截裸露在外面，默默地承受着风吹雨打，无言地叙述着往日的故事。

木澡盆啊，老码头，美好的童年，难忘的记忆！

七夕秋思

一觉醒来，忽想起今日是七夕。

屋外下着雨，刮着风，风吹秋雨雨成花。马路边，几棵根基较浅的绿化树，被秋风连根拔起，无奈地倒卧在雨水中。马路上，经不住初秋考验的些许绿叶，长叹一声，随风雨跌落尘埃。

秋风起，秋雨落，天气变凉，应了“叶落知秋”和“一场秋雨一场寒”的道理！

七夕，与我来说并不陌生，它是传说中牛郎织女鹊桥相会的日子。牛郎织女的故事，我从小就听老人们讲过，也曾观看过这部仙凡相恋的戏剧电影。随着年龄的增长，随着岁月的流逝，随着对生活的理解，我越来越同情牛郎织女这对苦命鸳鸯。

本是相亲相爱、男耕女织的幸福家庭，却被天庭无情地棒打鸳鸯，并使之隔河相望不得团聚，这又是什么天理呢？

如今，七夕这一天，似乎成了许多中华儿女认定的情人节，不知牛郎织女有何感想。细想一下，“愿天下有情人终成眷属”这句话，不仅是一个善良的祝愿，还应该是人们对爱情的那份向往吧！

仰望天空，雨没有停，风还在刮，难道是这对夫妻在空中哭泣？我仿佛看到了牛郎织女泪眼婆娑翘首期盼喜鹊们的到来。然而，风大、雨大，喜鹊们会风雨无阻搭建鹊桥，成人之美吗？不得而知。但我坚信，人世间的爱情是美好的、伟大的、幸福的，更是值得人们去称颂的！正如一代词宗秦少游在《鹊桥仙·纤云弄巧》中写道：纤云弄巧，飞星传恨，银汉迢迢暗度。金风玉露一相逢，便胜却人间无数。柔情如水，佳期如梦，忍顾鹊桥归路。两情若是久长时，又岂在朝朝暮暮。

牛郎织女的故事，是一个凄美的神话。现实生活中，这样的故事还是存在的。我曾在微信朋友圈中，有幸观看了一段国外拍摄的视频故事。看完视频，我不禁唏嘘长叹。

1993 年，外国一个小镇的一位老教师发现了一只受伤的白鹳，他将白鹳带回家养伤，并给它取名玛莲娜。玛莲娜虽得到了救治，但却失去了长距离飞翔的能力。善良的老人把白鹳当女儿一样照顾，一人一鸟共同生活了 8 年。

一天，老人忽然发现玛莲娜身边出现了一只雄性白鹳。玛莲娜找到了自己的伴侣，老人就像女儿嫁人一样开心，他给那只雄白鹳取名雷派坦。这对白鹳夫妻如漆似胶，还有了鹳宝宝。然而，寒冷的严冬到来了，雷派坦出于候鸟的本能离开了小镇。它们的宝宝也相继离开，留下玛莲娜“独自一鸟”。此时，玛莲娜情绪变得低落，幸好有老人无微不至的关怀，喂食、洗澡、散步、兜风，看两鸟以前在一起生活的录像……

春天来了，奇迹发生了，雷派坦居然回来了。它从南非飞越 13000 公里，就是为了与玛莲娜重逢。之后，整整16年，它们一直保持“异地恋”模式。虽然每年会分别半年之久，但是来年开春雷派坦一定会飞回，而玛莲娜一直默默等待着伴侣的归来。

飞越万水千山，也要回到你身边。这对鸟中的“牛郎织女”感动了无数人，也深深地感动了我。因为，我和妻子也曾经是分隔两地的牛郎织女。

2003年秋，金风送喜来，我与妻子喜结连理，爱巢筑在西宁。妻子和我都是现役军人，她在青海省西宁市一所部队医院工作，我在甘肃省兰州市某部任连队政治指导员。那时，本是新婚宴尔，却劳燕分飞，饱尝相思之苦。每到周末，妻子就从西宁乘坐3个小时的火车，风尘仆仆地赶到兰州看望我。作为连队主官，基层一线带兵人，实在无暇脱身去西宁看望妻子。但妻子识大体、体贴人，从来没有一句怨言。她来我部队后，怕影响我工作，总是默默地留在部队家属院看看电视，或者在营区里散散步。每每看到她独自一人登上回西宁的火车时，看到她强作笑颜安慰我时，看到她在车窗处向我挥手告别时，我的心里就如同打翻了五味瓶，不知啥滋味！

2004年秋，秋风送爽。我经部队批准，考进了兰州理工大学专升本班学习深造。妻子闻听喜讯后，非常替我高兴。脱产学习的两年期间，我一直坚持周末必回家的原则。

兰州坐火车到西宁时已是傍晚，妻子总是早早地站在我回家的路口迎接我。晚霞中的妻子笑靥如花，分外迷人。一瞬间，我一下想起了李清照的词：“倚遍阑干，只是无情绪。人何处？连天衰草，望断归来路。”妻子此刻的心情应该如此吧。妻子本不擅长做饭，但为了能让我回家吃到可口的饭菜，她就照着菜谱自学成才，练就了一手比较不错的厨艺。每次回家，动作麻利的妻子总是准备了满桌的丰盛菜肴，并且不断地往我碗里夹菜。妻子的同事，周末无意中来我家串门，见了饭桌上的饭菜后，惊呼：你家过的是地主的生活！妻子听了，笑而不答。其实，妻子不爱吃荤菜，三餐很简单。我不在家时，她通常在单位饭堂就餐，或者回家熬点粥将就一下。我若是回家迟了，妻子便拉着我去西宁城东的“团结桥”（地名）吃烤肉，那香喷的烤肉味道，至今还留在我的唇齿间，让我回味无穷。

家是温暖的港湾，家是情感的寄托，家是幸福的源泉！执子之手，与子偕老。我和妻子穿行在城市广场、漫步在林荫小道、流连在山水之间，爱的足迹留在了青海湖、塔尔寺、金银滩大草原……

2006 年，妻子获准转业，回到了她的家乡。因此，西宁的小家也就没有了。搬家前，我和妻子并肩在小区里四处走动，默默地打量着这处我们居住了三年的地方。在屋里收拾行李时，数沓西宁至兰州的往返火车票，猛然出现在我和妻子的眼前。看着这些火车票，惊讶、酸楚、幸福感，如潮水般涌上了我和妻子的心头。都道，男儿有泪不轻弹。此时，我有点失控，泪水悄然滑落。微微闭上双眼，却有一个声音在我耳边反复回荡：别了，西宁！别了，我在西宁的温馨小家！

2009 年春，春暖花开的日子。我申请转业，被安置到了妻子的家乡。从此，我们夫妻俩安居乐业，结束了牛郎织女般的生活。有人说，人的一生，总会有风风雨雨、坎坎坷坷。其实，我和妻子也不例外，不经历风雨，岂能见彩虹？婚后的十五个春秋中，妻子一直陪我顶风冒雨，跋涉前行。如今，我家的“小棉袄”，已越长越可爱了。

天黑了，风雨依旧，毫无停下来的征兆。看来，今年的七夕，牛郎织女只能在初秋的风雨中相会了。

我痴痴地凝视着这场秋雨，七夕的风雨有点古怪，它吹打进了我尘封的记忆中，还使我突发变身为一只喜鹊的奇想！

这年冬天是暖冬

众所周知，南北方气候差异较大。江苏虽说时常有阴雨天气，但是在冬季却罕见那冰天雪地的场景，以及听到寒风怒号的声音。

转眼间，冬月已临近尾声，腊月不远了，似乎已听到春天的脚步声。因此，这年冬天不算太冷，应该还是人们常说的暖冬！虽说这年冬天是个暖冬，但毕竟是在冬季，气温还是很低的。

今天是冬至，也是星期天，到处阴沉沉的。上午，我和妻女坐公交车陪母亲去商场，透过车窗玻璃向外看去，天空中飘着小雨，大街上一地落叶，收回目光，落在母亲身上……

几天前，我从电话中得知，母亲在老家早已穿上厚实的棉衣，因为她的慢性气管炎病又犯了。那一刻，我的心猛地一颤，慢性气管炎病难以根治，尤其是在冬天发病愈发严重。昔日，奶奶在世时也患有这个病。

周六上午，我给母亲买了一些消炎止咳药，便匆匆忙忙地驾车回到了老家。午饭前，母亲见我回来了，非常开心，招呼我赶紧吃饭。借此机会，我心中一动，再次劝老人家随我一起生活。这一次，可谓破天荒的一次答应了，我没想到母亲居然如此爽快。

往年，母亲是不愿意到城里来生活的，她固执地认为老家处处好。有几次，经我左劝右劝后，她勉强来了，也只是小住个三五天而已。老家的亲戚和邻居很奇怪，关心地问她，为什么不跟着儿子去城里享清福？母亲总是笑眯眯地说，我在乡下生活习惯了，去城里是为了看看孙女。

其实，我很理解母亲。母亲出身寒门，不识字，乡音很重，她到一个陌生的地方生活，无法与外乡人交流，孤独寂寞，哪比得上生活了一辈子的地方呢？可是，母亲在乡下独自生活，我心里总是觉得堵得慌。

当天晚上，我们母子俩聊了一会儿天并约好，母亲第二天随我走。

一大早，我一觉醒来，睡眼惺忪间见到堂屋里放着母亲的简单行李，还有小半袋茨菰、两挂咸肉、几瓶萝卜干、一盆大咸菜。走出屋外，院子里湿冷湿冷的，一眼见到母亲蹲在院子前的菜地里拔菜，她的头发微湿，满手是泥，身边是一摊摊的萝卜、青菜、蒜苗……

目睹，我心里酸酸的，欲言又止。

早饭后，车子发动了，后备厢里堆满了母亲的劳动成果。母亲迟迟不上车，她在院子里左顾右看，然后，轻轻地拉上了院门。许是母亲年迈，她的手抖抖索索，很不灵活，忙了半天，总是锁不好院门。无奈，我跳下车子，接过母亲手中的钥匙，在锁眼里轻轻旋转了下，"咔嚓"一声，轻易地锁好了院门。

两个小时的光阴，被滚动的车轮转完了。母亲一路唠叨着家乡的趣闻，随我来到了我的三口之家。

一进家门，妻子含笑带着女儿迎了出来。母亲眼睛直愣愣地盯着她的孙女，嗓门高八度地大声叫着孩子的乳名。孩子愣了愣，她害羞地躲在妻子的背后，调皮地探出了小脑袋，脆生生地叫了一声“奶奶”。平时，母亲耳聋眼花，此刻，她的耳朵奇迹般地不背了，居然听见了孙女的叫声，她乐坏了，大声地应着并丢下行李，蹬蹬两步，赶上前去一把将她的孙女揽到了怀里……

城市里的生活方式和农村截然不同。在家乡农村，邻居间可以端着饭碗，跑到左邻右舍拉家常、说事情，但城市里，则不然。邻居间碰了面，通常是礼节性地相互打个招呼，甚少串门走动。长期拨弄土地、久居农村、喜爱走动的母亲是位风风火火、闲不住的老人，既没人说话，又不能串门，真是难为她了！于是，母亲给自己找了一些事干，她每天将房间扫上一遍，再用拖把拖上一遍，清除了家里往日积存的灰尘污垢。洗衣机、微波炉，这些电器母亲是不会使用的，她在老家洗衣做饭用的是土办法，用手洗衣服和铁锅热饭菜。但是，母亲刚来时，她每天帮我们将菜炒好、米淘好，然后，趴在阳台窗户上注视着我和妻女回家的必经之路。

最近，我惊讶地发现母亲居然学会使用电饭煲了！

人老了，像位老顽童。母亲最爱干的事，是和她的孙女在一起聊天、做游戏，并且乐此不疲。可是，遗憾的是母亲乡音太重，孩子年幼难以听懂，但母亲却并不在乎这一点。可能，母亲要的是这份亲情吧！有时，下班回家见到这祖孙俩其乐融融地黏在一起，不禁哑然失笑。人老了，爱念旧。每天晚饭时，母亲总是喜欢聊一些陈芝麻旧谷子的往事，如我的父亲、我的奶奶，还有我的几个姐姐日子过得好不好，以及亲戚家的人情往来……

岁月无情，母亲越来越年迈，满头白发，满脸皱纹。过完这个年，母亲就是七十九岁高龄的老人了。近年来，母亲有一个念叨了很长时间的心愿，就是盼望能够儿孙满堂地在祖宅里做个八十大寿。母亲说，能有这一天，她觉得这辈子就够了。当然，这也是我和四位姐姐的共同心愿。因为母亲为了这个家能够支撑下去辛劳一生，用心血将孩子们抚养成人实在不容易，所以她的这个小小心愿实在不算是啥心愿，必须满足她，甚至我期望能够有机会给她操办百岁寿宴。

商场里的商品琳琅满目，妻子带着孩子去了游乐场玩，我陪着母亲去看看衣服。母亲试衣服时说，这家商场有空调，比室外暖和多了，就是衣服太贵了。

是的，商场的衣服价格不菲，但好在购买普通衣服还在我的经济承受范围之内。然而，母亲种地为业，勤俭一生，深知钱财来之不易。在我的记忆中，母亲买一件衣服，都要想好久才能决定。母亲来商场，仅仅是过过眼瘾而已，当然觉得每一件衣服都太贵了。

中午，到饭点了，母亲提醒我，冬至要吃饺子。无论是否是冬至，一家人开开心心地围坐在一起，吃点热气腾腾的饺子确实不错！

冬至以来，我所生活的这座城市依旧是阴雨天气，不少人穿上了御寒的冬衣，甚至把自己包得严严实实。疾步在小雨中，我在沉思，最近是否要下雪了，或者寒流要来了，但母亲在我家的这年冬天，我真的没有感觉到冷，是个暖冬。

黄瓜吊在瓜架上

“百姓餐桌一菜肴，蔓生如藤攀架条。顶花带刺嫩翠绿，爽口解渴肝火消。”

夏日里，无意中读了这首写黄瓜的诗，忙碌中没有静下心来去考证是何人所作。但我却从诗中读出，诗人一定是一位生活中的有心人。四句诗贴切地道出了黄瓜的形状特征、营养价值和社会贡献。四句诗也将我带进了童年的记忆中，仿佛又见到了一根根黄瓜吊在瓜架上。

犹记得，春暖花开之际，母亲就在小盆里播上黄瓜种，并放置于阳光下。不久，黄瓜种子破土发芽，长成了小幼苗。待黄瓜小幼苗长大后，母亲就将其移植到我家的小菜园里。我家的小菜园，位于门前粮田之间的一条大圩埂上，虽说规模不大，但家常蔬菜的种类倒也不少。这条大圩埂，宽约两米，呈东西走向，与我家居住的村庄基本平行。因此，每家的小菜园基本对应着自家的住宅。大圩埂身上缀满了各家的菜园，身边是一条与它同床共枕的灌溉渠，流淌着的河水既灌溉了大粮田，也滋润了小菜园。

每逢夏季来临，左邻右舍家的小菜园里，老远就能见到醒目的黄瓜架。在蔬菜品种中，黄瓜并不娇气，生长期内只要有充足的阳光，就能长势很好。然而，黄瓜很调皮，性喜爬藤。当瓜苗长大的时候，它就会轻轻地将藤蔓缠在瓜架上。因此,黄瓜在成长期内必须备上一些立式支座。母亲深知黄瓜的生长习性，她用树棍、竹竿、钢丝等物，给它们搭建了一座供其居住的瓜架。

时间一天天地过去了，除草、施肥、浇水、除虫等，父母时常守护在黄瓜架下呵护黄瓜成长。如今想来，为了家人筷子上有口菜，辛苦了大人们,淌下了辛勤的汗水！可是,也急坏了孩子们,流下了垂涎的口水！

那天，我猫着腰在小菜园里寻寻觅觅，期望着会有意想不到的“奇遇”。突然，我看见黄瓜开花结果了，不由得眼睛一亮。大小不一的黄瓜，头顶着漂亮的黄花儿，身穿着带刺的绿衣裳，悬挂在瓜架下，藏身于碧绿的叶子里。从小，我就喜欢生吃黄瓜，感觉入口时肉质脆嫩、汁多味甘、芳香爽口。见到了黄瓜，我忍不住了，用手轻轻地翻开绿叶，伸出左手掐住瓜藤，右手握住一根黄瓜，轻轻地扯一扯，黄瓜就被我拽落了。小孩子年幼，不讲究卫生，将手中的黄瓜放在灌溉渠里洗一洗，再往身上擦一擦，就迫不及待地跑到树荫下大快朵颐去了。从此，我每天光顾最多的地方，莫过于自家的小菜园了。

有人开玩笑说，属核桃的欠捶，属黄瓜的欠拍。凉拌黄瓜，很多人喜欢这道凉菜。老家的人们，吃凉拌黄瓜的少，大多喜食腌黄瓜。所谓腌黄瓜，与凉拌黄瓜的做法既相似，又有小区别。把黄瓜洗净后，不是用刀拍，而是用刀削。若是嫩黄瓜，则连皮削片。反之，黄瓜偏老时，则去皮削片。黄瓜削成片后，将它放置在盘子里，加适当的食盐和拍碎的蒜瓣，一起搅拌入味。

当夕阳西下，凉风渐起时，忙碌了一天的人们，便将自家的餐桌搬到了室外。他们一边摇扇乘凉，一边就着腌黄瓜，吃着早已放凉的稀饭，真是爽极了！若是有人问幸福在哪里？难道这不是一种幸福吗？！当然了，也有伙食大改善的时候，那就是午饭时添一盘黄瓜炒鸡蛋的硬菜。黄瓜的味道，是很有诱惑力的，既好吃，又有营养，更是农家人夏日里的盘中美餐。

如今，人们的生活条件，芝麻开花节节高。在菜市场里，出现了不少反季节蔬菜，在大雪纷飞的冬季吃上新鲜的黄瓜，早已司空见惯，不足为奇了。但黄瓜的营养价值，却越来越得到人们的认可。据报道，黄瓜具有除热、利水、解毒、生津止渴、清热利尿，抗肿瘤、抗衰老、降血糖，减肥强体、安神健脑、防酒精中毒等功效。而且，还能治疗咽痛、口疮，通二便。我想，这些功效应该错不了。因为，我就见过有人把黄瓜当水果吃，甚至把黄瓜切成薄片贴在脸上用于美容。小小黄瓜，可称得上神通广大！

回头想一下，在物资匮乏的年代，又有谁研究过黄瓜的营养价值和药用价值呢？其实，农家人只是把它当作一道下饭菜而已。

有一次，三五好友小聚，我和朋友翻遍了菜单，不知该点些啥、吃些啥为好。年幼家贫时，都盼着吃点肉长点膘。日子过好了，又都想着少吃肉、掉点膘。于是，大家不约而同地想起了凉拌黄瓜这道菜。一盘凉拌黄瓜端上桌后，众人手中筷子齐至，不久便盘子见底了。

见此，我忍不住哑然失笑，想起了一部叫《甲方乙方》的电影。这部影片中，有一个大亨吃腻了山珍海味，就想过一过以前的苦日子。他跑到穷山村里，但没过多久就熬不住了，见什么吃什么，一个月内把村子里的鸡都偷吃光了。这个大亨的行为，曾经使我想起了在农村的日子，还想起了老人们常说的那句话：不要身在福口不知福。而，这次朋友聚会时众人偏爱喜食黄瓜，真让我唏嘘不已。

七月流火，转眼已立秋。近日，我学了一首叫《黄瓜》的儿歌，虽然唱得有点走调，但所幸教会了我的女儿。小孩子真可爱，她开心地唱道：

黄瓜藤，开黄花，
瓜儿从小脾气大。
手里拿着狼牙棒，
浑身都是刺疙瘩……

曲项向天歌

雨后，烈日悬空。

暖风忽起，金黄色的稻浪不断翻涌，层层浪花晃花了守望者的双眼。稻田边的一条小河里，听不到奔腾不息的水流声，看不到鱼游虾戏的美景图，一些水生灵藏匿在小河深处，期盼着能够跟随着雨后的河水而去。

忽然，不知从哪儿飘来了数只躲完雨的家鹅，它们浮在水面上，悠闲自在地耷拉着脑袋，微闭着眼睛，似乎在养精蓄锐，又好像在随波逐流。

金灿灿的稻子，雪白的家鹅，宛如那耀眼的“黄金”和“白银”一样。作为农家子弟，见之，并不陌生，甚至倍感亲切。今日想来，谁说农家无宝物？眼前见到的不就是两件重宝吗？

据说，家鹅的祖先是大雁。中国家鹅来自鸿雁，起源于我国东北。《尔雅》里有记载，远在四千年前人们就已饲养家鹅。江苏里下河地区饲养的家鹅，鹅头大，喙扁阔，脖子长，身体壮，大翅膀，尾巴短，白色羽毛，胸部丰满，脚大有蹼，对生存条件要求不高。

有着两千多年历史的淮扬菜，可谓家喻户晓。扬州盐水鹅，用的就是中国家鹅。这道菜，色泽黄橙，肉质酥润，肥而不腻，味道咸淡适中，食后齿颊留香，被人们俗称为“老鹅”，是淮扬菜中不可或缺的一道名菜。

若论扬州盐水鹅的味道，当首推扬州的“黄珏老鹅”！

黄珏是扬州北郊的一个乡镇，“黄珏老鹅”在扬州盐水鹅中名气最大。据说,扬州官员曾经用“黄珏老鹅”招待过下江南时路过扬州的乾隆皇帝，因而使之名扬天下。老鹅,虽然不是什么名贵的食材,做法上也并不复杂，但是在扬州人的酒席上，却是少不了的一道好菜。如今，在扬州地区的大街小巷，随处可见卖盐水鹅的摊点。遗憾的是，盐水鹅味道虽美，但我家却没有人会做盐水鹅，就连简单的红烧家鹅也很少去做。

自我记事起，我家左邻右舍就在养家鹅。物资匮乏的年代，养家鹅不是为了满足口腹之欲，而是为了卖钱补贴家用。

那一年，家里从集市上买回了 20 多只小家鹅。可是，家里人多房少，这么多的小家鹅放哪儿饲养？农家人不讲究，我家也不例外，就将小家鹅们放养在自家堂屋里。我年幼好奇，每每放学回家，总爱傻傻地看着小家鹅，或者用手摸一摸它们。小家伙们可爱极了，扁扁的嘴巴，圆滚滚的身体，水灵灵的眼睛，眼皮上描上两个黄圈圈，一身金黄色的绒衣，小脚丫就像秋天的枫叶一样，走起路来不断地摇摆晃动。

小家鹅真乖，不挑食，好伺候，菜叶拌米、菜叶拌糠都能将就着吃饱。母亲在菜地里栽种了一些莴笋，姐姐们轮流照顾小家鹅，用莴笋叶剁碎喂养它们。不知不觉间,小家鹅们一天一变样,逐渐脱去了身上的“黄衫”,即将改穿一身“白衣”了。家鹅长大了,可以在户外放养,能啃食青草了。父母看在眼里，乐在心里，抽空给鹅群搭建了鹅棚。

每天早晨，奶奶用竹竿系块塑料皮，驱赶着鹅群去户外吃草，让它们享受阳光和美味，接受大自然的馈赠。此时的鹅群就像一群半大孩子们一样，刚走出鹅棚，就张开翅膀，边跑边兴奋地“嘎嘎嘎”直叫。

稻子熟了，家家开始忙收割。镰刀割稻，地里掉落了不少稻穗、稻粒，无法颗粒归仓，很是可惜。然而，我家地里的稻子刚刚收割完，奶奶就率领着家鹅大军占领了稻田，掉落地上的稻穗、稻粒被蜂拥而至的鹅群一扫而光。

成年家鹅，个大体壮，显得呆头呆脑。它们见人非但不怕，还敢伸长脖子追着人咬，尤其是见到有生人到来，必然高声叫嚷。甚至，有人经过鹅棚外，它也要纵声高歌几句。我依稀记得，曾经看过一部露天电影——《古刹钟声》，影片中，狡猾的特务扮成和尚，养了两只家鹅看院报警，其灵敏性一点不比狗差。生活中，我家也发生过家鹅示警的故事。

那晚，雷雨交加。鹅棚处，忽然传来了家鹅们阵阵惊恐的叫声。父亲感觉不对，急忙起床，冲出门外，用手电筒照向鹅棚，并高声呐喊。灯光下，一条黄鼠狼落荒而逃。

村里有人把读书差、反应慢的孩子，戏称为“大呆鹅”。其实，在我看来，这是好没道理的。家鹅，呆吗？家鹅，真的不呆，还很重情！

秋学期开学后，我和姐姐们的学费却一拖再拖。可是，学费从哪儿来？靠种地吃饭的家庭，每到开学季，都愁坏了父母。别无良策，只有卖稻子、卖家鹅，凑足我们的学费。

我家的鹅，被卖给了邻村的小贩。鹅被小贩抓走，不舍之情留在了全家人的脸上。可是，又有什么办法呢？

夜幕来临，鹅棚静悄悄的。听不到鹅叫声，全家人心里空落落的。辗转反侧，好不容易闭上了眼，鹅棚处却传来了熟悉的鹅叫声。哪儿来的鹅叫？鹅已卖掉，父亲没有反应过来，他习惯性地起床开门，拿着手电筒，奔向了我家的鹅棚……

眼前，出现了使父亲惊诧不已的一幕：我家的鹅，又回来了！许是万物通灵，家鹅恋主的缘故，它们趁着夜色，又溜回了自己的家。见到朝夕相处的主人，家鹅们高兴极了，伸着长长的脖子，亲热地围着我们叫个不停。看着这群曾经属于我家的宝贝疙瘩，父亲苦笑，母亲摇头，他们将鹅群放进了鹅棚里，默默地将几只鹅食盆添满了稻子。

天亮后，买鹅小贩慌里慌张地寻了过来，他也搞不清楚鹅群是怎么溜掉的。父亲宽慰了小贩几句，将家鹅一只不少地还给了他。

事后，有人说我家很傻，家鹅是自己回来的，又不是你家偷回来的，应该藏起来两只。

父亲没有接话，但他后来对我说，鹅已经卖了，是别人的东西，就应该还给人家。但，自此以后，我家再也没有养过家鹅。至于不养家鹅的原因，我也不知道，也没有问过。

鹅群，已多年未见到。此刻，见到小河里的鹅群，我忽然萌发了很多念头。若是晚年回归故里，养上几只家鹅，又有何妨？必然是其乐无穷吧！

“知了、知了……”河岸上的几棵小树上忽然传来了阵阵蝉鸣声。枝头上的蝉，不知疲倦地叫，一声高过一声。蝉，唯恐错过季节，似乎想在属于它的季节里能够纵声高歌，尽情地倾诉自己的心事。

声声蝉鸣打破了小河的宁静，惊扰了河面上家鹅的清梦，它们先后抬起头来，高亢的鹅叫声此起彼伏，不断撞击着我的耳膜，脑海里闪现出唐朝诗人骆宾王那首千古流传的《咏鹅》诗:鹅，鹅，鹅，曲项向天歌。白毛浮绿水，红掌拨清波。

燕子归来

春光明媚，鸟语花香，小燕子从遥远的海岛翩然归来。

多年来，我忙于工作，东奔西走，似乎仅在梦中见到过家乡的小燕子。家乡的小燕子属于家燕，前腰为栗红色，后胸有不整齐横带，腹部呈乳白色，显得娇小可爱。燕子家家入，杨花处处飞。农家长大的孩子，又有谁不认识身穿花衣的小燕子呢？

见到燕子归来，不由得想起了女儿的那本《燕子学艺》的儿童画册。故事讲的是：森林里的鸟儿们向喜鹊老师学习营巢。喜鹊边说边教，画眉、乌鸦、麻雀等鸟儿们没有耐心，学了一点皮毛，就不耐烦地飞走了。只剩下小燕子耐心地听喜鹊讲解，怎样做一个舒适结实的巢。《燕子学艺》的故事是为了教育孩子们学习要认真，做事要踏实。年幼的女儿，看了这本画册，不知有没有收获？记得我上小学时，在课本中就学过“懒汉”寒号鸟的故事。事实上，在众多的鸟类中，大多数鸟类的巢很简陋，唯有小燕子的巢最为美观、结实、耐用。小燕子的巢为皿状，是小燕子衔来泥和草茎，用唾液黏结而成，内铺以细软杂草、羽毛、破布等。一个精心筑就的爱巢，耗费了小燕子夫妇大量的心血。今天想来，小燕子的身上既有勤劳持家的品质，似乎还具备精益求精的“工匠”精神。

儿时，家门前不远处，农田成片，阡陌纵横。“晴丝千尺挽韶光，百舌无声燕子忙。”每到春季，在农田上空和寻常农家，总能见到雌雄颉颃的小燕子。那时，我常想若是能够身轻如燕，像小燕子一样在天空中飞来飞去，该有多好啊！燕子是益鸟，不吃庄稼吃害虫。在农家，人们喜欢燕子，却讨厌偷吃粮食的麻雀。传说：燕子和麻雀一起叼谷给农民，麻雀不仅吃掉了它的那粒谷子，还骗走了燕子的谷子。狡猾的麻雀，让不清楚真相的玉皇大帝表扬它，批评燕子。但老百姓知道真假，从来不伤害善良的燕子，并且非常爱护它。小燕子回来盖新房了，而忙于劳作的父母，总将家门留下缝隙，方便小燕子进出营巢。每年老家的房梁上，都留下了小燕子的巢，小燕子成了我家的常客，正如诗人左河水的《归燕》诗：“离洋舍岛伴春归，织柳衔泥剪雨飞。不傍豪门亲百姓，呢喃蜜语俩依偎。”

放学归来，每次见到小燕子精致的巢，都觉得非常好奇。尤其是小燕子夫妇给燕宝宝喂食时，燕宝宝争先恐后地伸出小脑袋，发出叽叽喳喳的叫声，更使我产生了摸摸燕宝宝的强烈念头。好奇是孩子的天性之一，我把想法对几个一起玩泥巴的小伙伴们说了出来，赢得了一片赞同声。说归说，如何才能近距离地看到燕宝宝呢？有小伙伴建议，用竹竿将燕子窝捅下，就能见到燕宝宝了。可是，孩子们又担心，害怕燕宝宝会摔伤，小燕子夫妇回来会用嘴啄我们的小屁股。一番商量后，孩子们达成了共识。那就是，扛个梯子架在屋梁上，爬上去看看燕宝宝。农家孩子，初生牛犊不怕虎，诸如上树掏鸟窝、下河摸鱼虾等，皆是拿手好戏。在孩子们嬉闹声中，几个小萝卜头气喘吁吁地抬来了一个竹梯，并把竹梯架在屋梁上。一个身手利索的小伙伴，像小猴子一样窜上了梯顶。孩子们虽野，但做“贼”心虚，担心小燕子夫妇会突然回来。我们将屋门紧紧关上，大瞪着眼睛，催促梯顶上的小伙伴赶紧下来。不久，小伙伴一只手抓着一只燕宝宝，另一只手扶着竹梯，手脚并用地爬了下来。孩子们迅速围了上去，争先恐后地一睹燕宝宝的风采。那只燕宝宝，羽毛还没有长全，显得有气无力。孩子的小手没轻没重，燕宝宝被小伙伴攥得大张着尖黄的小嘴，小眼睛惊恐地瞅着我们这些入侵者。看完了燕宝宝，孩子们的好奇心得到了满足。许是燕宝宝的可怜相引发了我们的恻隐之心，许是害怕燕宝宝的父母会啄我们的小屁股，孩子们将燕宝宝又护送回了小燕子的窝。那天，我一直在想燕宝宝有没有在它父母面前告我们的状呢？小燕子夫妇没有啄我们的小屁股，应该是善良的小燕子原谅了我们这帮调皮鬼吧！

和风送暖，乳燕初飞。乌黑光亮的羽毛，俊俏轻快的翅膀，剪刀似的尾巴，燕宝宝们长大了。屋梁上的小燕子变多了，而我却越来越讨厌小燕子。里下河一带的农家，通常是客厅兼餐厅，小燕子却时常将粪便落在我家的餐桌上。

那天，母亲炖了一只鸡，给我装了满满一碗。鸡屁股就是银行的年代，杀只鸡是要下很大决心的。闻着喷香的鸡汤，我肚里的馋虫都被勾了出来。正当我坐在餐桌上，埋头大快朵颐的时候，不知好歹的小燕子却将粪便抛进了我的碗中。那一刻，怒火涌上我的心头，我抓起一根长竹竿，向屋梁上盘旋的小燕子们挥去。小燕子凄切的“告饶声”和我的怒骂声，在客厅里不断地回旋着。听见客厅有动静，母亲快步走了过来，一把拉住了我的手，将我手中竹竿轻轻放下。母亲见我怒气难消，一声没吭，她用汤勺将鸟粪从汤碗里舀去，大口地喝了起来。母亲喝完后，给我重装了一碗鸡汤，指着屋梁边盘旋的小燕子，轻轻地对我说："孩子，小燕子吃的是害虫，不吃咱家粮，不占咱家房，只是借住屋梁育儿郎。"母亲又说："小燕子是鸟，不是人。你赶走它们，小燕子住哪儿？"我愣住了，是啊，小燕子住哪儿？小燕子有那么可恶吗？小燕子吃害虫，它应该对农家有功啊！今天想来，人非圣贤，孰能无过。母亲那番话另有一番深意！她在告诉我：多看别人长处，不能紧盯别人的短处；既要有感恩之心，又要学会原谅别人。母亲说的话不多，但却伴我行走天涯。

秋风萧瑟，燕子南飞，我的心里总是涌现一股失落感；春暖花开，燕子归来，我的心里又总是涌现一股亲切感。人常说，燕雀安知鸿鹄之志？我想，鹰击长空，遨游九天，固然人人向往。但能像小燕子一样立足农家，自食其力，出则成双，共育儿女，建设幸福家园，又有什么不好呢？

狗年忆狗友

狗年，油菜花开，我忆起了我的狗友。

狗友叫“黑子”，是我家中养的一条狗，也是我家中养的唯一的狗。严格地说,黑子不是我家的狗,而是年幼的我从亲戚家“拐”回来的土狗子。

金色的童年，是一支歌、是一首诗，更是一幅画。我的童年生活，无疑是快乐幸福的。虽是农家孩子，但却是家里的惯宝宝（宝贝疙瘩）。每逢节假日，总是玩得天昏地暗，尤其喜欢跑到亲戚家去玩耍，且乐不思蜀。现在想来，或许是在孩子的内心世界里，别人家的饭菜比自家的饭菜更香吧！

那年暑假，我在家里待腻味了，哭闹着要到亲戚家去玩。父母无奈，只好将我送到亲戚家去度暑假。亲戚家离我家不远，大约两里路，步行很快就到了。到达亲戚家，令我惊喜的是，一条半大黑狗摇头摆尾地迎了上来，对我甚是亲昵。黑狗胖乎乎的，浑身没有一根杂毛，像块黑炭，憨态可掬，惹人怜爱。于是，一人一狗相见恨晚，很快就成了好朋友，并且有福同享，我管黑狗为黑子。

说句良心话，我家的这门亲戚，对我非常宠爱，因为我是一个惯宝宝。亲戚将我照顾得无微不至，早上买油条、烧饼，中午割猪肉，好吃的菜尽往我碗里夹。然而，我却身在福中不知福，全无客人的基本觉悟。我在盘子里一边吃一边挑，吃相很是难看。若是欠斯文也就罢了，我还把挑出的肥肉扔给桌下翘首期待的黑子。每每回想起来，心里都很惭愧，家家穷的年代，吃点荤腥多难啊！黑子在我的暑期特殊关照下，一天天地长大了，变得狗毛浓黑，四肢健壮，酷似藏獒。黑子平时双耳下垂，低眉垂眼，我时常把它当马骑。黑子对我很顺从，但遇到陌生人，就会双耳竖立，两眼放光，吠声震天。黑子的神武，令我开心不已，我感觉黑子就是那传说中的哮天犬。

光阴荏苒，暑期结束，家人接我回家。我恋恋不舍地与“黑子”挥手告别，但黑子却一路尾随着我，撵都撵不走。万物皆有灵，人狗情谊深。于是，黑子变成了我的家庭一员，它陪我玩耍，陪我行走在上学路上，是我童年的玩伴、狗友。然而，年迈的奶奶患慢性气管炎，家里又有五个未成年的孩子，人多劳力少，没有多少余粮。人的温饱都很困难，怎么能顾得上一条狗呢？黑子在我家自然是饱一顿、饿一顿，但它却不嫌主贫，不离不弃地赖在我家。不知不觉，黑子已经长大，成了一条壮狗。为了让黑子更好地生存，也为了给家里减轻负担，家人曾将黑子送给别人家去养，但黑子很快就又跑回了家。见此情景，家人深受感动，只好摇头叹息，便不再言语了。

都说，狗拿耗子多管闲事。我家的黑子，就是这样的怪狗，居然和猫抢生意，与老鼠成了仇敌。农家孩子都知道，老鼠非常狡猾，鬼鬼祟祟，喜欢白天藏匿，夜间出来活动，出洞时两只前爪在洞边探一探，左瞧右看，确保安全方才出洞。农家种地，有了一点余粮，可那时，老鼠却不少。老鼠生命力旺盛，繁殖速度快，适应能力强，除了偷吃粮食外，还撕咬衣物和家具。最为可恨的是，老鼠还传播鼠疫、流行性出血热、钩端螺旋体病等疾病。所以，人们非常痛恨老鼠，就有歇后语：过街老鼠，人人喊打。

秋夜，屋外月光如银，秋风萧瑟，天气有点冷。我被尿憋醒了，起床开门出去撒尿。夜色下，不经意间见到了黑子。黑子神情专注，贴在墙角边，垂着尾巴，竖着耳朵，一动不动。我很奇怪，黑子怎么了？想干啥？我的好奇心被黑子引发了。于是，我也屏住呼吸，静静地观察着黑子的一举一动。突然，一只肥硕的大老鼠不知从哪里窜了出来。此时，黑子动如脱兔，飞快地扑了过去，前爪紧紧地摁住老鼠，尖锐的牙齿也死死地咬住老鼠。目睹这个场景，我忍不住地发出喝彩声："黑子，好样的！"黑子双耳贴在脑袋上，眉开眼笑地冲我摇头摆尾，好好炫耀了一番。

那晚，门前屋后，不时地传来黑子发出的汪汪报喜声。

春回大地，万物复苏。屋后的河水清澈见底，宛如明亮的镜子。黑子给我带来了不少快乐，还给我的家人带来许多令人惊喜的好礼物。父亲有起早的习惯，连续几日发现门槛处总有几条杂鱼，如昂刺鱼、黑鱼等。家里将鱼捡了起来，积少成多，居然够全家美食一顿。父母既高兴，也很纳闷，难道是神仙显灵？父母决心揭开这个谜。

俗话讲，无巧不成书。夜梦中，父亲听见堂屋的大门有动静，便起床察看，发现门槛边又有了几条鱼。突然，一道黑影向屋后闪去，很像黑子，父亲紧随其后，果然是黑子，它蹲在村西的一个水闸边，狗眼关注着水面，不时地用狗爪向水中捞去。不久，就见一条鱼被黑子捞出了水面，但又掉了下去。如此反复，终于有鱼被黑子捞出水面，并掉落在河畔。黑子迅速窜了上去，一口将鱼叼起，向家快速奔去。父亲终于明白，门槛前的鱼是从哪里来的。黑子的出色表现，全家人称奇、高兴不已。红烧鱼是道美味，黑子吃着鱼头、和鱼汁拌饭，摇头摆尾，喜笑颜开。黑子一副享受至极的模样，逗得全家哈哈大笑。吃着鲜美的鱼肉，再看看黑子，我们全家对黑子的感情与日俱增。

美丽的油菜花，开遍了村里的每寸土地，到处是金色的海洋。行走在花丛中，如同置身仙境，飘飘欲仙。此时，春光明媚的季节，却被一层阴云笼罩着。村里传播着狂犬病的危害性，村民更是谈狗色变。几个受雇的猎户，扛着猎枪在村庄里转来转去，养狗的农户将狗悄悄地藏了起来。

那天下午，父亲急急忙忙地赶回了家，他说："打狗的猎户又来了，赶紧把狗藏好。"村庄里气氛很紧张，我明显感觉到黑子眼中流露出的恐惧。我把黑子藏进了油菜花丛中，再三叮嘱它别乱跑。

傍晚，我有点心惊肉跳，坐卧不安。突然，听到了屋外传来一声震耳的猎枪声，我的心猛地一沉，脑袋嗡的一声响，感觉不妙，急忙向黑子藏身的地方冲去。油菜田的田埂边，我家的黑子已倒在血泊中，几个猎户扛着猎枪扬长而去。

我的狗友走了，金黄色的油菜花覆盖在黑子身上，它红色的血液让我感觉浑身刺骨地寒冷，眼泪在我心底肆意流淌着。

父母铁青着脸，找来了一顶旧帽子，给黑子戴在头上，将它就地埋葬了。

后来，老人们告诉我：狗死了，戴顶人帽，来生会投人胎。

狗年，油菜花开了，我又情不自禁地忆起了我的好狗友。黑子，你可曾投成人胎？

第四辑　浪花朵朵

记忆之河，浪花朵朵，虽水流湍急，但清澈甘甜的味道，始终滋润着灵魂深处！

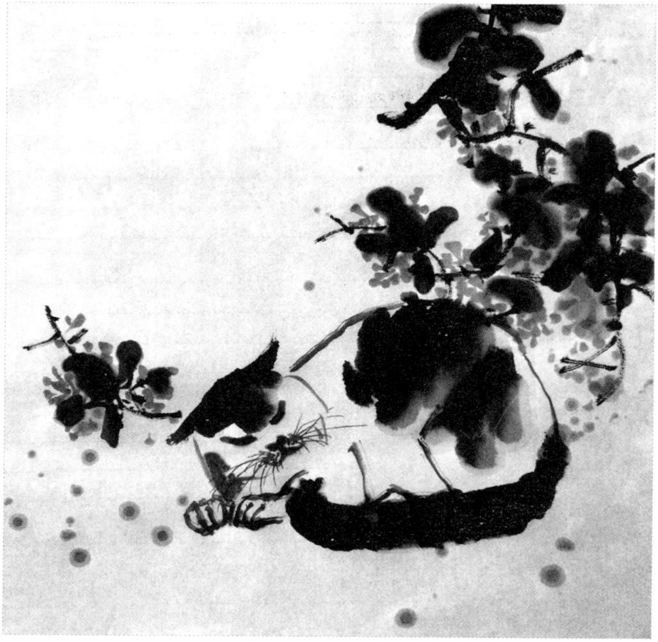

亲情是杆秤

与朋友一起参加婚宴，席间从工作聊到了家庭。

朋友感慨地告诉我，他们家孩子多，父母是靠种地把他们兄弟几个抚养成人的。他每次参加婚宴，看到为儿女婚礼操劳的父母们，就不由得想起了父母的养育之恩，总是感觉对父母有愧疚之情。因此，他经常给父母一些钱，可是老人既舍不得吃，更舍不得穿，日子还是过得紧巴巴的。后来一了解，令他郁闷的是，父母把他给的钱接济给家里其他兄弟姐妹们了。

我一听，笑了，戏称说："老人做得没错，这是'杀富济贫'！"

开玩笑的同时，也引发了一个客观存在的社会话题。是朋友的父母偏心吗？我想不太可能，因为这种家庭式的"杀富济贫"，是建立在伦理和亲情的基础之上的，是一种爱。我们常说，儿是娘的心头肉。老人无非就是想通过物质的方式，使儿女生活得更幸福。条件相对差一点的老人，只能通过节衣缩食，省吃俭用的方式来帮衬儿女。儿女大了，必然要自立门户，几代同堂怕是不可能了。养儿一百岁，长忧九十九。哪个儿女受苦了，父母都很难受。人老了，做不了儿女的主，怎么办？也只能“杀富济贫”了，毕竟手心、手背都是肉。

人的一生要说牵挂最多的，无非是儿女了，而儿女间的相处是否融洽，更是令父母牵肠挂肚。“孔融让梨”的故事，是许多父母教育子女的好例子，讲的是家人相处要懂得谦让、礼貌和尊重。不管社会如何发展，我觉得家人相处应该学习“孔融让梨”，兄弟姐妹们互帮互助，不给父母“杀富济贫”的机会，不是更有亲情味吗？对父母多一点理解，对亲人多一点关爱，对家庭多一点奉献，是挣了而不是亏了。因为财富是暂时的，亲情是永久的，更是美好的。

我在部队工作期间，驻地在大西北，经常见到一种通体漆黑、平平常常的小鸟。因为人们觉得它不吉利而遭到人类普遍厌恶，正是这种遭人嫌恶登不了大雅之堂，又入不了水墨丹青的小鸟，却拥有一种真正值得我们人类普遍称道的美德——至孝。据说这种鸟在母亲的哺育下长大后，当母亲年老体衰，不能觅食或者双目失明飞不动的时候，它的子女就四处去寻找可口的食物，衔回来嘴对嘴地喂到母亲的口中，回报母亲的养育之恩，并且从不感到厌烦，一直到老鸟临终，再也吃不下东西为止。

这种鸟叫乌鸦，这个故事就是“乌鸦反哺”的故事。中华民族注重亲情，注重孝道。儿女对父母尽孝，可谓天经地义。不管我们给了父母多少钱和物，与父母为儿女的付出相比永远是天壤之别。有一首歌唱得好，叫男儿当自强。我认为要做好儿女，就得要自强。为人儿女只有通过自己的辛勤劳动，去创造财富，改变人生，才能给父母幸福的晚年，成为尊老、爱老的楷模。反之过于依赖父母，坐享其成，不愿劳动，恐怕想当“乌鸦”

都不可能了。是甘当附在父母身上的“血吸虫”呢？还是让父母晚年无憾无忧呢？有责任心的人，会正确选择的。因为自然规律告诉我们，年迈的父母终有一日会累、会长眠、会离儿女而去的。

古人云：“授人以鱼，只供一餐；授人以渔，可享一生。”做父母的没有不爱儿女的，当好儿女成长路上的向导，是做父母者义不容辞的责任。良好的家庭教育，可以使儿女茁壮成长，成为对社会有用的人，给儿女留下的是一笔取之不尽的财富。全国人大常委会原副委员长阿沛·阿旺晋美可谓爱子有道，教子有方，他把120多万元存款没有留给儿女，而是捐给了国家。他认为，真是为了儿女好，不应该给儿女百万家财，给儿女钱多了，会使他们贪图享受、失去自食其力的品德和艰苦奋斗的创业精神。

党的十八大报告强调，要加强家庭美德教育，弘扬中华传统美德，弘扬时代新风。社会和家庭是相辅相成的，社会是由家庭组成的，家庭靠亲情维持。虽然家家都有一本难念的经，但家和万事兴是真道理。

一场婚宴，一次交谈，使我受到了一次教育。

很长时间我在思考一个问题，亲情是什么？

其实亲情是杆秤，是家人相处之秤，秤杆不能忽高忽低，秤砣不能忽左忽右。此秤衡量的是民族传统、是道德品质，更是一种不可推卸的社会责任。

耕耘与收获

春暖花开，春和景明。

一位家住在农村的战友，邀请我去他家坐坐，顺便搞个战友聚会。四野春工遍，柔风动赏心。高兴之余，便欣然赴约。

进入村子里，浓浓春意和乡村气息扑面而来！随处可见绿油油的小麦苗、金灿灿的油菜花，还有辛勤劳作的农家人。此景让我想起了姚鼐的诗《山行》："布谷飞飞劝早耕，春锄扑扑趁春晴。千层石树通行路，一带山田放水声。"诗人在诗中既将春的气息描写得淋漓尽致，还描绘了一幅繁忙热闹的农家春耕图。

"一年之计在于春，一生之计在于勤。"我在农村长大，深知春耕的重要意义。农民播下了庄稼的种子，也播下了他们一年的希望。我的父母是地地道道的农民，既没有多少文化，也不是手艺人。父母一年忙到头，日出而作，日落而息，辛勤耕耘那几亩土地，盘算着每年的春耕秋收，却养活了全家老少八人，并供养了子女读书。在外地工作多年，每每思念家人，我就不由得想起了父母种地的种种不易。

细细想来，我尚能做到勤俭持家，可能就是我出身于农家的原因吧。那《朱子家训》中“一粥一饭，当思来之不易;半丝半缕，恒念物力维艰”的古训，已经烙印在我的心中！

停留在村子里，我竟然莫名多了几分感慨。没有辛勤的春耕，哪有喜悦的秋收？农民种地如此，做其他事情不也如此吗？不管事大事小，若要干成事，同样走不得半点捷径，唯有辛勤劳作和不断坚持。

听过一个故事，故事讲的是南宋著名书法家智永禅师，曾在永欣寺临窗坚持练字 30 年。无论是数九寒冬，还是三伏酷暑，都持之以恒，从不间断。毛笔头写秃了，便拔下来换上新的。日积月累，竟积下了大量的秃笔头。后来，他把这些笔头埋起来，称它为“退笔冢”。正是这一支支秃笔头，使智永禅师融百家之长，自成一体。显然，智永禅师的故事，体现了耕耘和收获的因果关系！

昔日，听闻某君抱怨怀才不遇。他认为自己才华横溢，并付出很多，但成功总是离他而去。果真如此吗？细想，其实不然。人生如夜行，事业靠勤奋。有的人，找准目标，脚踏实地，一步一个脚印地往前走；有的人，自以为是，夜郎自大，结果摔得鼻青脸肿；还有的人，胆怯不前，坐等天亮。《庄子·逍遥游》中有这样一段话：“水之积也不厚，则其负大舟也无力。风之积也不厚，则其负大翼也无力。”

要走好人生之路，依我看还是要付出大量艰辛劳动的。《中庸》中有一句名言：“行远自迩，登高自卑。”意思是说，要走很远的路，达到远大的目标，就必须从近处开始；要想登上高山之巅，一览众山水，就必须从山脚起步。干事业好比爬梯子，起点就在脚下，要一步一步地往上爬。反之，那些有好的起点，想成功，又怕吃苦，且好高骛远，急于求成，甚至投机取巧，想一步登天的人，到头来肯定是一事无成。

实践证明，耕耘了土地，只是庄稼人种地的开始，还需要农民们选择优良的种子、掌握适宜的水分、给予充足的养料和长期的精心田间管理。甚至，还要抵御自然灾害，才会有好收获。换句话说，农民种地指望“靠天收”，或者幻想不劳而获，是永远得不到收获的。

人生亦是如此！

桂花开了

小区院子里的绿化还是不错的，但我从没留意过何种花儿开了。并非我不喜欢花花草草，而是每日行走匆匆，无暇关注这些草木精灵。

八月来了，秋也来了。不知何时，抑或是一夜之间，院子中的桂花树开花了。秋阳暖，桂花香，满院溢满了秋韵!

倥偬岁月，总想写点关于桂花的文字，但不知从何写起。睹景思旧，不由想起了家乡那所栽有桂花树的乡村中学。

初识桂花，是在家乡的吴堡中学读书时。我就读的这所学校是所乡村中学，规模不大，初中部每个年级两个班，高中部每个年级一个班，学生生源基本来自附近的乡镇。学校的北边是两排教室，西南角是食堂和教职员工宿舍，东边是学生宿舍，校门的左侧是教师办公楼，校门的右侧是一个小池塘。小池塘的四周栽种着一些观赏花木，诸如月季、栀子花、桃树、柳树、桂花树等。桃红柳绿的季节，这块小天地自然就成了一方净土中的小花园。置身其中，闻着花香，捧着书本，醒脑提神，常常吸引着莘莘学子在此流连。

八月桂花香!

乡村长大的我，嗅着桂花花香的味道，却不识桂花树的庐山真面目。有位同学指着一棵正在开花的树，告诉我这就是桂花树。今日想来，校园里的几棵桂花树，应该是桂树家族中的金桂吧！情不自禁地驻足观看，比米粒稍大的桂花，挂满了四下伸展的树枝。一簇簇的金黄的花儿互相依偎，露出一张张笑脸，在绿叶中伴着八月的秋风摇曳着。桂花虽不妖艳，但阵阵深邃的幽香，却宛如一杯千年佳酿，闻之，使人欲醉倒在花丛中。

晨读的学生们迎着晨曦，闻着弥漫在空气中的桂花香味儿，陆续出现在校园的各个角落。朗朗的读书声，轻缓的脚步声，惊醒了夜梦未醒的懒鸟们。天亮了，起床了，鸟儿们振翅飞了起来，寻找着自己的食物。叽叽喳喳的鸟啼声，悦耳动听。抑扬顿挫的读书声，此起彼伏。读书声、鸟啼声相互和着，奏起了一首富有青春气息的校园晨曲。食堂里的饭香、花丛中的桂花香，以及书本中的书香气，一起盘旋并飘香在校园的上空。

余晖洒落在校园里，被秋阳照射了一天的桂花愈发芬芳。放学的铃声，打破了校园的宁静，师生们相继走出了教室。学校的门口，同路的学生相约行走在归家的路上。池塘畔，桂花树边，十来个留校住宿的女生目视书本，心无旁骛，沉浸在知识的海洋中。此刻，教室前的篮球场上，热闹极了，酷爱篮球运动的师生们，在球场上竞技着。发球、抢球、传球、投篮，腾挪跳跃，左躲右闪，生龙活虎的球员们，赢得了围观师生们的阵阵叫好声、助威声。

“桂子月中落，天香云外飘。”一轮明月高悬在池塘的上空，阵阵秋风拂过桂花树儿，校园里逐渐平静了下来。漫步小花园中，月亮落进池塘里，桂花树下看桂花，月圆花香！抬头望月，俯首看路，叹吴刚专心伐桂，赞桂树坚韧不屈。青春年少，志存高远，岂不心盼头戴桂冠，期望前途折桂？放飞梦想，逐梦人生，如何尽显男儿本色，直抒胸中之志？“路漫漫其修远兮，吾将上下而求索”。

八月的桂花是季节的主角，它把芳香留在了广袤的土地上，留在了秋季的收获里，留在了我的记忆中。家乡的那所中学里的桂花树还在吗？树上的桂花开了吗？哦，应该开了吧！不过，我所居住的小区院子里的桂花树生机盎然，来年的八月一定还会飘香。

有人说：八月桂花遍地开，桂花开放幸福来。这个八月，我在他乡见到了桂花，愈发深信不疑这种说法。

青叶碧绿,两头尖尖,粒粒芬芳。“一枝淡贮书窗下,人与花心各自香”。

把梦留住

金榜题名，是古人四大喜事之一。

唐朝诗人孟郊，46岁进士及第。欣喜之余，他作了一首《登科后》的绝句：昔日龌龊不足夸，今朝放荡思无涯。春风得意马蹄疾，一日看尽长安花。

这首诗把诗人中了进士后的喜悦心情，表现得淋漓尽致。其中“春风得意马蹄疾，一日看尽长安花”，更是成为千古名句。

长期以来，“金榜题名”几乎成为所有读书人的追求，最典型的当属《范进中举》的故事。记得小时候，奶奶就告诫我：万般皆下品，唯有读书高。每逢春节来临，文化人便被邀请到家题写春联，并受到主人热情招待。传道授业解惑的老师，更是受到农家人的尊重，称之为“先生”。还有那考上大学，端上铁饭碗的天之骄子，更是被左邻右舍羡慕极了，认为他们家祖坟冒青烟了。

夏季，朋友和同事家中，有不少孩子参加高考。高考成绩公布后，家长们比自己的孩子还要上心。殚竭心力终为子，可怜天下父母心。竞争日益激烈，又有谁愿意自己的孩子在起点就比别人慢一拍呢？

每到金榜题名时，几多欢喜几多愁！

1994年，我参加高考，很遗憾地名落孙山。夏季里，幸运儿在家中接受着亲朋好友的诚挚祝福，而我则黯然神伤地考虑路在何方？落差感、失落感，甚至屈辱感，一起涌上我的心头，并且总是挥之不去。那时，我只好翻开我的毕业留言册，默念着一位老师送我的一句话：逆水行舟用力撑，一篙松劲退千寻。此话不假。参加工作后，我的大学梦一直放不下。我用大约两年半的时间，拾起中学课本进行重新学习。感到欣慰的是，通过努力，我终于如愿以偿地跨进了大学校门。

作为高考过来人，对于高考落榜学子的心情，我很能理解。这几年来，我一直在思考支撑我读书上进的原因。我想，除了求知外，无非是为了圆梦，或者说是为了人生无憾吧！但我觉得，只要梦想不灭，加倍努力，希望还是有的。

能进入高校学习，是学子们努力拼搏的结果。因此，要珍惜这难得的学习机会，更要学到真本事。

1936年，数学家华罗庚26岁在英国剑桥大学留学。首席数学教授哈代托人告诉华罗庚，他只要专心研究一个问题一年就可以获得博士学位。可华罗庚认为，他来剑桥学习，是为了求学问，不是为了得学位，并果断地放弃了博士学位。作为访问学者，华罗庚同时攻读了七八门学科，在剑桥的两年时间撰写了20篇论文。论水准，华罗庚的每一篇论文都可以拿到一个博士学位。可见，华罗庚是值得后人学习的。

俗话说，师傅领进门，学艺在个人。我们更多的学习不是在学校，而是在校外进行的。愚以为，如果只重视入名校拜名师，忽视在实践中向自己周围的各种内行学习，向实践学习，就等于自己关闭了学习的大门。人生路漫漫，学习是为了进步，读书是为了明理。反之，走向社会，即使有文凭，也是一个高分低能的书呆子。

社会在发展，时代在进步。大学早已不是事业的终点站，只是人生的一个新起点，最多只是一个可以稍作休憩的小站。人生能有几回搏？能够迈入理想的殿堂，进入令人神往的高等学府，仍然是绝大多数莘莘学子的追求。

海阔凭鱼跃，天高任鸟飞。年轻人朝气蓬发，对前途更是充满美好憧憬。有梦想，难道不应该去圆梦吗？

你把梦留住了吗？

莫做公孙长

记得小时候，我缠着父亲讲故事。

由于家贫，父亲只念过一年书，便在家务农了。出于对我的疼爱，父亲无奈之下便给我讲了一个故事。

故事说，有一只无名鸟在古人公孙长房屋后大声啼叫："公孙长，你家房屋后有只大肥羊，你吃肉来，我吃肠。"公孙长有一项特长，能听懂鸟语。他到房屋后一看，果然有一只大肥羊，便高高兴兴地牵回了家，整只羊独占了。雪夜，那只无名鸟又在公孙长房屋后大声啼叫："公孙长，你家房屋后有只大肥羊，你吃肉来，我吃肠。"公孙长闻听大喜，赶紧到房屋后一看，一具凶杀尸体倒在雪地上。惊慌失措的公孙长赶紧溜回家，关门避祸。天亮后，有人报案，官府依据公孙长门前至屋后雪地上的脚印，将公孙长定为凶犯，而抓捕入狱。

多年来，公孙长和无名鸟的故事一直留在我的记忆中。我把这个耐人寻味的故事，讲给我身边很多人听过。他们身份各异，有教书育人的老师、有腰缠万贯的商人、有政府的官员，还有我的亲朋好友。

听了故事的人，是观点不一的。有人谴责无名鸟阴险狡诈，有人批评公孙长失信于鸟，还有人同情公孙长遭受陷害。

父亲讲的公孙长和无名鸟的故事，也不知他从什么地方听来的，这是他给我讲的唯一的故事。故事的出处和真伪性无从考证，但其蕴含的做人和做事的道理却永远教育着我。在我看来，公孙长若不贪图小利，又怎会有牢狱之灾呢？

“手莫伸，伸手必被捉。党和人民在监督，万目睽睽难逃脱。”虽非身居要职，但作为公职人员，我常常用陈毅元帅的诗词《七古 · 手莫伸》来提醒自己。

俗话说得好：常在河边走，哪有不湿鞋？

看过一个案例，某官员无视党纪国法，常滥用职权，最后被人举报锒铛入狱了。在狱中，他痛哭流涕，忏悔不已地说：“我对不起组织的培养、对不起领导的信任、对不起白发苍苍的父母。若能吃碗面，加个荷包蛋，是多么幸福的事啊！”吃碗面，加个荷包蛋，是一件很高的要求吗？当然不高。但一旦失去自由后，就是一种奢望，就成幸福的事了。

我的一个熟人，是某单位的中层干部，大学是学法律专业的。为此，我还专门向他讨教过法律问题，他分析得倒也头头是道。令人不可思议的是，后来他被检察院带走了，原因是涉嫌贪污。听了这个消息后，震惊和惋惜之余，我想起了这么一句话：一失足成千古恨，再回首已百年身！

近年来，我们时常听到一些反腐新闻，可能已经屡见不鲜了。如官员与不法商人勾结，损害国家利益被判刑；官员金屋藏娇包二奶，贪赃枉法被双规等等。我想他们之间不就是公孙长和无名鸟的关系吗？君子爱财，取之有道。羊肉不是那么好吃的，吃了要帮无名鸟一样的人做事的。否则，就跟公孙长一样，牢狱之灾是跑不掉的。

明代官员李汰在福建主持科举考试，有一个有钱无才之辈，夜间妄图以黄金向李汰买得“金榜题名”。李汰一气之下，为了表明自己拒收不义之财的严正态度，挥笔写了这样一首清廉拒贿诗：“义利源头识颇真，黄金难换腐儒心。莫言暮夜无知者，怕塞乾坤有鬼神。”

古往今来，官吏枉法，莫不起自贪财；而能秉公办事的官员，总是比较清廉。正如《左传》云：“国家之败，由官邪也；官之失德，宠赂章也。”

识字不多的父亲无意间给我上了一堂很好的启蒙课——

莫做公孙长！

岁月如歌

我的一位战友，比我早几年参军入伍。铁打的营盘流水的兵，他转业回地方已经多年了。战友能吃苦耐劳，一番打拼后，生活得比较顺心。可能是他对军营情深，每逢战友相聚的时候，言谈举止间总是流露出对军营的眷恋之情。

落叶知秋的季节，战友忽然给我打来电话。电话里，他兴奋地告诉我，今年秋季，他儿子光荣地参军入伍了。

通话中，使我想起了辛弃疾的词《破阵子·为陈同甫赋壮词以寄之》，词中写道：醉里挑灯看剑，梦回吹角连营。

我当兵在西北，属于冬季兵。从未出过远门，在去西北的火车上，我心里是忐忑不安的。大西北在我的印象中，就只有诗人笔下的“大漠孤烟直，长河落日圆”的描写。父母认为西北环境差，生活条件艰苦，担心我吃苦受累，临行前硬是在我的口袋里塞了五百元钱。

在部队，我将这五百元钱放在贴身口袋里，一直舍不得用，并伴随我度过了一个又一个日夜。夜深人静的时候，手抚这五百元钱，就如同父母时刻在我身边，他们督促我、激励我好好工作。

“盛年不重来，一日难再晨。及时当勉励，岁月不待人。”十几年的军旅生涯，转眼间就成了我人生中的美好回忆。

部队这所大学校，让我理解了坚强和勇敢、包容和忍耐、守纪和责任、吃苦和耐劳的内涵，这应该是我一生取之不尽的宝藏，并伴随我一生。我甚至可以自豪地对别人讲，我比有些同龄人多了一段经历，那就是我在为祖国的扛枪站岗中得到了锻炼。我感谢父母的选择，因为那是真爱。

电话中，我对战友说：“你是一个称职的父亲，送子参军做得对、做得好！既尽了义务，也锻炼了孩子。”

挂断电话后，我忽然想起了网上的一篇报道：一对事业有成的夫妻，由于对孩子过于溺爱，导致孩子未成年却官司缠身。这个官司的是是非非，我不去判断。但我可以肯定，对孩子的未来成长，应该是有负面影响的。对孩子的培养，并不是简单的物质满足，而是品行的改造。正如高尔基的名言：爱孩子这是母鸡也会做的事。

我查阅了一些资料：自然界中老虎为了让幼虎能够在大自然中生存，对幼虎采取摔打训练，培养它的搏击技能。还有当幼鹰长到足够大的时候，鹰妈妈便改变巢穴居住环境，迫使幼鹰离开巢穴学会飞翔的本领。

在充满竞争和机遇的今天，没有奔跑腾跃的本领，没有勇猛坚毅的性格，没有出类拔萃的智慧，没有展翅翱翔的壮志，是难以有所作为的。青年是国家的未来，更是民族的希望。毛泽东主席曾经语重心长地对青年人讲：“世界是你们的，也是我们的，但是归根结底是你们的。你们青年人朝气蓬勃，正在兴旺时期，好像早晨八九点钟的太阳，希望寄托在你们身上。”

在感叹岁月流逝的间隙，不经意间发现街道边已有落叶。秋的气息，已悄然弥散在空气中。秋天是成熟和收获的季节，我衷心地祝愿战友的孩子：在军营中走好从军路，写好当兵史，人生有收获。

那晚，我睡意全无，站在家中的阳台上。遥望星空，我在思考什么是岁月？岁月，是春夏秋冬四季轮回吗？我倒觉得：岁月更像一首深情的歌。这首歌，好听与否，全在于歌唱者的努力与否！

窗外，秋风习习。远处，依稀传来驻城部队的熄灯军号声。军号声入耳，是那么亲切、那么熟悉。我仿佛又回到了号角争鸣、军歌嘹亮的军营。此时，我身穿军装，和战友们在放声歌唱，天际间响起了那首《革命气节歌》的军歌声：

雪压青松挺且直，梅开腊月火样红
革命的气节如生命，军人当自重
威武不能屈，铁骨傲苍穹……
危难关头挺起身，顶天立地真英雄
雪压青松挺且直，梅开腊月火样红
革命的气节高于天，珍藏在心中
富贵不能淫，清贫志不穷……
酒绿灯红心不动，浩然正气贯长虹……

用心写字

茶文化起源地为中国，据说始于神农时代。

周末，忙中偷闲，与好友在茶楼饮茶，领略茶文化。茶楼是中式装潢，古朴古香，很有韵味。一抬头，见一书法作品挂在墙上，给茶楼房间内增添了几分文化气息。

忍不住，端茶近前欣赏，但颇为尴尬，我几乎不识。作品为四字横幅：第一个字，是“心”字，易识；第二个字，像一条横着的波浪线，不识；第三个字，像一条竖着的波浪线，不识；第四个字，疑是繁体“画”字。

剩下的字究竟念什么？我百思不得其解。朋友见我观字不语，明白了几分。他外出询问服务员，回来告知，四字为：心如美画。闻听，我不禁哑然。书法字体，无外乎篆、楷、隶、行、草五个大类。书法是国粹，能这样写吗？若是记事，随手涂鸦，倒也罢了；若称书法，悬于堂中，似乎不妥。

在家乡高邮，见到写得一手好字的人，不足为奇。尤其是一些民间高手，他们未必拥有书法家的头衔，但关键是能够用心写字。

以前，老家农村条件差，大部分人读不起书，故而春联都是请人帮写。村庄里，有两位老先生：一位姓吴，另一位姓李，都念过私塾，故能写得一手很有功力的毛笔字。每逢春节来临，两位老先生总是自带毛笔，挨家挨户帮助写春联。大门春联不好写，两位老先生很认真，总是平心静气，用心书写。那时，两位老先生最喜欢写“物华天宝，人杰地灵”的大门春联。每每见到两位老先生挥毫留下的墨宝，一股仰慕之情从我心底油然而生。

父亲虽然读书少，但却认为人必须写好字。我读书时，父亲多次语重心长地告诫我，要努力读书，认真写字。父亲举例说：乡里有位干部，父母斗大的字不认识一个，生了个儿子很能干，写得一手好字，不用捧牛屁股了。现在想来，在父亲的心目中，写得一手好字的人就是文化人，就能出人头地，就能成为人上人。

我的数位语文老师，都能写得一手好字，尤其是毛笔字，所以，学生写字好与否，也非常看重。

读初中后，我下了一番功夫，照着字帖练了一阵钢笔字。因为，我的同桌写的字比我强多了，而我写的字实在难登大雅之堂。值得欣慰的是，有付出就有回报，我写的字和同桌比起来，虽有差距，但却无天壤之别。闲暇，我特喜欢用毛笔在废纸上挥毫泼墨，毛笔字再无东倒西歪之状了。

从此，我的字算得上是脱胎换骨，旧貌换新颜了。

念高中后，那年春节临近。父亲早早地买了红纸、墨汁和毛笔，执意让我写春联。初生牛犊不怕虎，我裁好纸、蘸好墨，用毛笔工工整整地写下了“物华天宝，人杰地灵”八个大字。父亲凝视半天，将春联端端正正地贴在自家大门上。不久，两位老先生先后来到我家，按惯例帮写春联。两位老先生见我家春联已贴好，很是惊讶，父亲含笑告知。两位老先生哈哈一笑，毫不藏私，对我认真指点一番，含笑夸道："写得不错，咱村后继有人了。"两位老先生的话，本是鼓励之语，但落入父亲的耳里，却足以让他开心不已。高邮人，注重礼节，农村邻里之间，有串门拜年的风俗。只要家中来客，父亲总是笑呵呵地告诉别人，我家的春联没请先生写，是自家孩子写的。

时隔多年，两位老先生已经作古。但昔日教我写字的言语，仍然言犹在耳。老先生们说："写字要打好基本功，如同走路。还没有会走，怎么能跑？字要一点如桃、一撇如刀，一捺如锹……"

参军入伍后，我的字得到了新兵连班、排长的认可。训练之余，常安排我为连队写写画画。分到基层连队后，连队从新兵中挑选文书，字写得好是硬条件之一。连长见了我的钢笔字，点点头，手一指，说：就他了。于是，我当上了令新兵们羡慕的连队代理文书。一年后，我被正式任命为连队文书，军衔从列兵越过上等兵，晋升为下士。

不久，连队办喜事，一位四川籍士官的未婚妻来队完婚。万事俱备，只欠东风之际，营长和教导员来到连队。他们在家属院新房，祝福新人时，觉得不够喜庆，问道："大红喜字贴了，怎么少了副婚联啊？"连长和指导员望了望大家，意思是说：谁来写？许久，没人吭声。此时，连长把目光投向了我。我瞬时明白了，连长想让我写。我是文书，没办法，只好赶鸭子上架，我说："我写得不好，可以试一试。"连长、指导员很高兴，老兵们很给力，纷纷给我打下手，笔、墨、纸很快就准备齐全了。我拿起毛笔，沉思了会儿，中规中矩地写了一幅比较喜庆的婚联。营长一看，带头鼓起了掌，大声说:“写得不错。”热烈的掌声，让年轻的我羞红了脸，但心里却很开心。现在想来，我的毛笔字未必写得很好，但我用心写字，自然赢得了战友们的掌声。从此，营长见了我，总和我开玩笑，称我为“秀才”。

2000年以后，我很少用笔写字，几乎全用电脑打字。说句实在话，我的字退步了，简直是鬼画符。我写的字，恐怕只有我认识，别人见了就是天书。或许，时间一长，我写的字，连我自己也未必认识。

端着茶杯，凝望横幅，有点感慨。有人说，字如其人；有人说，书法是艺术；还有人说，字是给人认的；我以为，字要用心去写，不可有心却无心。

烈日和绿萝

火热的夏季，到处似火炉子。行走在街道上，置身在绿荫里，被钢筋混凝土包围的城市鲜少感受到凉风扑面。

有诗云:偷得浮生半日闲。偶然得闲，蜗居在书房中，伏案在电脑前，毒辣辣的阳光像个强盗般穿窗越户闯了进来。

一个人在家中，懒得打开空调，据说空调吹多了对身体不好。所以，空调不开也罢。窗外虽无凉风，但也懒得闭合起窗帘，总要开开窗户透透气吧？窗户开着，我被太阳晒得心烦气躁，无法静坐家中。

城市远离乡村，听不到夏季独特的蝉鸣声。小书房里静悄悄的，我索性站了起来，用手使劲揉了揉有点酸涩的眼睛，游离的目光定格在书桌上的一盆盆景上。我有点诧异，眼前的这盆叫绿萝的盆景，叶子绿色少、黄色多，蔫不拉叽地耷拉着脑袋，一副病恹恹即将驾鹤西去的样子。

大自然孕育了万物，一花一草皆有生命。见此，我对绿萝顿生怜悯之心，将它捧放到了阳台上，像外科医生做手术般摘去了它的黄叶，又给它喂了一点水解解渴，我相信它能够挺过来，并且出现起死回生的奇迹。处理完这盆绿萝，我直起腰来，轻舒了一口气。许是触景生情，我又陷入了沉思之中。

那天傍晚，夕阳无限好，下班途中，我忽然心血来潮想起了要散步，便随意徒步行走在城市的大街小巷中。

在离公园不远的路边，我偶遇一位卖盆景的小摊，不由心中一动。是否让家中书房里增加一抹绿色？这个念头冒出后，一下子就成了我心中的强烈执念。在执念的驱使下，我鬼使神差地花了十五元钱捧回了一盆绿萝。

这盆绿萝，显然并不名贵，但它颜色翠绿，长势很好，使人一见就喜欢。因此，我也没向卖盆景的人细问它的生活习性。后来，据朋友们讲，绿萝不娇气，好养活，还能净化室内空气。于是，这盆绿萝被我安放到书桌上，我隔三岔五地给它浇浇水，用竹筷松松土，捧到阳台晒一晒太阳。

一盆小绿萝，使书房里每日都拥有了绿色，拥有了生命力！

人真的很怪，似乎都有“三天新”的习惯。当然了，别人如此，我也亦然。记得小时候，过年时喜滋滋地穿上一件新衣服，爱护得不得了，若是一不小心把新衣服弄脏、弄破，轻则是满脸沮丧，但多半会伤心得号啕大哭。可是，这段新鲜劲过了后，新衣服被穿成了旧衣裳，往往会一屁股就坐到地上去了。或许，众多的成年人也有过这样的经历。生活中，与穿新衣类似的事情应该不少！可见，“人不如旧，衣不如新”这句话是有一定道理的。

转眼间，半年光阴过去了。我感觉每天匆匆忙忙、忙忙碌碌，自己都不知道自己瞎忙乎了一些啥！抑或是琐事太多，抑或是认为绿萝的生命力旺盛，抑或是淡忘了这盆绿萝的存在，我的视野中逐渐看不到那抹绿色了。如今，静心想来，当我眼中见不到这抹绿色时，是否意味着我必然会失去那给了我一抹绿色的绿萝！

从沉思中回过神来，我有点担心这盆绿萝的命运了。这盆绿萝还能不能重新焕发生机呢？但，我可以肯定：即使它能够重新长出绿叶，必然需要我重新去培育、呵护。正如有人说：得到了，是因为我们曾经失去过。回报了，是因为我们曾经付出过！

终因酷暑难耐，我匆匆丢下了这盆绿萝，在小区院子里胡乱转悠，意欲寻找一块避暑胜地。小区的绿化越来越好，我入住了十来年的光阴，到处是枝繁叶茂的景象。见到这满眼绿色，顿觉心情大好，莫名地感受到了徐徐凉风。

在那冰冻的冬天里，北风呼啸，滴水成冰，人们是多么盼望太阳早点从东方升起，让万丈光芒普照神州大地！当一轮朝阳升起，温煦的阳光逐渐驱走寒冷，人们在户外享受那冬日暖阳时，心中感受的一定是说不出的舒畅和惬意吧！

然而，此一时，彼一时。夏日炎炎似火烧，人们往往会忘记曾经的冬日暖阳，而抱怨这个夏天的太阳太毒辣。

站在树荫下的我，就是这种心态。正百无聊赖之际，忽见一小块长着杂草的绿化带上，有几位花农正冒着高温用铁锹给地松土。此刻，烈日炙烤着花农们黝黑的脸庞，汗水使劲地顺着脸颊往下滴，湿漉漉的短袖紧贴在后背上。看着这些挥汗如雨的花农们，出于善意，我走到跟前劝花农们休息一会儿。一位年长的老师傅看了看我，点点头，憨厚地笑了。他停下了手中的活，掏出打火机点燃了一根烟，与我闲聊了起来。他说，高温下干活，已经习惯了。天气虽说炎热，但活总得有人去干吧？这些花草需要好好打理，趁着季节赶紧松土，避免土壤板结硬化。否则，光栽种花草，却不用心护理，红花绿叶就看不到了。

多么勤劳的劳动者啊！老师傅朴实的话语，令我回味不已，使我想起了我家的那盆小绿萝，又想起了德国作家格里梅尔斯豪森的名言：好事总是需要时间，不付出大量的心血和劳动是做不成大事的。想吃核桃，就是得首先咬开坚硬的果壳。

趁着花农们休息的间隙，我从家里捧出那盆生病的绿萝，趁机向他们讨取养护绿萝的真经。术业有专攻，此话果真不假。那位老师傅帮我拔掉绿萝部分腐烂的根，将花盆里的土重新换掉，洒了一些水，加了一点肥。他再次对我说，养花容易，护花难，关键要靠护理。光养花，不去护理，好景不长……

骄阳依旧，汗水打湿了我的衣衫。告别这些花农，花盆里的绿萝明显变稀少了，但留下的却是更加健康、更有生命潜力的绿色，让我领略到了这个夏季里从未感受过的清凉。

孩子，愿你飞得更高

骄阳如火的盛夏，除了让人觉得心烦气躁外，就是浑身懒得去动弹一下。

正值午饭时刻，放在餐桌上的手机骤然响了起来。

大中午，是谁打来的电话？我微微皱了皱眉头，不太想接听电话，但一瞧手机的来电显示，便赶紧放下了手中的饭碗。电话是我姨哥打来的，他虽远在山西工作，但由于我俩经历相似，战友兼文友使我们兄弟愈发情深。姨哥从部队转业后，被安置在太原工作。如今，三口之家幸福美满，日子红红火火。

在我短暂的走神后，我和姨哥便在电话里拉起了家常。

从言谈中，可以听得出来一贯性格开朗的姨哥，今天的心情较以往更加美好。很快，他给我报喜说，他的儿子今年考上了大学，被中国民用航空飞行学院飞行技术专业录取了……

又是一年高考季，又到人生分水岭！酷暑之际，闻听这个喜讯、佳音，得悉孩子圆了大学梦、飞行员梦，我心中颇为姨哥一家子而高兴。刹那间，如同三月的春风扑面而来，我顿觉身上清凉舒爽多了。

从我记事起，我和家乡大多数孩子一样，就喜欢仰起头来傻傻地看着那空中飞过村庄的飞机，以及它身后留下的一道长长的大尾巴。那时，我感觉天上的飞机太神奇了，从头顶上呼啸而去，在蓝天白云中就像一支离弦之箭，射向神秘的远方。有时，家乡的乡村里天气晴朗时，我一天能见到几架飞机从村庄上空飞过，轰隆隆的飞机声从云层中传来，吸引得大人们也停下手中的农活仰头观望。此刻，我和三五个小伙伴们，见到天上的飞机非常兴奋，顺着飞机飞往的方向使劲追去，嘴里大声地喊叫着："哇，大飞机，大飞机，等等我，我要开飞机……"

据说，荷兰国王威廉·亚历山大非常热爱飞行事业，用他自己的话说："那是我儿时的梦想。"1985年，还是王子的威廉·亚历山大在完成高中学业后，花了一个月时间获得了他人生的第一个私人飞行员执照。1987年，威廉·亚历山大结束在荷兰皇家海军服役后，他拥有了福克70客机的商业飞行执照。为了继续实现儿时的梦想，他在荷兰皇家城市短途航空公司任客机副驾驶员。

如今想来，像我这样农家长大的孩子们应该都数过天上的飞机吧？驾驶着飞机飞翔在辽阔而美丽的祖国上空，是我和姨哥这代人共同的童年梦啊！

孩子即将迈进大学的校门，我期待着他早日成为一名优秀的飞行员。数年来，我与姨哥在交往中发现，他对孩子的要求很高，并时常对我提起孩子的学习情况和品行教育。都说隔代亲，或许是吧！姨母曾开心地对我说，我的孙子虽然不在身边，但却非常孝顺懂事。这个孩子和他爸爸一样懂得感恩，隔三岔五地往老家打电话嘘寒问暖，关心我们老两口的身体健康，邀请我们去太原安享晚年。姨哥的孩子，给我的印象是一个阳光帅气、勤奋上进的小帅哥。这个孩子，身体素质好，酷爱体育，篮球打得棒。听姨哥讲，有段时间孩子的功课中有弱门，把孩子急坏了，把他们两口子愁坏了。但孩子很争气，除了主动补差补缺外，其他功课一门也没有落下！正所谓："有志者，事竟成，破釜沉舟，百二秦关终属楚；苦心人，天不负，卧薪尝胆，三千越甲可吞吴。"

由此可见，身教远远重于言教，父母就是孩子最好的启蒙老师。想让孩子成才，至少先让他成人。可能是受姨哥的影响，这个孩子的梦想是成为一名军人、警察、飞行员。姨哥认真地告诉我，他尊重孩子自己的选择。有梦想，真好！能够逐梦青春，当然更好！人生的道路不尽相同，我和姨哥的童年梦虽未能实现，但人生中多了一段当兵的历史。

直到现在，我还记得第一次坐上期盼已久的飞机，零距离地体验那种腾云驾雾的心跳的感觉。那天，我随着旅客步入机舱，落座后系上安全带，静等飞机起飞。在起飞前的一刻，我心中既有点高空来临前的忐忑不安，还涌现出了童年时对坐飞机的无限遐想。不久，飞机迅速地滑行向跑道。起飞时，它犹如一只银鹰展翅腾飞冲向蓝天。从高空居高临下往地面看，房屋、公路、河流、高山、树林逐渐变小，河流山川尽收于眼底。蓝天白云伴随身侧，湛蓝的天空和莲花似的朵朵白云，使我顿生狂吼一曲汪峰那首《飞得更高》的冲动。飞机钻出了云层，如同在空中滑行并进入了冰雪世界，机舱窗口外的云层变成了雪地和雪峰，一眼望不到头。

可见，云霄之上乘坐飞机的感觉是美好的，但驾驶飞机的故事我相信肯定会更加动听。姨哥的儿子，如同小雏鹰长出了大翅膀。孩子，叔叔愿你飞得更高！

眼疾小记

一周前，忽感左眼不适，红如兔眼并伴有胀痛感。因工作之因，故需伏案埋首于电脑前，眼睛过于疲劳，布满血丝的这种状况倒是经常发生。因此，我压根就没当一回事，想着过几天肯定会好转起来。

果真如此吗？若是如此倒也好了。可惜，事与愿违！

近日，左眼愈发红肿，右眼也受其传染变红。眼睛有疾，视力下降，带来诸多不便。上班时，不能长时间使用电脑。下班后，只能坐在沙发上闭目养神。仅是这些倒也罢了，更为糟糕的是，差一点因眼疾而得罪人。

上午，在小区里偶遇一位先生，人家热情地同我打招呼，我满脸茫然地瞅了人家好半天，这才看清楚并反应过来此君是张三还是李四。于是，为了消除彼此尴尬，避免引起不必要的误会，我赶紧瞪着一双红眼向其赔礼道歉。此君看着我的一双红眼，很大度地哈哈一笑，戏谑地说："兄弟，你美女看多了！"

都道，美女养眼。美女看多了，眼睛应该更好、更亮、更有神才对。

此君此话，肯定不符合逻辑，明显是拿我开涮。

其实，这种无关痛痒的玩笑话，对我来说并未当真。当务之急，是眼疾必须要治，已到刻不容缓的地步！实践证明：眼好，真好。否则，看不清人，认不了路，做不了事，麻烦多多！

我决定，再忙也要去医院看医生。

下午，天气寒冷，外面下着小雨，我坐公交车赶到了医院。

门诊大厅，排队、挂号。大约二十分钟，终于送走了我前面的长龙，轮到我站在挂号窗前了。窗口里的白大褂看了我一眼，我赶紧说："挂眼科。"

很快，从窗口里递出一张挂号单子。接过挂号单子一看，是普通号，顿时心里后悔不已，看来还是就医经验不足，眼睛是那么重要的人体器官，为什么不要求挂专家号呢？唉，随他去吧！应该没有什么大问题吧？！

患得患失地上楼，寻寻觅觅地找到眼科，坐在一位门诊医生的面前。这位医生是位女同志，看起来很文静，我估摸着她有四十岁不到的年纪。这下，我心里放心了不少，毕竟不是一个初出茅庐的年轻医生。

医生询问了我的病情，以及有无用药治疗，随后用手撑开我的眼皮，上下左右地检查了一遍。检查中，虽然我的眼珠子没有从眼眶中掉出来，但却酸痛得眼泪汪汪。

好不容易，总算检查完了眼睛。趁着医生在水池中洗手，我边擦溢出的眼泪，边忐忑不安地询问她我的眼疾要不要紧。

医生就是医生，见多识广，不一般。她很淡定地告诉我："结膜炎，用点眼药水，但还需做个眼压检查。"

得了圣旨，赶紧一溜小跑下楼，到门诊大厅继续排队缴费、取药。

药到手后，看了看，愣了愣，我的眼药是：一小支氧氟沙星眼膏、一小瓶氧氟沙星滴眼液。很简单的两种药，可谓是“小药水，大光明”！

重返眼科，检查眼压。

一打量，检查眼压的医生是个年轻的小姑娘，我的心里又开始打鼓，她的业务水平行吗？早知道，托个熟人找个专家多好啊！

小姑娘指令我，下巴放在仪器的架子上，两只眼睛轮流盯着仪器上的镜片看。

“咔嚓咔嚓”就像拍照片一样闪了十几下，眼压检查结束，一张小纸片打印了出来。

我眼巴巴地望着小姑娘，期待着她的结果。小姑娘看了一下小纸片，又很严肃地看了我几秒，看得我心里像十五只吊桶打水一般，七上八下地直发毛，咋了？严重吗？

突然，她好似自言自语般地嘀咕了一声：“眼压正常。”

声音虽小，但却字字入耳。那一刻，我感觉小姑娘的业务水平还是相当不错的，不由长舒一口气。想想好笑，难怪昔日蔡桓公面对神医扁鹊却依旧讳疾忌医！原因，你懂、我懂、大家都懂。

心情舒畅了，总得要说点啥吧？于是，随手拍了三张类似“到此一医”的照片转发在微信朋友圈。同时，颇为感慨地表达了“爱护眼睛，有病早治”的重要性。

未曾想到，一次眼疾就医的信息，使我人品爆发。不久，微信朋友圈里出现了不少温馨留言，我的亲戚、朋友、同学、战友、领导、同事，乃至文友对我的眼疾纷纷表达关注、关心、关爱之情。有人建议我去北京大医院就医，有人劝告我多休息少用眼，还有人直接打电话询问并关心我的眼疾……

如今，我的眼疾用药后已经好转，透过高楼的窗户向远方看去，视线不再模糊，视野也看得更远。

今天，在这个连日阴雨的冬季里，难得地出现了阳光普照的好天气，到处显得暖洋洋的，让人很舒服。于是，应了“好了伤疤忘了痛”之说，写出了以上文字，作为我的眼疾小记。

新春，我在阳台上看星星

往年，正月里来是新春，年赖在千家万户赶也赶不走！然而，庚子鼠年的新春有点反常，疫魔从荆楚大地遁出并到处横冲直撞，打乱了春节的脚步，冲淡了百姓家中喷香的年味。数日来，小区冷清清，天空阴沉沉，就连时常照面的太阳也成了一位稀客。

一大早，忽见天气放晴，缕缕久违的阳光落在了自家的阳台上。刹那间，精神为之一振，眼中的阳光就像一只滚烫的熨斗，充满皱褶的心情被它熨得展展帖帖。好日子总是过得快，这一天过得快乐而充实！享受明媚的阳光，享受喜悦的心情，享受幸福的生活，不知不觉间太阳落山了。

皎月隐匿，夜色深沉，寒风萧萧。稀疏的灯火在夜幕里若隐若现，凛冽的寒风像一位踉跄而行的酗酒夜归者，暗淡的星光随风吹落在山川、河流、田野、城市……

千百年来，天空中无论是一轮明月，还是星光璀璨，留给世人的总是无限遐想。至今，民间还广泛传说着“嫦娥奔月、牛郎织女、文曲星君……”的神话故事。值得一提的是，诗仙李白对星空更是情有独钟，他在《夜宿山寺》一诗中写道：“危楼高百尺，手可摘星辰。不敢高声语，恐惊天上人。”除此之外，李白又在《望庐山瀑布》一诗中写道：“日照香炉生紫烟，遥看瀑布挂前川。飞流直下三千尺，疑是银河落九天。”

不得不说，李白是一位敢想、敢写，更富有浪漫主义色彩的诗人。众所周知，满天星斗似小实大，离人类居住的地球非常遥远。

童年时，我曾经数过天上的星星，但怎么数也数不清。于是，夏季乘凉时，我好奇地问老人们天上有多少颗星星？老人们神秘地告诉我，地上有多少人，天上就有多少星。那时年幼，我信以为真。这个秘密，不久就被我告诉了其他的孩子们，他们信了，我也更信了。我在求知中长大，如今每每想起这件童年趣事时，都忍不住笑。可是，转念一想，这件事至少让童年的我懂得了天上的星星很多很多，这个世界很大很大。

难得的一个晴夜，虽然我眼中的星星寥寥无几，但却使我忽然想起了比邻星。我不认识比邻星，却萌生了寻找比邻星的念头，我想欣赏它闪耀的光芒，以及探索这个人类近邻的一些秘密。

今天，科学技术在快速发展，人类在不断地探索太空的秘密。在辽阔无边的太空中，繁星点点，除太阳外离地球最近的一颗恒星就是比邻星。比邻星，名副其实吗？据资料记载，比邻星距太阳有 4.22 光年。换种说法，如果用最快的宇宙飞船飞到比邻星去，来回就得耗时达到 17 万年。可想而知，太空之大，虽是比邻，但远在天涯啊！

惊诧比邻星离地球之远，我情不自禁地想起了鲲鹏之大。鲲鹏是传说中的上古神兽，其大可以遮天蔽日。《庄子·逍遥游》中记载："北冥有鱼，其名为鲲。鲲之大，不知其几千里也；化而为鸟，其名为鹏。鹏之背，不知其几千里也。怒而飞，其翼若垂天之云。"所以，长者们常说，人要有鲲鹏之志。

从李白充满想象力的唐诗中，从先人对神兽鲲鹏的文字描述中，我的思绪回到现实生活中来，不由感叹：比邻星、地球等仅是众多星球中的一分子，即使神话故事中的鲲鹏与太空比较起来，也仅仅是沧海一粟而已。人类，与其比较起来似乎就更加渺小了！

这个季节是冰冷的冻季，这个夜晚是难眠的寒夜！昼夜温差，冷热交替，以及对远方荆楚大地的牵挂，使我的心情跌宕起伏。

站在阳台上，我不断地沉思、反省。我从宇宙家庭中的星星，想到了人类赖以生存发展的大自然。宇宙很广，大自然很大，有很多未知的东西需要人类不断地去探索和研究。

大自然拥有万物生灵，以及江河湖海、沙漠山川、日月星辰、风雷雨电等，它区分出春夏秋冬、白昼黑夜，它馈赠了人类五谷和六畜，使人们能够安居乐业。所以，大自然是伟大的、无私的，与人类休戚相关。人与自然和谐相处，何乐而不为呢？近年来，由于个别人的鼠目寸光，滥砍森林、污染环境、捕食野生动物等，人类遭受大自然的惩罚还少吗？种种大自然的示警，人类的眼光不应该看得更远、更广、更真切吗？

山川异域，风月同天。仰望星空，毫无睡意，我没有找到人类的近邻比邻星，我却看到了一颗耀眼的明星。这颗星星，我认为它就是启明星。启明星是黑暗中的第一颗星星，是黎明到来的象征。启明星亮了，太阳会紧跟着启明星从东方升起，白天将代替黑夜，温煦的阳光会驱散刺骨的寒冷。

第五辑　放歌山水

祖国地域辽阔，虽不能一一踏足，但美丽如画的山山水水，却激励我登高放歌！

春雷乍响

惊蛰前日，春寒料峭，春雷乍响。

清晨，天际间灰蒙蒙、雨蒙蒙，宛如天地合一。高楼与天空融为一体，形成单一的灰色调。电母抢在雷公前，把闪电变幻成宝剑，将灰色的天空划开数条耀眼的口子，向人间送去了春姑娘、向大地发出了万物复苏的信号。闪电稍逝，雷公不甘示弱，将春雷从苍穹中抛落。春雷乍响，缠绵的春雨与和煦的春风结伴，化作了人间的风风雨雨。春雷乍响，是春风化雨，还是春雨戏春风？春风、春雨、春雷，是大自然的产物，是春天的使者，更是希望的开始，它们随春而至，伴春而来。春风扑面，春雷滚滚，春雨淅沥，令人浮想联翩，应了诗圣杜甫的《春夜喜雨》诗：好雨知时节，当春乃发生。随风潜入夜，润物细无声。

春姑娘来到了人间，她走进了大山、走进了森林、走进了湖泊、走进了平原，走进了千家万户。

春雨声中，小区里春意盎然，到处洋溢着春的气息。春风携带着春雨，羞答答地拜访了小区里的小池塘。小池塘里的水有点浅，水面上被春雨溅起朵朵欢乐的小水花，几条鱼儿躲在水中偷偷欣赏。春雨落在小池塘里，与小池塘里的池水紧紧拥抱，化作一池春水。春雷响，惊百虫；春雷响，万物长。春雷唤醒了大地，春雨洗去了寒冬的残迹，带走了寒冷。万物在春风的吹拂下醒来了，在春雨的滋润下生长了。此时，小区的草坪，枯黄夹杂着嫩绿，地底隐藏的小生命蠢蠢欲动，急不可耐，欲破土而出。柳树细长的枝条上泛起新绿，吐出嫩嫩的新芽，在春雨中喜迎春天的到来。柳树是人类的好朋友，可用作器具和造纸原料。柳絮可填椅垫和枕头，枝和须根能祛风除湿。俗话说，有心栽花花不发，无心插柳柳成荫。神奇的柳条插土就活，可谓插到哪里，活到哪里。每每看到柳树，都情不自禁地感叹其旺盛的生命力！桃之夭夭，灼灼其华。春雷声中，雨打桃花，桃花朵朵开，愈发妩媚妖娆。唐诗云：红入桃花嫩，青归柳叶新。桃红柳绿，小区的空气中弥漫着沁人心脾的芳香！

中午，风在车来人往中荡漾，雨在大街小巷里飘洒，风雨轻吻着人们的脸颊。春雨时大时小，天空时明时暗，春雷时高时低，街上的车辆和行人来去匆匆。不远处，一辆公交车停靠在公交站台边。车门开了，不同样式的雨伞出现在春雨中。雨伞下，满头银发的夫妇佝偻着腰、手挽着手，相互搀扶;年轻的妈妈紧抱着熟睡的孩子，任由雨水滴落在身上;青年男女共撑一把雨伞，姑娘将头埋在小伙子的肩头，脸上洋溢着幸福的笑容。伞下的小世界,不就是生活的片段、社会的一角、人生的缩影吗?伞下的人们，渐行渐远，消失在春雷乍响的春雨中。

雷动风行惊蛰户，天开地辟转鸿钧。惊蛰来了，春耕开始了吗？麦子拔节了吗？油菜花开了吗？

春雷乍响，我的脑海中浮现出唐代诗人韦应物的《观田家》："微雨众卉新，一雷惊蛰始。田家几日闲，耕种从此起。"春雷乍响，既让我忆起了唐诗，又想起了农谚：过了惊蛰节，春耕不能歇；九尽杨花开，农活一齐来。惊蛰前的雷雨，如同奏响了春耕进行曲。恍惚间，我仿佛听到来自记忆深处的一声呼唤。那声呼唤，急切、强烈，催促我离开喧嚣的城市去恬静的乡村看一看、望一望。

春雷间隙，春雨中的乡村显得空旷静寂，偶然传来几声犬吠声。春雨落在泥土里，散发出清新的气息，令人心旷神怡。视线透过雨帘，一亩亩长势喜人的庄稼，似乎深知"春雨贵如油"的道理，仰着头、扭着腰，使劲地畅饮，长个子的声音清晰可闻；沐浴在春雨中的一棵棵老树，被滋润得生机盎然，青春焕发，腰杆似乎更壮了；一幢幢盖着红色琉璃瓦的农家住宅，掩映在丝丝烟雨中，宛如被轻烟笼罩；一条条宽阔的水泥马路，取代了昔日的泥泞土路，纵横交错，四通八达。

站在乡村的田野里，看着地里的油菜和小麦，我的心情倍感愉悦，满怀激情地期待着收获的到来。

在春雨的滋润下，地里的油菜，青翠欲滴，宛如翡翠。我想，若是油菜花开，春风吹起，芳香飘来，形成一望无际的花海，岂不是一道乡村美景？油菜花，美丽的油菜花，既不娇弱，也不需要人们精心呵护！多少农家孩子，闻着您的花香长大，躲在您的怀抱里捉迷藏，您给农家带来了餐桌上的喜悦，您给孩子们的童年带来了美好回忆！

春雷声中，绿油油的麦苗，扎根在乡村的麦地里，迎风摇曳，酷似坚韧的小草。麦子虽是农家重宝，但比稻子易伺候，它在苦寒中默默地经历发芽、出苗、分蘖、越冬、返青、拔节、孕穗、抽穗、开花、灌浆、成熟等生长发育过程。目睹麦地里的麦苗，我的灵魂似乎已经穿越到了火热的夏季。夏季里，我看到万顷麦田像无边的金色海洋，长长的麦穗挺着浓密的锋芒，粗壮的秸秆上挑着金色的麦穗头，农民们正在田间辛勤劳动，脸上洋溢着幸福的笑容。

黄昏，春雨在不紧不慢地下着，欲将大地滋润个遍。春雷乍响，不知万物中的“懒汉”有没有被雷声唤醒？但我相信，惊蛰来到，春风一定会吹绿大江南北。

夏夜观湖

聚龙湖畔，夜色降临。

湖边路灯，光芒四射。缕缕灯光，裹挟着滚滚热浪，穿透浓浓暑气，从湖的四周向湖心涌聚而来，迅猛地降落在平静的聚龙湖上。聚龙湖，温柔得像位天真无邪的少女，使来势汹汹的不速之客，含羞地悄然躲了起来。定睛观湖，湖面宛如一面平整光滑的大镜子。清澈澄明的湖水中，映照出一轮明月。这轮明月，陡然使我想起了小学课本中“猴子捞月”的故事。灯光璀璨，月色如银。灯光和月光交相辉映，缠绵在一起，分不清彼此。远远看去，聚龙湖上空，笼罩在祥瑞的光芒中。抬头赏月，明月真美，据说月中的仙子更美。“嫦娥奔月”的传说，在民间可谓家喻户晓。然而，芸芸众生中，又有谁见过嫦娥呢？天堂，有瑶池、有天河。凡尘中的聚龙湖，乃弹丸之地、人工小湖，能媲美吗？在我看来，聚龙湖虽小，且无湖光山色之美，但却也氤氲着仙灵之气。赏月观湖，洗尽铅华，心如静湖之水。

晚风轻拂，荷花飘香。

湖水边沿，荷花盛开。光影之下，粉白黄嫩的荷仙子，身穿绿裙，亭亭玉立，随风摇曳，荷花颤动，散发出阵阵幽香。闻之，令人心旷神怡，陶醉不已；观之，令人流连忘返，如置身画中。浮香绕曲岸，圆影覆华池。不知不觉间，我的脑海中浮出了北宋诗人周敦颐的《爱莲说》：水陆草木之花，可爱者甚蕃。晋陶渊明独爱菊。自李唐来，世人甚爱牡丹。予独爱莲之出淤泥而不染，濯清涟而不妖，中通外直，不蔓不枝，香远益清，亭亭净植，可远观而不可亵玩焉。“哗啦啦”，湖面上忽然传来数声轻微的水波声，把我从神游之中拽了回来，下意识地顺着水声寻去。眼帘中，几条调皮的小鱼儿，在湖水中摆动着尾巴，荡起碧波微漾。天黑了，夜深了，人静了，鱼儿们为何游弋到水面上？我猜想，可能是鱼儿们睡不着觉，流连于湖面上，与人共享这人间仙境吧！

蝉鸣起伏，蛙声一片。

杨柳依依，草木葳蕤。绕湖而行，游人如织，或疾步小跑，或慢行交谈，或驻足停观。忙碌的人儿，在尽情享受这份偷闲时光，尽情拥有这份安好岁月，尽情体味这份城市静谧。远离尘嚣，亲近自然，回归自我。工作的压力、生活的烦恼、学习的艰辛，都被一泓碧波荡涤得干干净净。路走多了，有点累了，静坐于湖边石块上，默然无语，如老僧入定般聆听着生命的吟唱，期待着灵魂的涅槃，用身心去感悟万丈红尘中的是是非非。人生百态，百味人生。天地合一，物我两忘，我似乎陷入顿悟和空灵之境。刹那间，我穿越时空的隧道，仿佛看到了汉相萧何在月下追韩信，仿佛看到了诗人李白在窗前含泪轻吟《月光吟》，仿佛看到了隐士陶渊明在桃花源中赏月饮酒。不知何时，我站起身来，轻吐一口气，恍如醍醐灌顶，感悟“一花一世界，一叶一菩提”的佛义，感叹文人墨客为何寄情于山水田园之中！

树影娑婆，倦鸟归林。

游人渐稀，顺路返回。湖边林中，一对鸟儿扑棱棱地并翅飞落在枝繁叶茂的绿树丛中。月上柳梢头，人约黄昏后。问世间，情为何物？游目四顾，数对情侣夜深忘归，享受着旖旎风光带来的那份温馨。年轻的人儿，身伴聚龙湖，心沐爱河中，或执手相看，或相依而偎，或窃窃私语。后背双手，沿着台阶而下，嗅草木芬芳，听万物梦呓，看月湖之景，不禁哑然失笑。笑从何来？若是身穿道袍，我岂不是一位游山逛水的神仙！登高而望，聚龙湖宛如一位四肢有力、目光深邃的巨人；湖畔的电视塔，晶莹剔透，直插云霄，像把离鞘长剑。巨人高举长剑，剑指苍穹，睥睨天地。

静悄悄的夜，静悄悄的聚龙湖。人们已进入香甜的梦乡，黎明的第一缕阳光即将到来。明媚的阳光，将照射在聚龙湖上，照射在盐阜大地上，照射在千家万户的心田上。

秋 野

秋，悄然降临在广袤的大地上，田野里到处是秋的身影。

旭日东升，阡陌纵横的田野美丽如画。

秋风过处，五谷飘香。一颗颗金黄色的稻菽，手挽着手在秋风中婆娑起舞，掀起了一波接一波的金色波浪；一只只棉花桃儿，使劲地咧开大嘴，吐出雪白的棉花，宛如那一望无际的银海雪原；一根根红高粱不甘寂寞，将火一般的激情融入秋野里，使收获的季节增添了无限的红火；一只只四处觅食的麻雀们在秋野里飞来飞去、忽上忽下、叽叽喳喳，欢呼雀跃地讲述着秋天的故事。

金乌悬空，一缕缕温煦的阳光照落在河面上。

秋天的河水清澈明亮，平滑如镜的河面被秋风吹皱了脸皮。将要进入冬眠的小青蛙，静静地蹲坐在搁浅处的浮萍上，抑或是晒太阳，抑或是伺机捕食，抑或是等待秋去冬来。无忧无虑的野鸟在宽阔的大河上空盘旋徘徊，或相互追逐嬉戏，或停落在草木丛中，或在水面上滑翔而过。岸边芦苇丛中，一垂钓者头戴遮阳帽，鱼竿下垂放着长线，静等贪嘴的鱼儿上钩。轻盈柔美的芦苇花在秋风中摇曳舞动，芦花白、芦花美，花絮满天飞。野鸟飞翔、青蛙落水、鱼儿上钩，偶尔打破了大河附近的宁静。

秋风起，天转凉，草木渐枯黄。生命的绿色，在迷人的秋韵中渐渐逝去往日的芳华。放眼看去，秋野里菊老荷枯，唯有那无畏秋霜的冬青树，依旧生长得郁郁葱葱。冬青树，好一棵冬青树！虽没有松柏的挺拔高洁、柳树的婀娜多姿，但贵在四季常青、永葆本色。一条沥青大路通向远方，阳光将黑色的路面镀上了一层金，农用车在金光大道上来来往往。大路边的水杉林里隐匿着几排蜂箱，两只看蜂箱的土狗拴在水杉树上，争先恐后地朝过往行人使劲狂吠。许是小蜜蜂重情重义，留恋这处秋野，它悄悄地溜了出来，追逐着小蜻蜓，在狗尾巴草上嬉笑打闹。

秋天的天空静静的，像一潭深沉的湖水。“秋风起兮白云飞，草木黄落兮雁南归。”秋风肃肃，一片片绿叶换上了黄衣服，飘落进黄土地的怀抱里；雁鸣声声，一行行南飞的大雁在头雁的带领下，排成整齐的队伍出现在蓝天下；白云飘飘，一朵朵云儿躺卧在天空中，好似在聆听远方北雁南归的深情呼唤。

沐浴着秋日的阳光，感受着秋天的扑面气息，忍不住用手轻扯一把拂面而来的秋风。许久，仰起头来，闭上眼睛，慢慢地松开紧攥着的双手，缓缓地放置鼻前，轻轻地闻一下凉凉的秋风，哦，好香！秋的味道，宛如一杯丹桂酿就并后劲十足的醇酒，将我醉倒在这充满诗情画意的秋天里。

“自古逢秋悲寂寥，我言秋日胜春朝。”行走在乡村田垄间，嗅闻着空气里弥漫着的成熟味道，心旷神怡，并从心底深处感恩大自然的无私馈赠！夕阳西下，氤氲着泥土气息的秋野变得愈发多情。

又去文游台

文游台，江苏高邮人又称其为泰山庙。

泰山庙始建于北宋太平兴国年间，已逾千载光阴。此处，原为道家的东岳行宫。现存建筑大部分为清嘉庆十九年（1814 年）重建，距今也已两百多年。

熟悉高邮人文的人，多半知道文游台称呼的由来。据《高邮州志》记载："宋苏轼过高邮，与寓贤王巩、郡人孙觉、秦观载酒论文于此。时郡守以群贤毕集，颜曰文游台。"换句话说，四位大文人在泰山庙聚会，便有了文游台的称呼。

自此，文游台声名鹊起，一直吸引四方文人雅士前来怀古拜贤。

窃以为，文游台之所以成为古秦邮八景之一，并不是因为其建筑的恢宏、历史的悠久、文化的灿烂，确切地说，主要是因为大文豪秦观的原因。

秦观，高邮人，字太虚，后改字少游，号邗沟居士，北宋文学家，婉约派词宗，学者们称他为淮海先生。他与黄庭坚、晁补之、张耒号称“苏门四学士”。秦少游博学多才，颇得苏东坡的赏识。他被传为苏东坡之妹苏小妹的丈夫，在民间留下了不少秦学士的故事。

《苏小妹三难新郎》的故事，可谓家喻户晓。遗憾的是故事情节虽好，但“苏秦恋爱”的故事却纯属虚构。历史上，苏轼并没有妹妹，只有姐姐，苏小妹是后人善意杜撰的人物形象。事实上，秦少游 18 岁时就已成婚，其妻徐文美是曾任谭州宁台主簿徐成甫的女儿。秦少游在《徐君主簿行状》一文末尾说：“徐君女三人，尝叹曰：子当读书，女必嫁士人。以文美妻余，如其志云。”

国庆得空，去了一趟文游台。我非文人，但我是土生土长的高邮人。于是，我便再次去了。

之前，我曾去过两次文游台。

第一次来到文游台，是在 20 世纪 90 年代初，我在家乡读书时。周末，从乡下骑辆自行车，流了一身汗，就为看看文游台。进入文游台，依稀记得左侧是一排古董店，有不少古币和字画。乡村少年东转转，西看看，自然看不出啥名堂，只是满足了一下自己的好奇心。在秦少游的塑像前，我倒是仔细端详了半天，便记下了这位家乡文人。然后，转了一圈，百无聊赖下，稀里糊涂地走出了文游台。

第二次来到文游台，是在 2003 年的春节后，我从部队探亲回家。当时，妻子是以未婚妻的身份来我家，我陪她到市区游玩。实在不知该去何处，我便想起了文游台。妻子对我家乡更不熟悉，也就听从我的安排了。那时，没有导游讲解，没有网络可以搜索，只能在文游台内走马观花地感受一番。此次一游，使妻子误以为我的家乡无可去之处，但责任在我。

此后，每次从他乡归来途经高邮市区，都是从文游台前匆匆而过。若说留下什么印象，我只记得文游台内有秦少游的一座站立雕像。现在想想，前两次去文游台也就是到此一游，我去和没去根本就没有多大区别。

站在秦少游的塑像前，观其长衫飘飘，目视远方，左手执卷于胸，意欲抬步向前，不知是正在吟诗作词，还是思考人生，抑或是目视家乡。此刻，我仿佛看见了一位活生生的秦少游正在缓缓走来，他向家乡父老乡亲倾诉着他的故事。

纵观秦少游，他的一生是失意的，纵然满腹经纶，才高八斗，学富五车，但仕途坎坷，屡招贬谪。秦少游的一生是悲苦的，常年背井离乡，颠沛流离，饱受思乡之苦，知命之年客死异乡；秦少游的一生是幸运的，仕途失意，寄情诗词，使他在文学创作上硕果累累，留下了许多脍炙人口的佳作。

如今的文游台古朴古香，环境雅致，文化气息扑鼻而来，更存有不少名家留下的作品，也给后人留下了无限遐想的空间。

顺着导游的手势看去，导游介绍：盍簪堂匾额是著名书法家沙孟海先生所写，作家汪曾祺先生称盍簪堂为“快来堂”。秦邮碑帖集苏东坡、黄庭坚、米元章、秦少游、董其昌等人书法，金石家钱泳勾勒刻石而成。文游台主体楼正面是著名书画家范曾所绘的四贤聚会壁画。如今，文游台在变化，又增添了新的文化元素，最大的变化就是增添了汪曾祺文学馆。

汪曾祺，江苏高邮人，1920 年 3 月 5 日出生，中国当代作家、散文家、戏剧家、京派作家的代表人物，被誉为抒情的人道主义者、中国最后一个纯粹的文人、中国最后一个士大夫。代表作有小说《受戒》《大淖纪事》等。

据说，有人曾对汪曾祺说：“高邮古有秦少游，今有汪曾祺。秦少游第一，您第二。”汪曾祺听了后，说：“高邮鸭蛋是第二，我是第三。”

他在民歌《我的家乡在高邮》中作词写道：我的家乡在高邮……风流才子秦少游……

由此可见，秦少游在汪曾祺心目中是很有地位的。其实，秦少游和汪曾祺的身上都有家乡情结，尤喜家乡的鸭蛋。秦少游就曾以鸭蛋馈赠其师友苏东坡，汪曾祺在《故乡食物》中记述："曾经沧海难为水，他乡的咸鸭蛋，我实在瞧不上。"

汪曾祺曾说，文游台就是秦少游的台。汪曾祺作古后，他的塑像也留在了文游台。可见，文游台不也是汪曾祺的台吗？这一点，汪曾祺生前能料到吗？坐在藤椅上的汪曾祺塑像，抽着烟，喝着茶，神态自然，面部表情栩栩如生。一张圆桌上放着茶杯、烟灰缸和书籍，他似乎在与人交谈，抑或在休闲小憩。

秦少游和汪曾祺，这两位家乡文人，俱是漂泊在外的高邮游子。他们有着一样的乡愁，一样的才气，甚至有着一样的人生重挫。所幸，两座先生的塑像已落户在文游台，把灵魂留在了生养他们的故土，把文化气息留在了家乡，把念想留在了父老乡亲们的心中。

这，也算是落叶归根了。

拉萨之行

引子

拉萨是日光之城，更是我国藏传佛教圣地。心向往之，久矣！

对于吐蕃王朝、松赞干布和文成公主的故事，以及神秘的藏传佛教文化和独特的藏区风土人情，我仅在文字、视频和歌声中领略一二。如今，我受邀去拉萨，将要踏上西行之路时，兴奋之情溢于言表。

然而，去拉萨路途遥远，千山万水，怎么去？我很纠结。最终，考虑再三，我决定坐着火车去拉萨。之所以选择火车，一是因为这条铁路线，途经我当兵时的第二故乡——兰州，能够让我旧地重游；二是可以饱览祖国的大好河山，感受西部的发展变化，何乐而不为呢？

一

2018 年 8 月 29 日，从六朝古都南京坐上 Z164 列火车时，已是晚上

23 点 01 分。

天色已晚，只能爬上卧铺，蒙头大睡，梦游拉萨。

8 月 30 日凌晨，一觉醒来，神清气爽。轰隆隆的列车，在夜色中悄然将我栽进了大西北，送到了那块令我朝思暮想的土地上。

在大西北的黄土地上，我曾手持钢枪，守卫国土，度过了十四个春夏秋冬，五千多个日日夜夜。在流逝的岁月中，家乡的水土养育我成人，第二故乡的水土培育我成才。这两处水土，在我心中永不下沉，而且越来越高。

列车经过的这块土地，是我的第二故乡，是她把我从地方青年培养为军营男子汉，是她把我从普通战士培养为共和国的军官。在沉思中，我拼命地从记忆的仓库中，搜索着第二故乡的山山水水、花花草草的模样。

洗漱完毕，我坐在火车车窗旁，透过车窗玻璃，凝望着窗外。脚下这条连着家乡和第二故乡的铁路线，我已九年未曾亲近，就如同离开母亲多年的孩子一样，骤然见到自己的母亲，既感到熟悉，又似乎有点陌生了。此刻，我真想对着窗外，大吼一声："我回来了！"

窗外的山，还是那些山。可是，大小不一的山坡上，却架起了一座座高压电线塔。入眼处，四通八达的高压线越过连绵起伏的山川河流，跨过一望无际的黄土高原，走进了大西北的厂矿企业……

变了，山变绿了，这块黄土地变得更美了！

郁郁葱葱的树木，给黄土高坡穿上了一件绿衣裳。这是大西北吗？我有点不敢相信自己的眼睛。

在我记忆中，大西北的黄土高坡色彩单调，罕见绿色，缺少旺盛的生命。每每返乡探亲，坐在火车上，黄土、风沙给我一种枯燥、寂寞之感，甚至会情不自禁地想起了那首《我家住在黄土高坡》的歌来。如今，山脚下修建了不少结结实实的护坡，既美观，又有效防范了山体的滑坡。山绿了，水也有了。

两山之间的山脚下，不知何时形成了一条天然河道。河水应该不深，浑黄的水流一路欢歌，从高向低，从西向东，从黄河向大海奔去，滋润着广袤无垠的土地，孕育着万千生命。

风驰电掣的火车，继续一路向西、向北呼啸而去……

眼帘中，忽然出现了许多房屋，很像城镇。定睛看去，却是农家民宅，并非城镇。我在西安念过军校，了解陕西的民房结构和农村的经济条件。犹记得，陕西有“八大怪”之说，“房子半边盖”是其中一怪。中国的传统建筑风格，基本是“人”字形结构。奇怪的是，陕西大多数的民宅结构却是“人”字的一半，是半边盖的“怪”房子。了解陕西的人们，或许知道“房子半边盖”的其他原因，但却不可否认这种房型结构，是当地居民生活水平低下的产物，是老百姓迫不得已的举措。

贴近车窗玻璃，瞪大双眼打量着。此刻，这些民宅令我眼前一亮。一幢幢平房和楼房依山傍水而建，似村如镇的民宅，如同我家乡的村庄一样美丽。

不知不觉间，我顿生立即前往拜访的念头，我仿佛走进了这处村庄，又仿佛见到了村庄里一家家窗明几净的房屋。转念一想，不禁哑然失笑。难道要跳下火车？算了，只能打消念头，还是乘着火车去拉萨圆梦吧！

11 点 14 分，火车停靠西安站，我的手机响了。

战友王忠诚一路小跑，气喘吁吁地提着两瓶酒进入站台。

王忠诚，山东人，少校营长。我军校毕业当新兵排长时，他是我排里的新兵。火车启动时，他在窗外目送我，抬手给我敬了个标准的军礼。那一刻，我的心一酸，眼泪差点掉了下来。感谢你，我的兄弟，记得你的老排长！感谢你，我的兄弟，记得你的老战友！感谢你，我的兄弟，记得你的老大哥！

18 点 17 分，火车停靠兰州站，我的手机又响了。

战友成德军和张军亮结伴而来，买了香烟，买了熟菜，还提了两瓶酒。

成德军，四川人，退役中级士官。我当连指导员时，他是连队的班长;张军亮，山西人，退役中级士官。我当连指导员时，他是连队的班长，代理排长。两人退役后，选择留在兰州创业。我们三人在站台合影留念，我仿佛又回到了火热的西北军营。

时至今日，我始终认为：战友们给我送来的不是美酒，而是一份醇厚真挚的战友谊、兄弟情。

那一晚，我沉醉在浓烈的情感氛围中，彻夜失眠了。

二

8 月 30 日 21 点 07 分，在西宁站换乘供氧列车后，火车沿青藏铁路进入藏区。

青藏铁路全长 1956 千米，起于青海省西宁市，途经格尔木市、昆仑山口、沱沱河沿，翻越唐古拉山口，进入西藏自治区安多、那曲、当雄、羊八井、拉萨，是中国新世纪四大工程之一，是世界上海拔最高、在冻土上路程最长的高原铁路，是世界铁路建设史上的一座具有纪念意义的丰碑。这条铁路的修建，使西藏进入铁路时代，拉近了西藏与内地的距离，密切了汉藏文化的交流，带动了藏区经济的迅猛发展，被人们誉为神奇的天路，它犹如吉祥的哈达载着西部雪域儿女驶向发展和幸福之旅。

31日上午，天气晴朗，金风送爽。

沿途的海拔越来越高，藏区独特的风景逐渐进入我的视野，耳边隐隐响起了韩红演唱的那首《青藏高原》：“是谁带来远古的呼唤？是谁留下千年的祈盼？难道说，还有无言的歌，还是那久久不能忘怀的眷恋？哦，我看见，一座座山，一座座山川，一座座山川相连。呀啦索，那可是青藏高原？是谁日夜遥望着蓝天？是谁渴望永久的梦幻？难道说，还有赞美的歌，还是那仿佛不能改变的庄严？哦，我看见一座座山，一座座山川，一座座山川相连。呀啦索，那就是青藏高原……”

火车上的旅客们，开始兴奋了，他们隔着车窗，不断地用相机和手机拍照。看得出来，车厢内大部分人和我一样，是第一次进藏。

空旷的戈壁上，有不少用小石块围成的方格，我猜想应该是用来蓄水，促进草场生成的。其他原因，我还真的想不起来，但愿来年此处戈壁变绿洲。

山脚和戈壁交接处，有一条很平整的公路，数辆载货汽车在公路上来回奔跑着。沿途，不时见到藏区群众在公路线一带砌房盖屋。成型的房屋，既有现代建筑的式样，又有藏族民居的特色。青藏高原有了公路、有了铁路，藏民何愁不富？！我有点后悔，去拉萨前没有做足进藏功课，藏区的知识太匮乏了。好在我乘坐的这节车厢里，有几位进过藏区的江苏老乡，他们热情地给我讲解着。

辽阔的草原上，成群的黑色牦牛，在悠闲地啃吃着青草。几只四肢短粗、能够直立、体型圆滚滚的小家伙，鬼头鬼脑地注视着我们这趟进藏列车。有人介绍说，这就是旱獭，也叫土拨鼠。我在甘肃见过家驴，西藏野驴是第一次见到，粗看外形很像骡子。据说这种野驴体形和蹄子较家驴要大许多，当地人把野驴叫作“野马”。

狼是凶残的动物，我从小就读过《东郭先生和狼》的故事，对狼总是心有余悸。此时，草原上时不时地就能见到西藏狼，或落单，或三五成群。我用手机百度后得知：西藏狼是灰狼的一个亚种，与中国狼共享一个祖先。如今想来，狼未必可怕。知道是狼，做好防范就足够了，怕啥呢？遗憾的是，运气不好，我的手机没有拍到藏羚羊和藏獒。这些草原上的生灵，在我的家乡是见不到的，是藏区特殊的主人，我长见识了。

草原是牛羊、狼群、飞鹰等生灵赖以生存的家园。在草原上，它们世世代代悠闲自在地生活着，享受着大自然赐予它们的这份福利。我想，在这块土地上，它们应该是幸福的！

火车在群山间快速穿行，路旁的经幡和玛尼石堆，在风中向过往行人默念着祝福的经文。

感觉是在一瞬间，火车已行驶到安多县的错那湖。

这条湖海拔4800米，面积约300平方公里，是世界海拔最高的淡水湖。唐古拉山山脉南部河溪，均汇入错那湖而流入怒江。因此，错那湖是怒江的源头湖，也是藏族人民心目中的“圣湖”。传说，它曾是西王母的沐浴之地。每到藏历龙年，信徒们就会来到错那湖朝拜。祭祀“圣湖”的传统，可以追溯到我国的汉代。西王母与藏传佛教之间，又是什么关系呢？我在思考着这个问题。但遥见错那湖，不得不惊叹乃人间一处仙境。

平静的错那湖，显得端庄静谧，已有初秋的韵味，清澈的湖水与远山、白云、蓝天、草原交相辉映。河流越来越宽，草原越来越绿，天空越来越蓝，云朵越来越白，牛羊越来越多，房屋越来越美，我离拉萨越来越近。

蓝蓝的天上白云朵朵，高大的雪峰在日光下闪耀着刺眼的光芒，绿如地毯的大草原上牛马成群。纵马扬鞭驰骋在辽阔的草原上，是人生中一件多么豪壮和惬意的事情啊！我的眼前，闪现出一位藏族汉子，不，一群藏族汉子骑着健壮的马儿，扬着马鞭，带着美丽的姑娘，唱着欢乐的歌儿……

火车快到拉萨时，我见到了青稞。见到了青稞，使我想起了青稞酒，也想起了巴桑拉姆演唱的《祝酒歌》："捧起哈达，呀啦索，唱起歌儿，呀啦索，唱起歌儿，呀啦索。祝愿朋友吉祥。欢乐祝福长相伴，欢乐的锅庄跳起来，悠扬的弦子拉起来。祝愿大家幸福，幸福岁岁万年长，美酒献给你，请你喝下，祝福送给你……"

8 月 31 日 20 点，余晖落在拉萨大街上，我的双脚落在了拉萨这块土地上。

三

"纳木措"为藏语，是"天湖"之意，是西藏第二大湖泊，是西藏"三大圣湖"之一，也是中国第二大咸水湖。资料显示，湖海拔 4718 米，形状近似长方形，东西长 70 多千米，南北宽 30 多千米，面积 1920 多平方千米。

9 月 2 日上午，去纳木错游览前，此次活动的东道主再三告诫和规劝：如身体不适，建议放弃游览。

东道主的告诫和规劝，无疑是善意的，因为高原反应可能危及生命。但是来自全国各地的 40 多位作家，却无一退缩。

来自上海的苏岚烟老师，看气色如同知命之年，其实已年近古稀。抵达拉萨后，文友中有人已有高原反应之状，但苏岚烟老师却精神矍铄。

我估计应该是和他良好的心态，以及对文学的执着追求有关系。

那天，本以为会下小雨，给游览留下遗憾，但天公作美，虽无艳阳高照，却也无雨水可降。中巴车载着我们从拉萨市区向当雄县驶去。沿途，人迹罕至。山路的路边，忽然出现了一簇簇美丽的花儿。有人说，这就是格桑花。我是初次邂逅格桑花，但我知道在藏语中，“格桑”是幸福的意思，它的花语是“怜取眼前人”。在西藏历史的长河中，人们经常借格桑花来表达和抒发美好的情感，流传着很多赞颂格桑花的歌和故事。久仰格桑花的大名，不由多看了几眼。我知道，格桑花作为一种精神，它存在藏族老百姓的心中，成为他们追求幸福吉祥和美好情感的象征。

汽车继续前行。

中午，在当雄县县城小憩并就餐。由于修路和道路限速，中巴车开得很慢。真希望这条通向天湖的路早点修好，但我相信这一天不会太久，以后来纳木错游览的游客一定会更加便捷。

当“纳木错国家公园”五个红色大字终于映入眼帘时，我感到一阵兴奋。

进入公园大门后，我们继续乘车往目的地赶去。途中，车里的气氛十分活跃。

汽车戛然而停，文友们纷纷下车。有人告诉我，前面高处就是海拔5190米的“那根拉”。

我记得，海拔5000米以上就是生命的禁区。说句实在话，我虽在青海省西宁市生活过多年，但来到拉萨后，身体还是些许不适之感。记得有句口号：挑战无极限。我，行不行？我有点犹豫。我扫了一眼，走在我前面的是来自内蒙古的著名作家张继炼先生、广东的著名作家王散木先生，以及来自山东的著名作家安雷生先生等几位师友，他们比我年长得多，都在毫不犹豫地向目标迈进。有人说：冒死吃河豚。我就尝尝河豚的滋味吧！我狠狠心，缓缓向前迈动脚步。

路边挂满了洁白的哈达和多彩的经幡，梵音似乎在天际间响起。刺目的阳光下，我感觉有点耳鸣目眩，双腿变得轻飘飘的。人类在挑战自然，大自然何尝不在考验人类？此刻，一个信念就是走上去，勇者无敌。

到达高点，一块巨型纪念石上醒目地刻写着“那根拉”，我长出了一口气。安雷生先生帮我拍照留念后，我才发觉巨石上还刻着六世达赖喇嘛仓央嘉措的诗：那一年，磕长头匍匐在山路，不为觐见，只为贴着你的温暖；那一世，转山转水转佛塔，不为来世，只为途中与你相见。

离开了那根拉，看见了纳木错，心情大好。乘车的疲劳、轻微的高原反应，瞬间一扫而光。

蓝天白云下，水鸟在纳木错湖中嬉戏游玩，时而振翅，时而游弋，时而追逐，时而觅食。一头白色牦牛，宛如护湖神兽，载着游客在湖边踏水而行。轻微的破水声，醉了八方来客的心，也醉了我的心。我将双手轻轻地放进了湖水中，清凉的湖水使我感受到了纳木错的温柔。纳木错像一位温柔恬静的藏族少女，手捧哈达，微笑着、甜甜地说:扎西德勒。

挺拔的高山，镜面般的湖水，尽显湖光山色之美。一望无际的广阔草原，在纳木错的四周展开。这片草原，是藏区天然牧场，生活着高原特有的牦牛、牧羊等。湖区一带，还出产冬虫夏草、雪莲、贝母等名贵药材。这些都是草原上的宝贵财富。

草原的远方，是念青唐古拉山。

在西藏古老的神话里，在当地牧羊人和狩猎者的民歌和传说里，念青唐古拉山和纳木错湖不仅是西藏最引人注目的神山圣湖，而且是生死相依的情人。念青唐古拉山因纳木错湖的衬托而显得更加英俊挺拔，纳木错湖因为念青唐古拉山的倒映而愈加绮丽动人，它们相依相偎，成就了人们的美好想象，并成为永恒爱情的象征。来自天南地北的游客们在纳木错湖畔拍照留念，他们将纳木错留在了镜头中，留在了人生的记忆中，留在了日后永久的思绪中。

离开纳木错时，我忍不住回过头来，挥了挥手。

四

走进藏族村庄，走近藏民生活，面对面、零距离地进行交流，是我的心愿。这个心愿，我实现了。

9 月 3 日上午，天上飘着毛毛雨。我们走进了拉萨的一户藏民家中，接待我们的是位藏族少女。这个美丽的姑娘，没有藏区特有的高原红，看上去白白净净，落落大方。村子里的生活条件不错，房屋全是钢筋混凝土结构。这位藏族姑娘家的院门是典型的藏族风格，院子里很干净。

进入客厅，客厅很大，十几个人坐在客厅里，并不觉得拥挤。坐下后，我们不知藏族的风俗习惯，怕犯忌，不敢乱说话，有点拘泥。藏族姑娘很热情，她给我们每人倒了一杯酥油茶，自我介绍说："欢迎各位扎西、卓玛到我们村子来！我叫雪儿达瓦，今年 23 岁，大学毕业，在阿里地区的希望小学当老师……"

雪儿达瓦的普通话讲得很好，我们沟通起来并不费劲，很快就聊开了。

雪儿达瓦的爷爷是位藏医，她也懂点医术。她告诉我们："戴眼镜"的文化人，在藏区村子里是很受尊重和欢迎的。不肯吃苦的人，就会被赶去放牦牛。感谢党和政府，让他们家过上了好日子，还让她上了大学。如今，她的阿爸在村里走路时腰杆挺得笔直，特有面子。多么坦率的话语，多么朴实的姑娘，多么热忱的藏族同胞！

告别了雪儿达瓦，我去品尝了藏茶的味道、感受了藏药的神奇、购买了一些藏区特产。

下午，天气放晴。

我们一行数人，怀着对藏传佛教文化的神秘感，先后游览了大昭寺和布达拉宫。

大昭寺，有1300多年的历史，是西藏现存最辉煌的吐蕃时期建筑，也是西藏最早的土木结构建筑。我见过一些寺院，大部分寺院都是坐北朝南的。大昭寺的布局方位与汉地佛教的寺院不同，其主殿是坐东面西的。大昭寺的主殿高四层，两侧有配殿。

登上第二层，可以感受大昭寺建筑的金碧辉煌和寺院的庄严肃穆。从大昭寺金顶，可以看到大昭寺广场，右边远处的山上是布达拉宫，近处的柳树是“公主柳”。

“公主柳”相传是文成公主所栽。在我看来，“公主柳”是不是文成公主所栽并不重要，重要的是她将大唐的璀璨文化带进了西藏，也种下了汉藏民族大团结的种子。

以大昭寺为中心，将布达拉宫、药王山、小昭寺包括进来的一大圈称为“林廓”。环大昭寺内中心的释迦牟尼佛殿一圈，称为“囊廓”；环大昭寺外墙一圈，称为“八廓”；大昭寺外辐射出的街道叫“八廓街”，即八角街。

在拉萨，藏民喜欢将以大昭寺为主的八角街一带称为“拉萨”，藏文意思是佛地。这从内到外的三个环型，便是藏民们行转经仪式的路线。

大昭寺的大殿一周共有 380 个转经筒。边走边推动转经筒，是藏传佛教信徒必做的功课。都说，藏民族是个有信仰的民族。只因心中有佛，他们将一生的积蓄献给寺院，点亮了佛祖座前的酥油灯；只因心中有佛，他们每日诵经许愿，不求今生求来世；只因心中有佛，他们在大昭寺门前的青石地板上，留下了等身长头的深深印痕。

时间紧迫，只能短暂停留。辞别大昭寺后，我匆匆赶去拜谒布达拉宫。

布达拉宫，始建于公元七世纪中叶（641 年）。主要建筑由白宫、红宫、山脚下的雪城和宫后的龙王潭公园等组成。

据记载，这座宫殿最初是由西藏吐蕃王朝的藏王松赞干布为迎娶大唐文成公主而建。由于种种原因，现在的布达拉宫由五世达赖喇嘛于 1645 年重建，后来历代继续扩建。

沿着台阶，一路攀登时，我发现路边有一座石碑。据一位导游讲，碑是为了纪念五世达赖喇嘛的功绩而建。但这座碑和女皇武则天的无字碑一样，也是无字的。因此，留给后人无限遐想。

布达拉宫是无价之宝，拥有稀世文物无数。主要有佛像、壁画、唐卡、灵塔、佛教器物等，宫内有红、黄、绿、蓝等各种色彩搭配，富丽堂皇，气派至极。

据说，布达拉宫内的珍宝约有几十万件，其中以圣观音殿里的天然形成的檀香木圣观音最为珍贵，圣观音像与五世达赖喇嘛灵塔一起，被称为布达拉宫的镇宫之宝。

相传布达拉宫所在的红山是大慈大悲观世音菩萨的道场，很多僧侣在此修行。在佛门的意识里，它的存在，犹如菩萨亲临（藏语布达拉，意即观世音菩萨居所），朝拜布达拉宫，可以改变未来。

站在山脚下，仰望这座昔日政教合一的宫殿，不由感慨万分。

布达拉宫，是雪域高原之明珠、藏传佛教之圣地、建筑艺术之瑰宝，是一种信仰的化身、精神的象征。这座宫殿，是藏族人民智慧和文化的结晶，是中华民族上下五千年灿烂文化史的重要组成部分。藏传佛教文化源远流长，博大精深。当然了，我是门外汉，几乎没有研究过。因此，游览大昭寺和布达拉宫时，只能跟在其他游客后面道听途说、浅尝辄止，可谓走马观花、一知半解。

9 月 4 日上午，离开拉萨。

临行之际，不由想起了一周前，来拉萨观光旅游的高邮籍诗人蒋成忠先生写的《别拉萨》一诗："金风飒爽辞拉萨，烟雨含情送我行。草甸雪山天路好，江山无限在前程。"

尾声

拉萨之行，助我圆了旧地重游之梦，凝聚了战友间的兄弟之谊；拉萨之行，让我领略了藏区的风土人情，喜见了西部的发展变化。

拉萨之行，不虚！

行走土城

今冬，“大雪”节气来了，南京上空跟来了一场小雪。

《月令七十二候集解》说：“大雪，十一月节。大者，盛也。至此而雪盛也。”若能穿梭在风雪里，踏雪寻梅，实乃人生一大快事！我喜欢雪，尤喜雪花乱舞思绪飘飞时的感觉。那一刻，心无尘埃，唯余洁白。然而，我要远行，要去大西南，要去拜访一座叫习水的小城。因此，我只能无奈地摆摆手，告别南京的这场令我遐想的小雪。

飞机穿行在云层中，我在机舱里继续神游天外，不知冬季里的习水是白雪皑皑、银装素裹，还是草木枯黄、满目萧瑟的景象？

其实，我对习水的了解很少，好在我来了。到达习水后，短短数日，我便在且行且走中与它相识了……

位于贵州北部的习水，有“绿洲红城”之称，被誉为大西南的一颗璀璨明珠。而流经习水的赤水河，则是一条非常神奇的河流，它被人们誉为“美酒河”。

赤水河发源于云南镇雄，流经云、贵、川三省，在四川合江汇入长江，是国内唯一一条没有被开发、被污染、被筑坝蓄水的长江支流。

据记载，7000 多年前，赤水河流域居住着一个以鳛鱼为图腾的氏族部落。因图腾之名为“鳛”，而称为鳛国，后改称为鳛部。所居河流，称为“鳛部水”。而鳛,则是部落整体之姓氏。经漫长的历史更迭,昔日的“鳛部水”演变为今天的赤水河，而“鳛”姓则简化为“习”姓。

在这片古老的土地上，鳛部先民们采集耕耘，不断地认知新事物，并累积新的生产方式，创造了赤水河流域深厚的历史文化，为赤水河流域酿造出了众多的美酒佳酿。

习水的友人介绍说，神奇的赤水河，随着季节的变化，河水的颜色也会发生变化。每年夏天雨季，山水冲洗，两岸紫红色的泥沙冲入赤水河中。此时，河水变为棕红色，就成了名副其实的赤水河。自古灵泉秀水出美酒！年年九月九，河水酿美酒。到了金秋重阳季节，赤水河又恢复了纯净清澈的本色。

有一句民谚：上游是茅台，下游望泸州，船过二郎滩，又该喝郎酒。

听完介绍，我心里有股痒痒的感觉。这座城，这里的人，这块土地，又会给我的习水之行留下什么印象呢？

来习水，该去哪里？习水的友人推荐道，既然初次来习水，应该去土城古镇看一看、走一走。

今日想来，来习水，去土城，确实对了！

土城，是一座千年古镇，位于习水县西部，赤水河的中流，是“美酒河”的核心区。这条“美酒河”，惠及两岸流域，也带动了土城酿酒业的发展。

说起土城酿酒业，可谓源远流长，甚至可以追溯到久远的年代。春秋战国，就有“旨酒嘉谷，可以养父”的歌谣。汉武帝时，中郎将唐蒙出使夜郎，将土城一带的杞酱美酒带回中原献予汉武帝。汉武帝饮后龙颜大悦，对杞酱酒极为赞赏并将其定为贡品。杞酱酒，即今茅台、习酒、郎酒、泸州老窖、五粮液等名酒的雏形。在宋代，土城鳛部子孙完成蒸馏白酒的探索，酿造出如“宋窖”这样的蒸馏好酒。同时，酒业的发展也形成了不少作坊，如春阳岗酒窖。据张能臣《酒名记》载：滋州出好酒，凤曲法酒闻名遐迩。春阳岗酒更被理宗赞为“我大宋美酒”，其窖池保存至今，已有近千年历史，是赤水河流域目前年代最长、保存最完整的酒窖遗址。红军四渡赤水进驻土城时，春阳岗酒为红军战士消毒疗伤解乏，为四渡赤水做出了历史性贡献。

轻端酒杯，品一口土城的“宋窖”美酒，回味无穷。许是酒醉了，我仿佛看到了土城酒业的薪火不熄，代代相传，美酒飘香。

若干年前，我便知晓红军四渡赤水的故事。这个故事，似乎家喻户晓，人尽皆知。应该说，四渡赤水战役，是红军长征中最惊心动魄、最精彩的军事行动，是我军战争史上以少胜多、出奇制胜的经典战例之一。

土城，是红军一渡赤水的主要渡口。因此，它有着厚重的红色文化。

1935 年 1 月 29 日凌晨，中央红军兵分三路从土城的浑溪口、蔡家沱、赤水的元厚西渡赤水河。为了纪念红军一渡赤水，如今，在浑溪口处建立了一座土城渡口纪念碑。纪念碑高 12.5 米，碑身宽 2.2 米，厚 1.6 米，位于土城镇赤水河左岸火星山麓，距河岸约 80 米。

提到红军一渡赤水，人们必须要铭记那场被载入史册的青杠坡战斗。

一渡赤水前日，著名的青杠坡战斗就发生在土城镇青杠坡村。这场战斗，是人民军队参战“级别”最高的战斗，因为党的两代领导核心、三任国家主席、一任总理、五任国防部长、七大开国元帅，数百名将军就曾在青杠坡与国民党川军郭勋祺部展开搏杀。此战，该战役也创造了中外战争史上的奇观，是四渡赤水战役的发轫之战，也拉开了红军四渡赤水的序幕……

下午时分，我随同友人来到了青杠坡，深切缅怀为国捐躯的革命先烈们。

冬季的青杠坡满目苍翠，群山环抱，充满了蓬勃旺盛的生命力，到处呈现出与季节不相符的满山绿色。

当“青杠坡红军战斗遗址”九个大字进入眼帘时，我的呼吸瞬间停止了，感觉天地间唯有庄严和肃穆。

手捧黄菊花，满怀敬重之心拾级而上。举目看去，台阶的两侧有一副格外醒目的对联：青山埋忠骨，红军烈士永垂不朽；赤河荡英魂，民族精英浩气长存。

读完对联，令人热血沸腾，心潮澎湃。

台阶的尽头处，是一座高高耸立的“青杠坡红军烈士纪念碑”，碑座上铭刻着红军青杠坡战斗简介。悲哉，痛哉，惜哉！这场青杠坡战斗，红军伤亡3000多人！如今，山后的青杠坡红军烈士陵园里，就长眠着在青杠坡战斗和周边战斗中牺牲的红军烈士们的英灵。

站立碑前，献花鞠躬。凝视碑文，我的眼前仿佛出现了一幕幕红军将士在青杠坡英勇战斗的画面……

绿色群山在感叹，赤色河水在低吟。为了民族的解放，多少有志青年辞爹娘离家乡；为了民族的自强，多少英雄儿女握钢枪赴战场；为了民族的独立，多少革命烈士抛头颅洒热血！他们，不愧是民族脊梁，不愧是华夏儿女，不愧是人民英雄，必然永远活在亿万人民的心中！

80多年过去了，古镇土城注入了红色元素。红色土城留下了大量的革命遗址和革命文物，成为传承红色基因的重要地方，是全国重点保护的革命遗址。在土城大街上，既能听到嘹亮高亢、深情动听的长征组歌，还可以参观四渡赤水纪念馆和中国女红军纪念馆。

参观完两座纪念馆，走在街道上，我被红军的英勇故事深深打动。此刻，我感觉为国捐躯的无数先烈们是伟大的，但也是欣慰的，因为人民不会忘记他们，不会忘记他们的丰功伟绩，他们的鲜血不会白流，也不可能白流。

远处，传来了《四渡赤水出奇兵》的歌声。

顺着歌声寻去,十来位“红军”战士正在深情歌唱。我被歌声陶醉了，情不自禁地跟着他们唱了起来。

在土城，我恨不得用双脚走遍脚下这块红色土地，用双眼尽睹红军当年英勇战斗的地方，用我的心去聆听我并不曾知晓的那些世事！

我很费解，古镇为何叫土城？据说是因为元末明初时，街民在改造房屋时发现了大量土城墙，故名“土城”。我以为，应称之为“古城”而非“土城”。

这座千年古镇，曾因航运而兴，是古时“川盐入黔”的重要码头和集散地。如今，它静卧在赤水河畔，古朴古香。站在赤水河畔，我的灵魂穿越了时空，看到了昔日土城的繁华景象……

土城，在历史上曾经商贾云集，当地商埠文化底蕴深厚。最有特色的文化，当属土城的十八帮文化。

从汉朝到民国初，土城石板街就长期生存着盐帮、船帮、马帮、铁帮、袍哥等共十八个帮类。十八帮，帮帮有故事。这些故事，大多是社会底层抱团取暖，互帮互助的故事。十八帮中的“袍哥”，是一个特殊的帮类。袍哥发源于晚清，盛行于民国时期，与洪帮、青帮并称为“江湖三大势力”。随着商贸的发展，袍哥于清代在土城开了分舵。土城袍哥地位显赫，不是官，却做着衙门要管的事，并凌驾于其他十七帮之上。据说，加入袍哥要求很严，要守规矩，讲义气，更不能有吃喝嫖赌等劣迹。

沧海桑田。曾经叱咤于长江流域码头的袍哥，已经消失在滚滚历史长河中，属于袍哥的年代早已经远去，只剩下世人的唏嘘和模糊的背影。2018年6月23日，土城95岁高龄的“中国最后一个袍哥”罗明先老人离世，也给世人留下了些许袍哥情怀。

十八帮文化，通过上千年的洗礼形成，展现了土城商业的演变过程，体现了土城的地理位置的重要性和当地百姓的勤劳睿智。

今天，历经沧桑的石板街上，有翻修改建的客栈、书屋、餐馆、老茶馆、纪念馆等，它们与古镇浑然一体。传统街区内不仅保留了“前店后宅”的历史格局，更有盐号、船帮（王爷庙）、古驿站、茶旅馆、宋代酒窖、“张半担”宅等一系列凸显古镇商埠文化的历史遗存。流连于古镇街道上，青砖、黛瓦、马头墙、石板路，挂在门梁边的店号，小巷子传来的悠远的叫卖声，数缕阳光穿过河沟边的老槐树斜落在街道上，给人一种安谧而清幽的味道。

在习水，我未曾欣赏到冬季的白雪，但在土城，我见到了冬季的青山，听到了赤水河的故事，闻到了古镇独特的文化气息！

在重庆嘉陵江畔

年底时，途经重庆，并在重庆等待次日飞机航班返回盐城。

那天下午，艳阳远遁，凉风裹挟着寒意袭面而来，偌大的重庆城被笼罩在灰蒙蒙的冷色调中。虽感气候有些许不适，但好在初来乍到，尚有一股新鲜劲。心中暗想，已经途经重庆了，总不能入宝山而空手回吧？入住重庆磁器口古镇一带后，动了在宾馆周边转一转的念头。

关于重庆，我除了认识一些战友外，便是知晓其别称“江城、雾都”，还有就是“小萝卜头”的故事、国共两党重庆谈判、重庆“棒棒”，以及重庆火锅等。

皆因“近水楼台先得月”,首逛便选在了重庆磁器口古镇。磁器口古镇，始建于宋代,位于重庆市嘉陵江畔,拥有“一江两溪三山四街”的独特地貌，是嘉陵江边重要的水陆码头，也是重庆古城的缩影和象征，被誉为“小重庆”。一条石板路，千年磁器口。磁器口古镇就像一条静卧的长龙，日夜守护在嘉陵江江畔。

此刻的嘉陵江畔，停放着不少重量级的船只，我想这些船只应该是南来北往的货船吧！踏上一艘货船的舢板，只见一位河道清理工正弯腰站在专用打捞船上，用特制的打捞网清理随水漂流而来的杂物。我询问他，工作量大不大？这位师傅抬起头来，操着浓郁的重庆口音告诉我，还行，但江水水面上的杂物需要及时清理。否则，会影响水质，影响环境。看着滚滚长流的江水，我微笑着冲他点了点头。是啊，虽说“流水不腐，户枢不蠹”，但美好的环境还得靠人维护啊！

登岸后，我东游西逛，左瞧瞧、右看看。我来的季节，虽说不是旅游旺季，但仍见到不少游人。据说，磁器口古镇曾经“白日里千人拱手，入夜后万盏明灯”。这话在我看来，可能有点夸张，但步行在磁器口，穿梭在商铺间，不时地上下台阶，并感受磁器口古镇蕴含的地域文化，品尝当地各种传统小吃，倒也别有一番情调！

在江边的一家小茶屋边，我踟蹰观望片刻，止住了匆匆而行的脚步。那一刻，我想起了“人生如茶”之说，决定一边品茗听涛，一边在弥漫的茶香里品味浮沉人生。

小茶屋不大，但古朴古香，充满了文化气息。

临窗而坐后，看着流逝的江水，要上一壶好茶，端起面前的小茶杯，慢斟细酌地享受着这难得的慢时光。四下扫了一眼，毗邻的茶桌上，三位茶客喝着工夫茶，轻言细语地交谈着。看样子，他们似乎正在“品茶论道”。在喧嚣忙碌的城市中，寻一隅安静处，将疲倦的心灵超越红尘之外，是一件多么优雅而舒适的生活啊！

离开茶屋后，唇齿留香，回味不已。

嘉陵江，古称阆水、渝水，因流经陕西省凤县东北嘉陵谷而得名。

这一条江，是长江水系中流域面积最大的支流，自北向南纵贯四川盆地中部，于重庆市朝天门码头注入长江。

沿着嘉陵江，我往朝天门而去。

到了朝天门一带，或许是这座山城山路弯弯，或许是人生地不熟的原因，我觉得重庆的路特怪，看似目标就在眼前，却跑断了双腿。正觉疲倦之际，在人来人往的人流中迎面邂逅了一位重庆“棒棒”。见到重庆“棒棒”，有点意外。我的精神，随即为之一振，想起了秦洁著的《重庆“棒棒”》。重庆“棒棒”，在旧社会地位低下，是生活在城市最底层的脚夫或苦力。大约在20世纪80年代末，“棒棒军”之大名，开始风靡重庆，乃至进入文学作品中。

偶遇到的这位重庆“棒棒”，是位个子不高、身体壮实的中年男子。他夹着一根茶杯口粗、一米多长的竹棒，在人群中匆匆行走。本想拉这位“棒棒”合个影，但理智控制了冲动，别人要忙于生计，没有我现在这么闲。

朝天门码头，位于嘉陵江与长江交汇处，是重庆最大的水码头。

据了解，朝天门是重庆十七座古城门之一，原名为“古渝雄关”。南宋偏安临安后，时常有钦差自长江经过城门传旨，故改名为“朝天门”。昔日，可以想象到，江面上樯帆林立、舟楫穿梭，江边码头密布，货通天下。如今，在我的视线中，江岸两边高楼林立，商业繁盛。

站在朝天门城楼上，极目远眺，水天一色，江峡如天际银河奔流而去。观望许久，忽童心大发，大步走下城楼，沿着码头往江边而去。江水晃荡，轻拍码头台阶。我用双脚先后轻踩水面，返身而回，身后留下两行湿漉漉的脚印。有位游客见了脚印，跟我开玩笑说，这是“水鬼”上岸留下的脚印。但我知道，一代代的码头搬运工在码头上辛勤劳作，他们的汗水必然打湿鞋底，身后肯定留下过所谓“水鬼”的脚印。

暮色渐浓，手机铃响。战友来电，催促我速去磁器口，请我吃正宗的重庆火锅。

重庆火锅，又称为毛肚火锅或麻辣火锅。它起源于明末清初的嘉陵江畔、朝天门等码头船工、纤夫的粗放餐饮方式，主要原料是牛毛肚、猪黄喉、鸭肠、牛血旺等食材。但在如今，食材品种更加丰富，不但有荤菜，还有蔬菜。

冬季，吃热气腾腾的麻辣火锅，感觉红红火火，确实不错。

在西北部队工作多年，我的战友来自五湖四海，他们饮食习惯不尽相同。来自陕西、湖南、湖北、川渝等地的战友皆能吃辣，他们声称“不怕辣、辣不怕、怕不辣”。我的口味清淡，不能吃麻辣，但在他们的影响下，逐渐养成了爱吃点麻辣的饮食习惯。离开部队后，回到我所生活的这座城市，当我想吃火锅时，时常光顾“重庆刘一手”火锅店。

到达饭店后，战友三口之家，以及他的一位同事正围坐在火锅桌旁。看样子，他们已点好菜，就等我来了。短暂的寒暄后，我与战友互道离别之情。战友的那位同事客气地问我，用什么火锅底料。我考虑再三，还是选择了微辣。他一听，笑了笑说，火锅不辣不好吃哦。说实话，虽然我能吃点辣，但是初到重庆跟当地人比吃辣，我的底气不足。不久，火锅端了上来，一层红油和红辣椒浮在汤料上面。点火加热后，麻辣香味在高温中迅速弥漫开来。

火锅沸腾，菜未过半，我已额头出汗，嘴中“香、辣、麻”三味齐全，实在是吃不动了。悄悄观察，不服不行！战友的那位同事，这位土生土长的重庆人毫无嫌辣的感觉，果然是位“不怕辣、辣不怕、怕不辣”的重庆汉子！猛喝了一口水，减轻了嘴中的不适。我在呆想，不知如此够味的火锅，这汤中的水是否来自江水？听说，在外地吃兰州牛肉面，口味远远不如当地正宗，因为外地没有兰州穿城而过的黄河水。重庆火锅，应该也是如此吧！

宴罢。夜归。

明日的嘉陵江畔，又会迎来什么样的客人呢？江水东流，水汽氤氲，使重庆成为有名的“雾都”，但也促进了水上运输业的发展，重庆“棒棒”、重庆火锅、朝天门码头、磁器口古镇在嘉陵江畔应运而生，应了“一方水土养一方人”“靠山吃山靠水吃水”的道理。

踏足界首镇，置身高邮湖

界首镇，位于高邮北部，京杭大运河的东岸，是里下河地区名镇、古镇之一。若登上运河的西岸，就可以见到碧波荡漾的高邮湖。

1991 年，我曾在界首中学参加中考，那是我首次踏足界首镇。然莘莘学子，来去匆匆。金秋十月，忙中偷闲，与同学李秀忠相约界首镇，共游高邮湖。

一

下午，天气晴好。我与外甥驾车沿 G233 国道，到达了界首镇。

在镇上，我和外甥商量买点界首茶干，带回家品尝。界首镇的特产“陈西楼”五香茶干，是一道传统小吃，也是馈赠亲友的佳品。停好车后，我们在镇上随意找了一家特产店，花了 100 元买了两盒“陈西楼”五香茶干。买完茶干后，不知是出于对界首茶干的认知需要，还是一种探秘心理的作用，便与店主拉起了家常。店主很热情，乜很健谈，摆开了“龙门阵”，向我们讲述了界首茶干的故事。

相传，在界首运河大堤有一爿豆腐店，店主叫陈锦棠。陈锦棠的店虽店小利薄，但他却是位乐善好施的大善人。八仙之一的“铁拐李”，为了试探陈锦棠是否真有善心，就扮作一个腿有残疾的老乞丐。风雪后的凌晨，寒风凛冽，“老乞丐”垫着草席瘫坐在陈锦棠的店门口。陈锦棠起床开店做生意，见此情景，二话不说，将“乞丐”接回家，尽心伺候调理。“铁拐李”深受感动，就亲自配置调料，帮陈家把“白干”改制成了香干。在熬制香卤时,“铁拐李”将采百草之精华编织而成的垫席,投进灶膛生火。由于垫席是宝物，熬制的香卤自然异香扑鼻，陈家的五香茶干从此名震四方，财源广进。于是，在原址建起楼房，取锦记陈西楼做品牌，这就是民间流传的“陈西楼”五香茶干的由来。

茶干的制作流程，我没有亲眼见过。据说，要经过 20 多道工序，还要加入茴香、丁香、桂皮等中药材。这个神话故事，毋庸置疑，应该是陈家后人编造而成。但细细想来，劝人行善，助人为乐，不求回报，以及界首人民对传统产品精益求精的“工匠”精神，还是值得人们提倡和学习的。

在外地工作二十多年，可谓少小离家老大回。我对“陈西楼”五香茶干的印象，还停留在离乡前的记忆。那时，“陈西楼”五香茶干，与柿饼大小相似，入口有嚼头，令人唇齿留香。茶干的吃法多样，可切片（块），可切丝配料烫煮，拼冷盘，配肴菜，佐茶佐酒，助餐助味。农村做家宴，“陈西楼”五香茶干通常被厨师切丝凉拌，成为一道冷盘。

古镇故事多，界首茶干的故事也不少，民间就有一段乾隆皇帝和界首茶干的趣闻。

那年，乾隆皇帝下江南，龙船靠近界首时，闻到一股随风飘来的浓郁香气。乾隆好奇之下，派身边太监登岸探寻，太监循着香气就寻到了陈西楼香干作坊，并带回数十块香干，命御厨切丝供皇上品尝，乾隆感觉清香可口，传谕再献，怎奈切丝费功，传谕又急，只得切成薄片献上，尝后倍感风味独特，再传谕整包献来，先用手撕块儿，最后竟整块塞进嘴里，细细地咀嚼，悠然地饮茶，更觉口舌生津，齿颊噙香。乾隆十分惬意，龙颜大悦，御笔题匾“界首茶干”。这就是乾隆皇帝吃茶干，四种不同吃法，品出四种不同滋味的故事。据《盂陵志》记载：锦记陈西楼五香茶干，于乾隆年间被列为贡品。

站在特产店里，再见到“陈西楼”五香茶干，倍感亲切，虽说其品种、口味和我儿时的品尝有了一些改良和区别，但我认为却更适合不同的消费人群了。

二

与同学李秀忠会面后，三人前往界首镇西的运河大堤，等待乘船摆渡过运河。

在运河大堤渡口前，有一块空地。在那里，有等待过河的游客，还有卖水产的渔民。渔民卖水产，倒是应了靠山吃山、靠水吃水的说法。水面宽广的高邮湖，盛产鱼、虾、蟹，青河虾、银鱼、螃蟹更是闻名遐迩。细看下，卖的品种还不少，有螃蟹、甲鱼、白条、鳗鱼等。可能是久居城市，有些不太常见的水产品，在我记忆中已是既熟悉，又陌生了。或许是好奇，或许是对家乡的眷念，或许是对神奇的高邮湖的尊崇，忍不住问了一句多余的话，我问卖水产的渔民：这些水产品是湖鲜吗？渔民看了看我，不假思索地答复我：正宗高邮湖湖鲜，假了不要钱。我对水产养殖没有研究，但我相信高邮湖的湖鲜自有一股仙灵之气，更坚信这些朴实的渔民不会骗人的。家乡的渔民常年在大堤边做生意，他们需要诚信，诚信能够给他们带来更大的效益和利润。高邮湖大闸蟹，是蟹中名品，可谓一蟹上桌，百味齐淡。想了想，我们买了五斤左右的螃蟹，计划在晚餐时将这些“横行霸道”的家伙消灭掉。

在渡口向南不远处，我们见到正在兴建中的界首运河大桥。同学李秀忠介绍说，界首运河大桥是全省撤渡建桥项目之一，是运河上的第四座大桥。工程西起运河西堤，跨越运河西堤、京杭大运河、老淮江公路、小闸干渠，终点平交于老淮江公路，全长 1.046 公里，以桥梁工程为主。主桥采用双塔空间索面斜拉桥，塔梁分离；全桥共有 44 对斜拉索、共 88 根，桥塔采用“钻石型”结构，半漂浮体系，于 2018 年年初竣工。

将视线从界首运河大桥收回，我在想界首运河大桥的建成，传统的运河摆渡已成为历史。运河大桥改善了交通条件，是一座东西连接的金桥，是一条出行的安全通道，更是一双经济腾飞的翅膀。

“开船了！”不知谁喊了一嗓子，我们赶紧离岸登船。船的两侧有铁护栏，护栏前固定着两排长凳，供客人坐下休息。在“突、突”的柴油机声中，渡船开始向运河西岸行去。

以往回家，最多在运河驻足片刻，粗略感受运河的厚重和文化。大运河南越长江，流经江浙；北越黄河，流经鲁冀，随流奔波几千里。手扶渡船栏杆，遥望南来北往的货船，我心潮澎湃，不得不叹服古代劳动人民的智慧和力量，他们用双手创造了贯穿南北的大运河。

贯穿南北的运河和横贯东西的长城，是并称于世的奇迹，是我国劳动人民智慧的结晶，是中华民族的光荣和骄傲。如今，古老的运河就在我的眼前，我的眼前仿佛浮现出昔日的古运河商船如梭，墨客如鲫，昼夜不分，沟通南北的情景；又仿佛见到隋炀帝下扬州，两岸遍插杨柳，衣衫褴褛的民夫拉龙舟的画面；还仿佛听到乾隆下江南，在沿途留下的无数传奇佳话……

沧海桑田，不变的是古老的运河、一方水土，以及家乡的动人故事。如今，我静坐在船头，河水在拍打着两岸，哗啦啦的水流声，就像一位德高望重的老者的声音，老者似乎在向归来的游子讲述着什么！

三

几分钟后，渡船靠岸，游客们急不可耐地冲上运河西堤。在售票处，我们买了 3 张票，换上救生衣，坐上冲锋舟，准备饱览高邮湖。

冲锋舟上共 6 名乘客，左右各坐 3 人，刚好对称平衡。船手提醒我们游湖开始，冲锋舟载着我们向湖心乘风破浪而去。

高邮湖属浅水型湖泊，水文化源远流长。浓厚的水文化，更是让人有一种洗净尘世铅华，与大自然相融合的感觉。秦少游的诗句：“天寒水鸟自相依，十百为群戏落晖。过尽行人都不起，忽闻水响一齐飞。”给人描绘了一幅人与自然和谐相处的生动画面。作家汪曾祺是这样描写高邮湖的：“我的家乡在高邮，风吹湖水浪悠悠。河边栽着垂杨柳，树下卧着黑水牛……”

秋意凉凉，云海茫茫，芦花飘白。

泛舟湖面上，穿行芦苇丛中，不时地见到湖内野鸭、白鹭等野生水鸟。冲锋舟的快速行驶，激起湖面浪花朵朵，湖中的原住民们见陌生客人来了，如同害羞的小姑娘一样“扑棱棱”钻进了芦苇丛中,躲了起来。众多水鸟,激发了我们更加浓厚的游湖兴趣。听船手讲,东方白鹳、丹顶鹤、白鹭也在湖中繁殖越冬。见此生态美景,我为家乡良好的生态环境保护,感到由衷的高兴,不由想起了高邮籍生态诗人姜长荣在《诗刊》发表的《高邮湖》组诗,诗中写道:

湖心岛就是高邮湖的心
她起劲地把我们往湖心牵引
把调皮的野鸭子和高傲的白鹭牵来了
把戴着绿冠的莲藕和长着刺儿头的芡实也牵来了
把芦苇的细腰都牵弯了
闻不到汽油刺鼻的味道
听不见机器刺耳的轰鸣
湖心岛是一个没有心事的女人
人面桃花 杨柳依依
她就是陶潜家的看园人

眼帘中,碧水浩渺,蒹葭苍苍,生态葱茏,恍如仙境。

啊,美丽的高邮湖,在您的怀里,谁都想大声呐喊,我来了!或者为您纵情高歌一曲,或者为您吟诗一首。神奇的高邮湖,难怪文人墨客来到这里后流连忘返,写下那么多脍炙人口的诗篇。

湖面上,忽然出现了不少用竹竿撑起的渔网,有鱼儿不时地跳跃出水面。我想,这可能就是渔民在湖中布网养殖吧!此时,若是傍晚,若有渔人驾舟,若阳光照耀在湖面上,必然应了唐代诗人王勃《滕王阁序》中:“渔舟唱晚,响穷彭蠡之滨”的诗句。但我相信,高邮湖上一定曾有晚霞辉映下渔人载歌而归的动人画面。

“师傅，我们能不能停舟下湖抓鱼？”有位女游客低声问船手。船手没有回答她，却突然玩起了漂移。冲锋舟大幅度地左右来回倾斜，如同荡秋千一样，几位女游客胆小，吓得脸色都变了，大声尖叫起来：“啊……我怕，停！”高分贝的惊恐之音，把我们也感染了，船手赶紧将冲锋舟调整好，平直地向前开去。我们继续游湖，几个男游客彼此挤了挤眼，会心地笑了笑。我揣测，一定是心中暗想：“真刺激！”船手很有意思，可能是为了扫除几位女游客的恐惧心理，他主动和我们聊了起来，船手说：“不用害怕，从事这项工作，必须拥有职业资格，包括水手证。”

高邮湖水域总面积为760.67平方公里，其中湖水面积648平方公里，苇滩和堤坝面积112.67平方公里，是江苏省第三大湖。因此，我们算不得游览了高邮湖，最多只是在界首段湖中感受了一下湖韵，领略了一下湖景，沾染点湖的灵秀之气。

四

在湖心的一块空地上，我们脱下救生衣，在船手引导下快速登陆上岸。

登陆后，抬首处就是高邮湖芦苇荡湿地公园。公园是江苏省二十几个城乡旅游景点之一，总面积为35平方公里，陆地面积8平方公里，水域面积27平方公里。2017年9月份，中国桨板黄金联赛高邮站，就是选择在此处比赛。在园中，我们仍然可以见到不少大赛后留下的痕迹。

我们随其他游客一路步行游园，兴趣盎然。先后参观了宾馆、酒店、钓鱼台、竹筏游览船、圆形烧烤船、水上老爷车等设施。在景区的超市里，我们见到了高邮双黄鸭蛋、高邮咸鸭蛋、芡实米、菱角米、青鱼干、清水龙虾、银鱼干、盐水高邮麻鸭、醉湖虾等高邮湖水产品以及界首茶干等特产。集游湖、观景、休息、娱乐、餐饮、购物等为一体的景区，始终给人一种宾至如归的感觉。

漫步在环景区通道上，呼吸着新鲜的空气，享受着天然的氧吧，不知不觉中就将疲劳扫除干净。环景区通道用木板铺设成，在园中纵横交错，四通八达，呈现出难得一见的原生态。景区观光塔的高度和位置，设计得很合理。站在上面居高俯视，可以将湖之秀、水之柔、苇之绿、景之奇，尽收眼底。在景区的湖面上，浮着不少嫩菱角，在征得景区工人同意后，我们每人摘了三五个菱角。边走边品尝，嫩菱角入口清甜，令人舌底生津。

游览至此，不得不赞叹这是一处颠覆俗世凡尘的喧嚣，还人们一片恬静、浪漫、温馨的栖息宝地。若能常住此处，闲暇观鱼儿觅食、潮起潮落，听渔歌唱晚、百鸟争鸣，赏荷花飘香、芦花漂白，岂不是赛过世外桃源！

在返回的时候，我们边拉家常，边在景区继续闲逛。无意中，却发现了一座小庙，庙名“龙王庙”。难道高邮湖有龙王？近前一看，庙里供着一位龙王，左右各一巡海夜叉。庙前有碑文，内容为：龙王是水族的王，掌管行云降雨。某日，东海龙王之子因贪玩贻误玉皇大帝行雨旨意，被罚下界于陈州府一水潭中思过。因久旱无雨，水塘干涸，就显露真身，附近百姓见状，口口相传，如是三月，旱情依旧，百姓食不果腹，“天上龙肉，地下驴肉”之说，不胫而走。一日，罗高以“食龙肉成仙”呼朋唤友，取龙肉而食，陈州府中王仁夫妇虽极力劝阻，仍未见效，东海龙王得知，悲愤交加，上报天庭，玉皇大帝遂下旨东海龙王惩戒陈州百姓。感于王仁夫妇心善可敬，遂告知王仁夫妇，如遇雷电交加之夜，须坐门口水缸之中。当夜，东海龙王水淹陈州城，王仁夫妇幸得指点往高处游走，躲过一劫，因此得名高游湖。历代以此为鉴，纷纷设立龙王庙以祭拜，既是对往事赎罪，亦是祈祷风调雨顺。后高邮湖虽有“龙卷风”“龙吸水”等异象，渔家皆安然无恙。

看来，这又是高邮湖湖区渔民靠水吃饭的一个风俗，一个莫要亵渎神灵的告诫故事。当然了，高邮湖的由来，碑文记载肯定是野史，莫要认真。但我以为，这个故事似乎还有其他更值得人们深思、更耐人寻味的东西。

离开高邮湖，回到界首镇，已是下午五点。因此，其他景点无暇游览，有点遗憾！据了解，界首驿、界首民俗馆、界首护国寺、南北大街、太平街等街巷多为明清建筑，石桥街均为石板铺就，距今已有数百年历史。省级文保单位南京陆军指挥学院的前身华中雪枫大学旧址，更是具有重要的历史价值和现实意义。

夕阳西下，倦鸟归林，我们结束了在界首古镇的匆匆一游。

书评 /

真情实感的宣泄与融汇

——吴开岭散文集《看水东流》赏读

王友明

一晃，我退休已经7个春秋了，有大把的时间写文，便有了以文会友的机缘。从此，我结识了许多天南地北的文友，吴开岭就是其中的一位。认识他，是2017年上半年在《东方散文》微信群，当我得知他曾经当过兵，也是军转干部时，一下子就拉近了心灵的距离。我一直认为，只要是当过兵的人，就是战友，就是兄弟。起初，他的散文作品只要一脱稿，第一时间就会发给我把关润色。他的语言文字表达功夫比较过硬，作品没有明显的“硬伤”，不用进行大的“手术”，也只是对一些小地方予以润色而已。他从来不喊我老师，总是按照军人的职业习惯喊我政委或首长。说句心里话，我享受这种称呼，一声政委或首长，恍若又置身于军营。我们经常在微信上和电话中交流思想，交流创作体验。这样的来来往往中，逐渐加深了了解，增进了感情，尽管从未见过面，却成为一对情同手足的好兄弟。

农历庚子年正月十七，吴开岭打来语音电话，说是要把51篇散文作品结集成册，书名定为《看水东流》，问我能否给把把关，看看有没有需要改动的地方。我自然没有拒绝的理由，便让其把书稿链接发到了邮箱。因为新冠肺炎疫情严重，整天宅在家里有点寂寞，看看书稿既可以助人为乐，又可以驱除寂寞，可谓一举两得。每天吃完早饭，我就在电脑上打开链接，认真拜读。一周时间，拜读完毕。

散文集分为“奔流岁月”“一方水土”“风雨家园”“浪花朵朵”“放歌山水”五辑，每一辑均有题记，寥寥数语，简明扼要，展示主题，揭示内涵，意蕴丰厚，情味绵长。我从那蕴藉深厚、激情荡漾的文字里，获取了情感的浸润和心灵的启悟，真是特殊时期得到的一种精神享受。

吴开岭昔日是军人，今日是警察，有着一身侠骨，一副柔肠。曾经同为军人的我，对他散文作品中所透露出来的“职业病”，很是喜欢。他经常对我说：“政委，或许咱们曾经都是军人的缘故，您能够读懂我的作品，所以，我敬重您。”这话不假，军人之间，冥冥之中好像就有一种心有灵犀的契合度。他的作品在行文上没有拐弯抹角、堆砌辞藻的毛病，思想上没有任何设防，情感上没有丝毫掩饰，全部是真情实感的自然流露，敞开心扉的真诚抒写。记得著名作家陈忠实先生，在为我的一位文友写的书序中，有这样一句话：“直抒胸臆，无遮无掩，尽兴写来，时见率真。”把这 16 个字，借用来概括吴开岭的散文作品特点，还是恰如其分的。

这本散文集，始终贯穿着“真情实感”这条主线，将自己的切身体验、认知维度、思索过程、精神内涵，融汇于真情实感的宣泄之中，从而形成了“情动于衷，情寓于理，情融于理，以情动人”的个性风格。

亲情是一杆秤。

吴开岭在《亲情是杆秤》一文中，有这样一段至情至理的话："很长时间我在思考一个问题，亲情是什么？其实亲情是杆秤，是家人相处之秤，秤杆不能忽高忽低，秤砣不能忽左忽右。此秤衡量的是民族传统、是道德品质，更是一种不可推卸的社会责任。"读罢此文，我完全赞赏他所崇尚的人性光辉，完全钦佩作品漫溢的独到理性的思维高度，完全叹服作品显露出的真诚、朴实、明朗、刚健的情感宣泄！

什么样的作品是好作品，我认为，充满着正能量，能够给读者以有益启示和教育作用的作品就是好作品。读了《这年冬天是暖冬》一文，这样的认识更加坚定。那个寒冷的冬天，吴开岭早早就把患有慢性气管炎的母亲，从农村接到了城里。双休日，他和妻女不是坐着公交车陪母亲逛商场、买衣服，就是在家里陪母亲聊天，听母亲讲述那些不知讲了多少遍的陈芝麻烂谷子的往事，让母亲每天都生活在幸福快乐之中。他动情地写道："最近是否要下雪了，或者寒流要来了，但母亲在我家的这年冬天，我真的没有感觉到冷，是个暖冬。"陪伴母亲的日子，是幸福的、温馨的、温暖的，这一点，我体验很深。人们常说："可怜天下父母心。"事实证明，这是经验的总结，是人间至理。儿女是父母的心头肉，手中宝，不管孩子有几个，哪个儿女也都会装在父母的心里。这就像十指连心一样，伤害了哪个指头都会钻心疼。父母是最无私的，为了儿女什么都舍得，包括生命。因而，作为儿女一定要尽己所能，孝敬父母，不能让他们在晚年受到凄凉和孤独的折磨。最好的孝敬，就是陪伴，而不是给一些钱就万事大吉了。切记，工作再忙也要常回家看看，多陪陪父母！

拜读《寒夜飘来蜡梅香》一文，我的眼里一直闪动着泪花。我想，这篇作品，吴开岭一定是以泪水为墨汁写出来的。“腊月十四，冰冷的寒夜里，一个花儿般的孩子出生了，她带着蜡梅花香降临到了人世间。这个孩子的名字叫礼礼，大大的眼睛，白白的皮肤，是个漂亮的小姑娘，显得特别乖巧可爱。但是，在她出生之前的第240天，她突然就没有爸爸了。”读到这句话时，我的心不由得颤动起来，眼泪也哗地一下子流了下来。作品详细交代了小女孩的爸爸戴鹏，在前往外地执行抓捕犯罪嫌疑人的任务途中，突发意外，经抢救无效，不幸因公殉职，年仅29岁。作品走心描写了戴鹏因公牺牲的噩耗，传到他深爱着、卫护着的东台市的那一天，盐阜上空电闪雷鸣，风雨大作，善良的群众冒着风雨，痛彻肝肠，泪如泉涌的送行场景。作品真实展示了戴鹏妻子季琳，看着刚刚出生的女儿，含泪给远在天堂的丈夫写的一封信。作品把那样一种血浓于水的至爱亲情，真实地宣泄于纸上，融汇于我的心底。读着用泪水浸泡出来的文字，我好像听到了一曲饱蘸生命血泪的悲壮哀歌，字字血、声声泪，点点滴滴打湿了我的心扉。

乡情是一支笛。

吴开岭参军入伍后便离开家乡高邮，转业后又被安置在盐城市公安系统工作。由此，他乡成家乡，家乡变故乡。他只能让浓郁的乡情沉醉于心底，成为永久的怀恋和记忆。对乡情，他有着自己的独特理解：“悠悠岁月，难忘的是乡情。乡情是什么？乡情是一首古老的童谣，美丽而动人；乡情是一坛陈年老酒，清香而醇厚；乡情更是一支清远的笛，悠扬而深远……”（《乡情是一支清远的笛》）许是同为游子之故，这篇作品深深地触动了我的心弦，仿佛耳边响起了一阵阵笛声，清新悠远，心旷神怡。我的思绪，也伴着笛声飞向千里之外的故乡。

读了《村东头的桥》，我的感触也是颇多的。吴开岭以饱满真实的情感，用自然流畅的语言，对村东头的桥进行了全方位的描述。不管是老桥还是新桥，它都是故乡的一个地标，都会在游子的脑海里留下深深的烙印。作品中讲述的那些深情故事，为老桥和新桥注入了丰富厚重的内涵。桥是家乡发展变化的见证，老桥，令人遐想；新桥，催人振奋。老桥也好，新桥也罢，它都以形象的语言，向世人述说着家乡的昨天、今天和明天。游子就像是一个风筝，不管飞得多高多远，线那头系的永远是故乡，你永远都不会飞出故乡的视线。吴开岭之所以把村东头的桥深深地烙印在脑海，记忆在心窝，是因为他深爱着自己的故乡。正如著名文学家、诗人艾青在《我爱这土地》中所说："为什么我的眼里常含泪水？因为我对这土地爱得深沉……"是啊，树高千丈，也不能忘了根，这是游子们发自肺腑的共同心声。

《屋后的那条路》一文，令我耳目一新。"深秋，斜阳伴黄昏。在老家屋后的那条路上，我一边陪伴着身体欠安的母亲，一边凝望着脚下的路……"陪母亲散步中，他想到了这条路的变迁，想起了奶奶和父亲，曾经站在这条路上迎送自己的情景。这是采取"借物抒情"手法，将路的变迁和人的生死紧密地融汇在一起，让路与情相互统一，使情和路互为依托，以达到引起情感共鸣的最佳效果，其用心可谓良苦。路，在这里是一条感情线，把自己和故乡的感情，以及奶奶和父亲之间发生的情感故事，有机串联起来，呈现于读者面前，就像是一串珍珠，闪耀着光芒，炫人眼目。瞧，"挽着母亲的胳膊，看着她的满头白发，我在心里默默地说：'母亲啊！儿会常回家看看，常陪您在这条路上走走，直到生命的尽头。'"仅仅几句话，母子深情和感恩之心，便跃然纸上。这种书写方法，浸润着人和物的喜怒哀乐，一字一句都蕴含着真实动人的情感，读来令人感动至深，铭记在心。

《门前的“场头”》《站在老家的院子中》等,均是真情涌动的作品。但凡游子，踏入故乡的土地，便会感觉到浓郁的乡情扑面而来，聆听到熟悉的乡音，就会浮想联翩，憧憬万千。乡情，是游子人生岁月中，最充实的岁月，最愉悦的岁月，最幸福的岁月，最高雅的岁月。感受着乡情的温馨,体味着乡情的醇厚,一股感动的潮水,一定会溢满心田,情感深处更会平添浓厚的故乡情韵。置身于浓郁的乡情氛围中，生命便会绽放出绚丽的光彩。对游子而言，那一声声来自故乡的呼唤，不正是一阵阵悠扬婉转、悦耳动听、醉人心扉的笛声吗？！

友情是一坛酒。

有人说：“友情不是一壶茶，越冲越淡；而是一坛酒，越陈越香！”这个观点，我非常认同。我相信，吴开岭也会认同，不然，他的作品里怎么会弥漫着“老酒”的香气？

请看,《我的兄弟叫海山》就有着一坛老酒的特质。作品表述流畅，情感饱满，同学情，兄弟谊，萦绕于心，熔铸于胸。人物的描述，也很出彩，透过灵动的语言，海山栩栩如生地站立在我的面前。题目，自然是借鉴了电视剧《我的兄弟叫顺溜》，巧妙借鉴，生动形象。吴开岭与海山是初中同学，尽管多年不见，但见面后依然是一往情深。他说：“也许是脾气相投，也许是同学情深，也许是我们血管里都一样流淌着农民的血脉，我和海山的同学关系相处得越来越好。海山总是谦虚地管我叫哥，我也不做作，爽快地叫他为兄弟。”散文作品是作者与读者进行心灵和情感交流沟通的一种方式，谁都不希望自己面对的人戴着面具，人人都渴望敞开心扉，进行真情实感的交流。真情实感最动人，最能让人产生情感的共鸣。

再请看,《金戈铁马入梦来》一文，开门见山，由战友来盐城做客，引起了对军旅生活的回忆，对战友深情的珍惜。过渡自然，内容丰富,叙述真实,情感充沛。他欣喜地说:"'有朋自远方来,不亦乐乎。'屋外雨声不停，屋内笑声不断。战友、战友，亲如兄弟，叙不完的旧，道不完的情。"因为我是一名老兵，对文章里的场景与事情非常熟悉，读起来自然感到格外亲切动情。一朝来当兵，终生是兄弟，战友情是人间至情，是最纯洁的情感，这种情谊，永远不会忘记，也不能忘记。常言说，今生有了当兵的历史，一辈子不会后悔。战友之情，的确是一坛老酒,储存越久,味道越醇厚,"饮"下之后,唇齿留香,余味绵长。

读罢《乡情·文缘》这篇作品，我更是由衷欣喜。从款款深情的文字中，我清晰地看到吴开岭"真性情"书写与宣泄的特点，真切地认识到《乡情·文缘》的难能可贵！我与杜国富老师认识较早，感情深厚，特别敬佩他为人为文的诚恳态度，以及对文友作品认真负责的精神。认识王三宝老师,缘于吴开岭的"牵线搭桥"。他的散文集《绿果》出版前，发过来一个电子版，嘱我写篇书评。从其文章里，我感受到他的才情与真实，读完书稿便写出《洗尽铅华呈素姿》的书评，被收入集子之中。我对文缘友情看得很重，十分珍惜。我唯愿文友们都能在文学的征途中，缔结下纯真的文缘友情！不要像一壶茶，越冲越淡；而要像一坛酒，越陈越香！

读吴开岭的散文作品，我仿佛是在听他讲一连串娓娓动听的故事，或激情，或朴实，或高昂，或低吟，充满阳刚气息，充满人情味，充满对生活、对人生的理解和热爱。我知道，他是用思想、用诚心、用真情在创作。他说，他的文字还很稚嫩。可我觉得，他的文字很成熟，像春风，时而轻轻吹拂，时而动情呼唤，时而激情呐喊。尤其是写部队和警察生活的作品，除了真情实感的自然流露之外，更多了一种超脱、一种智慧、一种职责、一种使命。那是心的驰骋，那是情的奔腾！

白居易在《与元九书》一文中云 :“感人心者，莫先乎情。”散文作品的魅力，不仅来自思想认识的深邃，更来自胸中真情的激荡……

（王友明，河北临西人。中国散文学会会员、山西省作家协会会员、河北省散文学会会员、山西省临汾市作家协会名誉副主席、河北省临西县散文学会名誉会长。中国散文精英奖、中国当代散文奖获得者。）

后 记

在我看来，一方充满着诗情画意和动人故事的土地，总是与水结缘。

高邮，是我的家乡，是生我养我的地方。它位于江苏里下河地区，有着7000多年的文明史和2200多年的建城史，是大运河沿线的一座具有悠久历史和丰富文化遗存的城市，素来有着“水乡泽国”的美誉。

美丽的高邮湖，不仅在民间有着不少神奇的传说故事，游湖的文人墨客们还留下了许多脍炙人口的华章佳句。

每次返乡，远眺水网密布、烟波浩渺的高邮湖，脱口而出的就是王勃那句“落霞与孤鹜齐飞，秋水共长天一色”。

古老的大运河，是中国古代南北交通的大动脉。它既是一项伟大的水利工程，也孕育了璀璨的运河文化。

站在高邮运河的大堤上，感受着大运河的水韵，使人浮想联翩，我总想起高邮籍作家汪曾祺先生的散文《我的家乡》:“我的家乡高邮在京杭大运河的下面，我小时候常常到运河堤上去玩……”因此，有人说，大运河塑造了这位著名作家的性格，给他留下了无法磨灭的童年记忆，也给他的创作打上了深深的烙印。其实，作为在高邮水乡长大的人，不管人在何方，不管身在何处，又有谁不时常惦记起家乡这方水土呢？

千百年来，高邮湖与大运河，她们相互依偎，如同两颗交相辉映的耀眼明珠；她们不分彼此，是高邮的水之源，清澈甘甜的流水，流韵醉心间，也滋润了家乡的一草一木。

兰州，是我的第二故乡，是西部地区重要的中心城市。

那一年，我怀揣报国梦，参军到了有“金城”之称的兰州。兰州的风土人情、气候环境等，都与家乡有所区别，一时难以适应。远离家乡和亲人，思乡之情难免会涌上心头。然而，我肩负着保家卫国的职责，岂能忘记军人的使命。幸好，兰州，这座黄土高原城市也与水结缘。中华民族的母亲河——黄河，穿兰州城而过，一路向东流去。每逢节假日，我时常来到黄河河畔看水东流，并把浓郁的乡愁洒在浑浊的黄河水中，期望着能够随着流水流回我的家乡。

盐城，位于黄海之滨，号称“百河之城”。我脱下了绿色军装，换上了藏青蓝警服，在这座城市完成了一名由共和国军人向人民警察的转身。

十年来，这座城市已融入我的生命当中。每当我站在黄海边，面朝大海时，海水击打着海岸，迸发出浪花朵朵，使我感受到了大海的辽阔、壮美、智慧、灵魂。我喜欢大海，因其海纳百川，有博大的胸怀；我崇拜大海，因其潮起潮落，有着沸腾的思想；我赞美大海，因其惊涛骇浪，有着对生命极限的考验！

高邮。兰州。盐城。

这三座城市，都是与水结缘的城市，也是我人生中留下生命印记的重要城市。它们培育了我的家国情怀，拥有了一颗懂得感恩的心，以及强烈的使命感和责任感。

岁月不居，时节如流。

人生苦短，不由得喟叹岁月流逝之快！记得高尔基曾说过："人的一生是很短的，短暂的岁月要求我好好领会生活的进程……"是的，时光飞逝，我们每个人都要好好珍惜，好好领会生活的进程，不管是乡情、亲情、友情、同学情、师生情、战友情等，都会如东流之水不复返。为此，我萌发了出版散文集的念头。然而，由于近年来工作压力大，家庭琐事多，这个念头只能深藏于心底。

岁月无声，转眼已近知命之年，不经意间见到身边的好友不时有佳作问世。于是，无波古井激起层澜，在亲朋好友的鼓励下，我决定用文字记载我的似水流年。

用什么样的书名，一时难以定夺。明代钱福在《明日歌》中有一句"朝看水东流，暮看日西坠……"这种早晨看河水向东流逝，傍晚看太阳向西坠落的生活，至少我是很难享受的。但却让我好好回顾了自己所走过的路、接触过的人，感觉往事就是那东流之水。时至今日，回顾我在三座城市跋涉而过的足迹，我的这种感觉愈发得到赓续。考虑再三，决定将我的这本散文集定名为《看水东流》。至于贴不贴切，就率性一回吧！

散文集《看水东流》，共收录散文 51 篇，分为五辑。第一辑"奔流岁月”，有9篇散文，主要收录军旅、警营生活的作品；第二辑“一方水土”，有11篇散文，主要收录涉及家乡情的作品；第三辑“风雨家园”，有12篇散文，主要收录涉及家庭亲情的作品；第四辑“浪花朵朵”，有11篇散文，主要收录对人生感悟的作品；第五辑“放歌山水”，有8篇散文，主要收录描写山水景观的作品。

本书部分作品曾在纸刊发表过，还有少数作品在全国和地方征文大赛中获过奖。但由于受版面影响，文字有所增减和改动。此次结集出版，虽感我的文字还稚嫩，但还是觉得原汁原味较好，故此用原文以飨读者。

这本书，虽然谈不上具有多高的文学价值，但却是我这样的普通农家子弟，从共和国军人到人民警察，一路走来的真情实感。

值得一提的是，在我初学散文创作时，幸得山西著名作家王友明老师的悉心指导。同时，江苏作家王三宝先生、杜国富先生、丁鹤军先生，都曾对我的这本散文集给予过很好的创作建议。另外，盐阜大众报业集团记者张彪先生对本书进行了认真校对，书法家李耀中先生欣然为本书题写书名，警营画家蒋思卿先生给本书热心配图，著名作家张继炼老师、王散木老师为本书撰写了序，王友明老师为本书撰写了书评。这一切，都为本书添彩增色了不少。

在此，对关心我文学创作的所有良师益友，一并表示感谢！

吴开岭于盐城

2020年3月12日